JN006494

数学の女王

伏尾美紀

Fushio Miki

KODANSHA

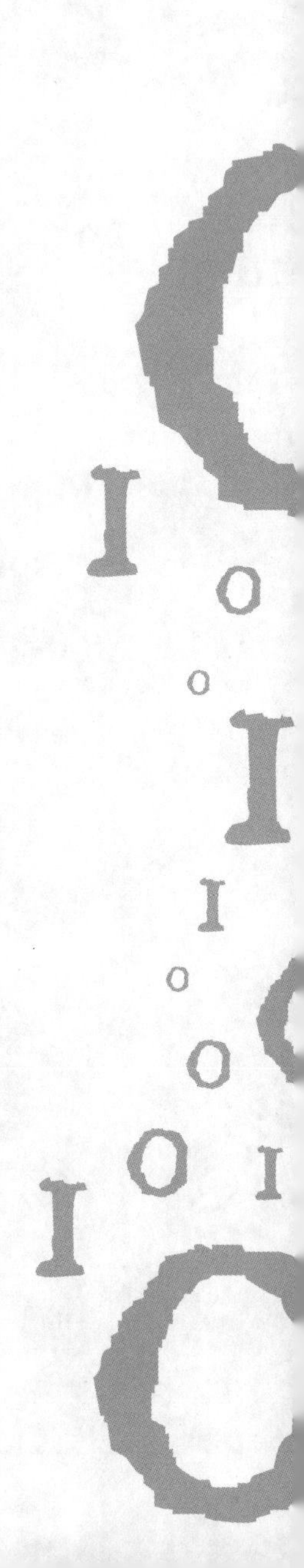

数学の女王

装幀　松 昭教（bookwall）

装画　風海

プロローグ

「拝啓　ユナボマー様
あなたには信念がありました。

あなたはおっしゃいましたね。我々の文明社会がいつか世の中を破滅に導くだろう、と。

それはあなたの純良なる魂から想起され、本能として発せられた啓示であったことを私は知っています。

あなたは幾度となく、驚異的な忍耐力と愚直な伝道師のごとき熱量を以て、我々人類に警醒を促してきました。しかし無知蒙昧（もうまい）な為政者たちは耳を貸さず、邪見なる魂に毒された愚民たちもあなたを糾弾しました。

彼らはあなたを恐れたのです。あなたの天才的な能力が、自分たちの存在など軽く凌駕（りょうが）してしまうことに嫉妬し、畏怖の念さえ抱いてしまっていたのです。

いまや悪魔の手先となった彼らに未来などありません。

これから私が成そうとすることに、あなたはきっと共感してくださることと信じております。あなたの信念を継ぐ者として、私の存在を記憶に留（とど）めていただけることを願っております。

敬具」

上書きしますか。

パソコンのモニター上にメッセージが表示される。

マウスに載せた指がしばし思案に揺れた。

何か物足りない。

もっと読む者にインパクトを与えるようなものが必要だ——。

マウスを離れた指がキーボードの上へと戻った。

バード。

最後にその言葉を打ち込んだ途端、それはとてもしっくりきた。

バードからユナボマーへのオマージュの手紙。

満足感に口元が綻ぶのがわかった。

カチッ。

マウスをクリックすると、乾いた音が室内に響いた。

窓の外には雪が、そしてその向こうには闇が広がっている。

全てを拒絶するような静寂の中で、もう一度カチッとマウスをクリックした。

こんな小さな動作一つで、全てを始めることも終わりにすることもできる。そんな愉悦感が心地よく全身を包み込んだ。

目的のファイルがパソコンのモニターに大きく映し出された。

「二〇×二年十月×日、日本人にも人気の高いインドネシアのリゾート地バリ島の繁華街で爆弾テロが発生した。インドネシア政府によれば、この爆弾テロで外国人観光客を含む二百名以上が死亡した。インドネシア政府はこれを、観光客らを狙った凶悪なテロ事件と断定し、実行グループの特定に全力を挙げる方針だと発表した」

カチッ。

「二〇一×年×月十五日、アメリカ・ボストンで開催されたボストンマラソンのゴール付近で爆発事件が発生した。この爆発で少なくとも三名が死亡し、参加者、大会関係者などを含め三百名近くが負傷、病院で手当てを受けている。ＦＢＩ（アメリカ連邦捜査局）によれば、爆発の直後、不審な男らが現場周辺から逃げ去る姿が付近の防犯カメラ映像に映っており、男らの特定を急いでいるとのことだ」


付近の防犯カメラ映像。

付近の防犯カメラ映像。

二回繰り返して記憶に定着させる。

細心の注意を払え。そう意識の底に警告する。

次の記事をクリック。

カチッ。

この音はいい。頭のスイッチが入ったような気がする。物事がクリアにされるサインだ。

ショートカットは機能的だ。だが好きではない。気分が急かされ過ぎて落ち着かなくなるのだ。落ち着かない時は、物事が良くない方向に向かっている時だ。

人生は直線より線分の方が生きやすい。

昔、そう忠告してくれたのは誰だったか。もう思い出せない。でもいい言葉だ。私にこういう表現はできない。その人と私は違う。その人は――。

細心の注意を払え。

その人のことを思い出す前に、どこか遠い意識の果てから警告が囁きかけてきた。

細心の注意を払え。

意識を目の前のモニターに戻した。

今度の記事は古い。

「一九九〇年（平成二年）十一月一日、東京都新宿区にある警視庁の独身寮『清和寮』で爆弾事件が発生した。これにより一名の警察官が死亡したほか、爆発音を聞きつけて現場に警察官らが集まった際、二度目の爆発が起こり七名の重軽傷者が発生した。犯行に使われた爆弾はいずれも時限式の発火装置が使われ、魔法瓶に火薬が詰められたものであることが判明している」

魔法瓶に火薬。

膨張と圧力。

極めて単純な物理学の話だ。中学生にだって理解できる。

「――その後、革命軍を名乗り犯行声明文が各報道機関へ送付されたが、警察は実行犯の特定には至らず、二〇〇五年に事件は公訴時効を迎え、未解決事件となっている」


公訴時効。未解決事件。

未解決――。

警察とはそんなに無能な集団なのか。

もしそうなら計画を少し見直さなくてはならなかった。

彼らがちゃんと事件を解決できるように、もっと大量にパン屑(くず)を撒(ま)いておいてやらなければならない。

計画を見直すこと。

骨は折れるが不可能ではない。

傍らに置いた銀色の懐中時計が、鈍い光を放ちながらそんな風に囁きかけてきた。

そう、不可能はない。私には――。

耳にあてて、目を瞑(つぶ)ると頭の中がすっきりしていく。

コチッ、コチッ、コチッ……。

懐中時計が時を刻む。

右手がマウスを摑(つか)んだ。

カチッ。クリック。
パソコンをシャットダウンする。
モニターから光が消えた。
それでも懐中時計は時を刻む。
コチッ、コチッ、コチッ。
永遠に――。
時は刻まれる。
いつの間にか雪は止(や)み、窓の外にはただ漆黒の闇が広がっていた。
もうすぐ世界は終わりの時を迎える。
コチッ、コチッ、コチッ。
目的は達成される。
永遠に。永遠に。永遠に時は刻まれる――。

*

四月十一日　札幌(さっぽろ)市厚別(あつべつ)区　北日本科学大学大学院

山根(やまね)祥子(しょうこ)の机に置かれた固定電話が軽やかな音を立て、同時に赤いランプが点灯した。それは内線の着信を示すサインだ。ディスプレイには防災センターと表示されている。

電話の相手は大学院の警備担当者だった。桐生学長宛ての荷物が中庭で見つかり、防災センターで一時預かっているという。

山根が送り主の名前を尋ねると、警備員は鳥羽大学からだと答えた。

どうやら自分が待っていた荷物のようだ、と山根は、つい数時間前に、鳥羽大学の教授秘書からかかってきた電話を思い出した。桐生学長宛てに大事な資料を送ったので、今日中に必ず桐生学長へ渡して欲しいという内容だった。

その荷物なら防災センター任せにせず、自分が引き取って、桐生学長に届けなければならない。なぜなら山根は、桐生学長の秘書だからだ。

大学院の講堂では今、一般市民も参加する講演会が行われている。そのため警備員たちも手一杯で、山根は自分で荷物を防災センターまで受け取りに行くことにした。今日は六時半にはここを出て夫と夕飯を食べる約束で、講演会の終了まで待てなかったのだ。

「それでは今から台車で引き取りに行きます」

山根はそう答えて電話を切った。

傍らの同僚がどうかしたのか、という具合に視線を投げてきた。

山根は手短に状況を説明した。

「マジで？　あの運送会社前にもなかった？」

「ほんと、後で言っとかないとね」

山根は同僚とそんな会話を交わし、席を立った。

彼女が働く北日本科学大学大学院は、今年四月に開校したばかりだ。半年ほど前から準備室が開設され、山根もその頃から開校に向けて様々な準備を整えてきた一人だった。当日中に届かなければならない備品が届かなかったり、指定の場所に荷物が置かれていなかったりといった、配送を巡るトラブルなら枚挙に暇（いとま）がなかった。だから、今日の様に荷物が中庭に放置されていると聞いても、山根は正直、またか、くらいの感想しか持たなかった。

管理棟の隣にある防災センターで荷物を受け取り、再び管理棟に戻って学長室のある三階までエレベーターで上がった。

新設の大学院というのは、全てのことが一から始められるだけでなく、これからの職場の雰囲気も山根たち一期生が決めていくのだと思うと、わくわくする気持ちを抑えられなかった。加えてこれまでの有期雇用の身分とは違い、初めての正規職員としての採用で、学長秘書を任されたことも彼女がはりきっている一因だった。

学長の桐生真（まこと）と初めて顔を合わせた日のことを思い出す。

すぐに、上司としても教育者としても尊敬できる人物であることがわかった。

あんな素晴らしい人物の下で働ける幸運を噛（か）みしめながら、台車を押す山根の手には、自然と力が籠った。

学長室の前に到着し、いつもの習慣でドアをノックしてから思い出した。

学長はまだ講堂にいるはずだ。

大学院の開校を記念して開催されている講演会は今日から二日間の予定で、大学院の内外から著名な研究者などを招いている。

鳥羽大学の教授も、明日の講演で登壇が予定されている一人だった。その教授の秘書からの荷物ということは、明日の講演で使う重要な資料に違いない。電話口で教授の秘書が、必ず桐生学長に渡して欲しいとくどいほど念を押していたのも、そんな理由からだろう。

山根は学長室のドアノブに手をかけた。

鍵がかかっている。

どうやらいったん事務局まで戻って、鍵を取ってこなければならないようだ。

山根が事務局から学長室の鍵を持って戻ってくると、同僚の男性職員が例の荷物を覗き込んでいた。

山根は慌てて彼に駆け寄り、事情を説明した。

僅かに眉を顰めた男性職員が、運送会社には自分から連絡しておく、と言った。

山根はお願いします、と頭を下げて、男性職員と別れた。

ドアを開ける。

外はもう日が落ちかかっていて、部屋の中は暗かった。

山根は入り口のすぐ側にあるスイッチに手を伸ばし、部屋の明かりをつけた。

無意識に息を大きく吸い込んで、部屋に残る新しい家具の匂いを嗅いだ。それは山根が好きな匂いだった。

山根は学長の机の横に荷物を置くと、メモを残した。

その時、ポケットの中のスマートフォンが振動した。

夫からのラインだ。

夕飯の待ち合わせ時間の確認だった。

今夜は久しぶりに一緒の外食だ。

山根は顔を綻ばせながら、返信を打とうとした。

その時、部屋のどこからか、微かに振動音のようなものが聞こえた。耳を澄ますとそれは、床に置かれた荷物から聞こえてくるようだった。

なんだろう。

山根は荷物の上に屈みこんだ。なんの変哲もない段ボールに、運送便の宛名ラベルが貼ってあるだけだ。

あれ、このラベルなんか変じゃ――。

僅かな違和感に包まれながら、荷物に手を伸ばそうとした時だった。

轟音と共に荷物が破裂した。

だが山根の耳には何も聞こえなかった。

彼女はただ、自分の体が凶暴に浮き上がった感覚と、意識がバラバラになるような衝撃に襲われ、驚きと苦痛をその表情に刻んだまま、真っ白い世界に放り出されてしまった。

一

四月十一日。

札幌創成署生活安全課に所属する沢村依理子は、四月一日付で道警本部警務部付に異動となった。

沢村は、大学院で博士号取得後に警察官になったという異色の経歴を持つ。警察組織の中では「異分子」と見られることも多く、過去にはとある出来事から監察官室に目をつけられたこともあった。そのため今回の異動は、報復人事なのではないかと疑っていた。

だが配属されて十一日目を迎え、今日まで特に問題も起こらないまま、久しぶりの内勤の仕事にも慣れたその夜、意外な人物から電話がかかってきた。

その人は捜査一課の課長補佐、奈良勝也だった。

「非常招集だ」

沢村は咄嗟に身構えた。だがすぐに、なぜ警務部の上司ではなく、一課の奈良から連絡がきたのかと訝しんだ。

「詳しいことは後から話すが、お前は今から捜査一課に配属となる」

沢村にそれ以上驚く間も与えず、奈良はJR新札幌駅近くで爆発が起こったことを告げ、負傷者が多数運ばれた病院へ直行するよう指示を出した。

どうして、なぜ、と奈良に確認したいことは山ほどあった。だがその前に、「わかりました。ただちに向かいます」と答えていた。それは警察官としての習性だ。

「あ、待て。多分市内の公共交通は全線がストップする。車で行った方がいい」

全線ストップとはただ事ではない。

電話を切って、全身が震えるような感覚に見舞われた。

奈良は多くを語らなかったが、ひょっとするとテロに匹敵するような爆破事件が起こったのではないだろうか。

身支度を整えながら、テレビをつけた。

ちょうど臨時ニュースが入ったところだった。

「――繰り返します。先ほどJR新札幌駅近くで大きな爆発音があったとの通報が警察に入りました。詳しいことはまだわかっていませんが、どうやら爆発したのは同駅近くにある北日本科学大学大学院ではないかとのことです。付近の住民の方々は、くれぐれも現場には近づかないようにお願いいたします」

北日本科学大学大学院――。

大学が狙われたとなれば、やはりこれはテロ事件ということか。

沢村は急いで自宅マンションを飛び出した。

時刻は午後六時三十分になろうとしている。外はもうだいぶ暗い。

表通りまで走ると、運よくタクシーが捕まった。

車内には、カーラジオからニュースが流れていた。運転手にボリュームを大きくしてくれるよう頼む。

テレビで確認したことと同じ内容が、アナウンサーの口から説明されていた。

爆発があったとされる北日本科学大学大学院は、道内初の大学院大学として、今年四月に開校したばかりだった。

通称はＮＳＵという。国立の大学院大学としては国内で五番目に設立され、世界に通用する理系人材の育成を目的とし、日本では最大級の物理科学の実験施設を持つことでも注目されている。

沢村はスマートフォンを取り出した。アクセスが集中しているのか、ニュースサイトに接続しづらくなっている。諦めて再びラジオに集中した。

「ただいま、現場と中継が繋(つな)がったようです」

アナウンサーが現場リポーターに呼びかけた。

「はい……こちら、ＪＲ新札幌……の周囲は……」

電話でのやり取りなのか、音声がぶつぶつと途切れている。

「……捜査関係者以外、いまは非常線の外に出された格好で、状況がまだはっきりとはしていません。しかし周囲には機動隊の姿も見られ、騒然とした様子が窺(うかが)えます」

困惑も露(あら)わに状況を告げるリポーターの背後からは、ひっきりなしのパトカー、消防車、そして救急車のサイレン音に混じって、避難を促す警察官たちの怒号が響き渡っていた。

沢村が病院に到着すると、外来患者用のロビーには、さながら野戦病院のごとく爆発の負傷者たちが集められていた。

うめき声やすすり泣く声が聞こえ、不安な空気が人々を取り巻いている。

沢村は現場の責任者を探し、改めて被害の状況と自分の役割を確認した。

爆発の原因については、事件か事故かまだわかっていない。しかし責任者は爆破事件という言葉を使い、集められた捜査員たちにもその認識で事にあたるよう指示をした。

現在までに判明している被害者の数は、死亡一名、意識不明の重体一名、そして重軽傷者多数というものだった。

事件当時、大学院では開校を記念して、一般公開で参加費無料の講演会が開催されていた。そのせいで被害者の数が増えたのだという。

沢村に与えられた任務は、ここにいる被害者たちの氏名と連絡先を控え、事件の状況についても可能な限り聴取を行うことだった。

事件の直後、被害者たちは特に不安定な精神状態であることが多く、その供述内容も支離滅裂なことが考えられる。しかしそうした一見空言としか聞こえない話の中に、事件解決の手がかりが隠されているかもしれないのだ。だからこそ聞き取りは、刑事の重要な仕事だった。

今回は一課の刑事だけでは手が足りず、通常は知能犯と呼ばれる経済犯罪を手掛ける二課、それと盗犯専門の三課の刑事たちにも声がかかっていた。

沢村はそのうちの一人とペアを組み、被害者たちへの聞き取りを行っていった。

だがそれは、なかなか簡単な仕事ではなかった。

ここへ運ばれた人の多くは、大学の事務職員たちだった。ほとんどが軽傷であったが、まだショックが大きいのか、まともに話を聞ける状態の者は少なかった。沢村はそうした人々からは無理に話を聞き出さず、名前と連絡先だけを確認すると、後日改めて聴取する旨を伝えるだけにした。

そんな中、比較的落ち着いた様子の男性事務職員の口から、思いがけない証言が飛び出した。

彼は爆発が起こる直前、学長室の部屋の前で、ある段ボール箱を見たと発言した。

職員は右耳に大きなガーゼを当てていた。爆発の影響で右の鼓膜が破れたのだという。先ほどまでは頭痛も訴えていたが、鎮痛剤が効いてきたのか、今は聞き取りに耐えられる状態になっていた。

職員は一度唾を吞み込み、呼吸を整えてから再び口を開いた。

「――爆発が起こる少し前に、学長室の前を通りかかったんです。すると部屋の前に台車に載った段ボールの箱があって、どうしてこんなところに置きっぱなしなんだろうって……」

職員によれば、学長を始めとした教職員たち宛ての手紙や荷物は、事務局で一括管理し、各人の部屋の中まで運ぶのが普通だった。

「それで学長室をノックしましたが応答がなく、ドアには鍵がかかっていました。するとそこへ学長秘書の山根さんがやってきて、後はやっておくと言われたのでお願いしました――あの、山根さんは無事ですか」

爆発があったのは、大学の職員や関係者が多く出入りする、管理棟と呼ばれる建物だった。

いまの証言に出てきた段ボールが爆発したのならば、爆発物が設置されたのは学長室ということになる。沢村が現場の責任者から聞いた話によれば、その辺りから性別不詳の遺体が一体発見されていた。それが学長秘書の山根である可能性は高い。だが今の段階で、断定することはできなかった。

沢村はさらに質問を続けた。

「荷物の宛名は間違いなく学長宛てだったんですね。学長の名前を教えてください」

「きりゅう　まことです」

「どんな字を書きますか」

職員の答えを元に沢村はメモに、「学長　桐生真宛て　荷物」と記した。

それから段ボールの大きさや、荷物の差出人の名前、そして山根と別れてからの男性の行動に話は移った。

職員の肩が僅かに強張った。ここまでの受け答えはしっかりしていたが、話がいよいよ爆発の瞬間に及び、事件の記憶がフラッシュバックし始めたようだ。

「大丈夫ですよ、落ち着いてください」

沢村が声をかけると、やがて職員は誰かに喉を絞められているような声で話し始めた。

「……事務局に戻ろうと階段を下りて、途中、踊り場で学生の一人とすれ違って……」

その学生とすれ違い、あと数段で下の階に辿り着くというところで、職員はいきなりもの凄い圧力で、体ごと前方へと押し出された。まるで巨人の手に掴まれた後、壁に叩きつけられたようだった、と表した通り、建物の壁に激しく体を打ち付けられた彼は、しばらく意識を失っていた。やがて、激しい耳の痛みと大勢の人々が叫ぶ声で意識を取り戻した。何が起こったのかわからないまま、とにかくその場から逃げなければという一心で、崩れかかった建物の外に出たという。

「どうやってあそこから出たのか……っ……すみません……」

職員は突然涙を溢れさせ、膝の間に顔を埋めるようにして体を震わせた。それは今までの平静さが、全て見せかけだったことを物語っていた。

恐らく職員がすれ違ったという学生は、ここことは別の病院に意識不明の重体で搬送された女性のことだろう。彼女の身元もまだ判明していない。

「どうしてなんですか……誰が……なんのためにあんなことを……」

職員は呻くように言葉を振り絞ると、そのまま泣き崩れてしまった。

その後も沢村たちは、十数名の聞き取りを行った。多くの人間が取り乱していて、口を揃えて、何が起こったのかわからないと言った。

結局、重要と思われる証言は、先ほどの男性職員のものだけだった。

沢村は現場責任者への報告を終えると、他の捜査員たちと共に道警本部に引き上げることにした。

＊

時刻は深夜二時を回っていた。緊急配備は既に解除されていたが、道警の本部ビルにはまだ煌々と明かりが灯り、異様な数の制服警官たちが目に付いた。建物内に出入りする人々は、誰も彼もがピリピリしているように見える。

先ほど道警幹部が会見を開き、今回の爆発は、何者かが爆弾を仕掛けたことによる事件だと発表したばかりだった。

事件発生から八時間。爆発物対応専門部隊による大学内の捜索も終了していた。幸い、残りの爆発物の発見には至らなかった。沢村たちが一番恐れたのは二次被害だ。九〇年代、警視庁の独身寮が過激派に狙われたことがある。その時は、一度目の爆発音を聞きつけて集まった警察官らが二次被害にあっていた。今回、その悲劇は免れたようだ。

それでも万全を期して、道警は付近住民への退避指示を明日の朝八時まで延長していた。その影響で、明日は会社や商店など休業を決めたところも多かった。

沢村は刑事部屋に足を踏み入れた。ここへ来るのは、かつて刑事企画課にいた時以来だ。だがあの当時、こんな緊迫した大事件に遭遇することはなかった。

沢村は気持ちを落ち着けようと、ひとまず空いている席に座った。被害者たちの生々しい証言に曝され続けた影響なのか、体はくたくたなのに頭の芯だけが興奮を続けていて気分が悪い。

緊配も解けたため、集められた捜査員たちは逐次帰宅が許されていた。しかし帰る者はほとんどいなかった。沢村も同じだ。まだ何か手伝いたかった。

本部では、対策室の設置に向けて準備が進められているところだった。対策室とは通常、立てこもり事件などが起こった場合、警察本部長をトップに設置される。しかし今回は事態の深刻さを考慮し、情報の一元化のため組織されることになった。

対策室に指定された会議室には、電話やファックス、ノートパソコンなどが次々と運び込まれていった。やがて道警本部長と刑事部長、そして警備部長など、日頃滅多にお目にかかることのない幹部たちが刑事部のフロアに姿を現した。それに加えて、関係する各課の課長たちも集合し始めた。今から、対策室会議が開かれるのだ。

フロアのあちこちではまだ電話が鳴りやまずにいた。刻々と上がってくる情報は、ホワイトボードに手早く書き込まれていく。負傷者の数が、先ほどより一段と増えていることが不気味だった。

これほどの非常事態にもかかわらず、内勤の警察官たちは、てきぱきとやるべきことを片付けている。その動きを見ていると、沢村が下手に手伝いを申し出ても却(かえ)って迷惑になりそうだ。

沢村は席を立ち、別室の様子を確認しに行った。そこは捜査員たちの待機部屋だった。沢村と同じく非常招集された刑事部の捜査員たちが数人、テレビの前に陣取っている。ＮＨＫが臨時のニュースを流していた。

スタジオのアナウンサーがこれまでに判明していることを簡潔にまとめた後、映像は現場からの中継に切り替わった。

頭にヘルメットを着用し、白いウインドブレーカーに身を包んだリポーターが、やや上ずった調子で現場の様子を伝え始めた。

リポーターの背後には警察が張った規制線の黄色いテープと、右へ左へと動く大勢の制服警官の姿が見える。

次に現場周辺を飛ぶヘリコプターの映像に切り替わった。その途端、周囲にいた捜査員たちの口からどよめきのような声が上がった。沢村も例外ではなかった。

ヘリコプターに積まれた高性能の望遠カメラは、投光器に照らされ、一部が無残に崩壊した大学の生々しい有様(ありさま)を映し出していた。それはまるで戦争で破壊された都市の情景のようだった。

「肝は防犯カメラだな」

沢村の傍らでニュースに見入っていた捜査員の一人が、誰へともなく呟(つぶや)いた。

彼が指摘した通り、今後の捜査の鍵を握るのは、現場周辺に設置された防犯カメラ映像だろう。

大学という場所はかつて、防犯カメラの設置には消極的だった。大学内で事件が起こっても、大学の自治を理由に、警察が介入することを極端に嫌ってきた場所でもある。

しかし学生運動が下火となり、学生主体の自治会の影響力も低下した昨今は、学内での犯罪に対応するため、防犯カメラの設置件数も増えていると聞いている。

特に北日本科学大学大学院のように、新設で、最先端の研究を扱う大学なら、防犯カメラの設置台数も多いはずだ。

後はその映像を解析して、犯人を特定する。

沢村は事件の早期解決を期待しながらテレビの前を離れ、刑事部屋へと戻った。

喧騒と雑然の中に、奈良の細い体が見えた。奈良は以前、沢村が中南署の刑事一課にいた頃の上司だ。

沢村を見つけるなり、おう、と奈良が片手を上げた。普段はその細い体に精力を漲らせているが、今夜は流石に疲労の色が隠せない。

沢村は手早く病院での聞き取りの内容を報告した。

「学長室の前に荷物が？」

他に上がってきている情報から考えて、それが爆弾だった可能性は今のところ高い。

「荷物の宛名も学長の桐生真宛てとなっていて、送り主も彼の母校の名前になっていました。学長を狙ったんでしょうか」

「個人への怨恨にしちゃ、爆発の規模がでかすぎる気もするがな……」

「新設の大学院の学長が、そこまでの恨みを買うとも考えにくいですしね」

とするとやはり、大学そのものを狙ったテロだろうか。

しかしあれこれ推測を巡らせるのには、まだ情報が少なすぎた。

沢村は欠伸を嚙み殺した。

知己の間柄である奈良の顔を見たお陰か、ようやく張り詰めていた神経がゆるみ始めた。

「いろいろごたついて悪かったな」

話題は自然と今回の沢村の人事に移った。

「電話では今から一課配属だということでしたが、どういうことなんですか」

こんな突発的な人事は聞いたことがなかった。

当初奈良は、沢村を捜一へ一本釣りする予定だったのだと説明した。

そう言えば奈良は以前、沢村を捜査一課へ一本釣りしてもいいと言っていた。その約束を守ってくれたことになる。

だが土壇場になって刑事部管理官の大浦（おおうら）が、「浅野（あさの）が抜けるなら沢村は取れん」と言い出したのだという。

「浅野さんが抜けるんですか」

沢村は驚いて聞き返した。

浅野は捜一のエースと呼ばれる警部補で、沢村と同い年だ。かつて一度、事件で組んだことがある。

それだけではない。一時は沢村と、プライベートでも親しくなりかけた仲だった。残念ながらこちらについては、沢村の側に心の準備ができていなかったこともあって、深入りする前に終わってしまった。その後浅野は大学時代の同級生と結婚し、昨年娘が誕生していた。

「四月から二ヵ月間、育休だ」

「育休……」

沢村の中に新鮮な驚きが広がった。

道警は一応公務員だけあって、女性警察官の産休、育休の消化率は高い。しかし男性警察官の育休取得となるとまだまだ遅れている上に、取得した者の大半は本部の内勤職という実態もあった。そんな中で、捜査一課の一線で活躍する男性刑事が育休を取得するというのは、時代の変化を物語る出来事に他ならない。

「一課長までは順調に根回しが済んでたんだが、まさかまさかの最後に、大浦さんの反対にあうとは俺も予想外だったよ」

階級を重んじる警察で、一課長まで上がった人事に管理官が口を挟むことは極めて異例と言っていい。つまりそれだけ、刑事部においては大浦の存在感は特別ということだ。

「一度は却下されたのに、どうして私が配属されることになったんですか」

「恐らく今回の事件の規模から見て、人手が足りなくなると上の方が判断したんだろう――」

奈良の答えの途中で、不意に出入り口近くが騒がしくなった。緊急の対策室会議が終わり、幹部たちが引き上げてきたのだ。

沢村がそちらへ顔を上げると、がっしりした体格の男性が入ってきた。くだんの刑事部管理官、大浦重康（しげやす）警視だ。

大浦は部屋の奥にある自分の席に座り、背広の上着を脱いだ。

「あの人は捜一の現場経験が長くてな。実績だけなら一課長より古い、正真正銘の叩き上げってやつだ。その分ちょっと考え方は古風なところがある。お前も慣れるまでは大変だろうが、何かあれば俺がフォローするから遠慮なく言ってくれ」

「ありがとうございます」

「これからせいぜい活躍して、管理官の鼻を明かしてやろうじゃないか」

奈良の言う通りだ。ここに配属された以上は、大浦に認められる捜査員にならなくてはならなかった。

沢村はもう一度大浦の方を窺った。

叩き上げか。確かに古強者(ふるつわもの)という雰囲気が、表情や態度に滲(にじ)み出(で)ている。

一度は沢村の一課入りに反対した彼が、人手が足りなくなりそうだという理由で、沢村の配属を許した——。

何かが引っかかった。

単に増員するだけなら、沢村より相応(ふさわ)しい捜査員はいくらでもいたはずだ。

今回の人事にはまだ何か裏があるような気がした。

だがそのことを口にするには、沢村も奈良も疲れすぎていた。人事の件はいずれ改めて奈良と話をしよう。

沢村は重くなったこめかみの辺りを、そっと指で押さえた。


その後、残っていた捜査員たちには、今後の捜査方針について簡単な説明が行われた。

事件現場を管轄する厚別中央署に特別捜査本部が立つことになり、捜査責任者として警備部長の名前が告げられた。

凶悪事件を捜査する特捜本部の責任者が、刑事部長ではなく警備部長であるというのは特別なことだ。

これが意味することは明白だった。上層部は今回の事件を、過激派などの組織によるテロ事件と位置付けているということだ。つまり公安案件だ。

「公安が絡むなら、面倒くさいことになりそうだな」

「どういう意味ですか」

「昔から刑事と公安は相性が悪い――」

話の途中で奈良は大きく欠伸をした。

「俺たちも引き上げよう。明日はゆっくり休め」

そう言った奈良の声はしわがれていて張りもなく、一刻も早く眠りたいという願望が表れていた。


長かった一日がようやく終わりを迎えた。沢村が自宅のベッドに潜り込んだのは朝の五時近くになってからだった。しかし何度も目を覚ましてはその度に、内容は思い出せないのに、ひどく嫌な夢を見たという記憶だけが残って、結局八時過ぎには起き出した。

寝不足で頭が重い。鎮痛剤を飲んで、携帯を確認した。着信はない。

昨日は深夜まで勤務したため、今日は一日自宅待機が許されている。それだけが救いだった。

コーヒーを落としながら、沢村は朝刊を手に取った。新聞は、明け方帰宅した時点で既に一階の郵便受けに入っていた。その時はそれをテーブルに放り出したまま寝室に直行したので、夜が明けたという感覚がどこかで欠落していたのだが、ようやく時間と感覚が一致したような気がした。

トップの見出しはやはり大学の爆破事件だった。記事そのものは、沢村が把握している情報の域を超える内容はない。朝刊の締め切りを考えればこれは仕方ないことだ。

次にテレビのニュースを確認することにした。

今日はどの局も通常のニュース時間を延長して、爆破事件の特集を組んでいるようだ。画面には昨夜同様L字で情報が流れ、臨時休業予定の商業施設や小売店の名前、さらにJR北海道、札幌市営地下鉄など各交通機関の運行状況などを表示していた。

アナウンサーとニュース解説員が神妙な面持ちで事件の詳細を説明する。

北日本科学大学大学院、通称NSUは、札幌キャンパスと野幌(のっぽろ)キャンパスの二ヵ所からなっている。さらに札幌キャンパスは、JR千歳(ちとせ)線の線路を挟んで、ノースキャンパスとサウスキャンパスに分かれていた。事件が起こったのは、サウスキャンパス側だった。

爆発は管理棟と呼ばれる建物内で起こった。管理棟の一階と二階が事務局となっていて、特に爆発の影響が大きかったとされる三階には、学長室や副学長室など大学院の管理職用の部屋があった。

解説員の説明が続く。それによれば、大学の敷地(しきち)内は誰もが簡単に出入りできる状況だったとのことだ。

これはNSUに限らず、どこの大学でもほとんど一緒だろう。

加えて今回、混乱に拍車をかけたのは、講堂で一般公開の記念講演会が催されていて、大勢の人々が集まっていたことだった。

爆発物の設置場所について、図を使いながら解説員が詳細な説明を始めた。概(おおむ)ね、沢村が大学職員から聞き取った通りだ。管理棟三階の学長室に置かれていた段ボール。爆発物がその中に仕掛けられていたことはもう間違いないだろう。

「――今回の爆破事件で思い出されるのが、去年の十二月、藻岩山山中で見つかった爆発物との関連ですが、この点は何かわかっているでしょうか」

アナウンサーの発言で、沢村はその事件を思い出した。

去年の十二月、藻岩山山中の登山道から少し逸れた場所で、爆発物らしきものを破裂させた痕跡が見つかった事件があった。確か捜査本部が中南署に立ったはずだが、続報は聞いていない。

もしあの事件と関係あるとすれば、何者かが計画性を持って仕組んだ爆弾テロ事件という可能性は、いっそう高まってくる。

恐らく警察上層部はそのことも含めて、今回の捜査を公安主導と決めたのだろう。

〈刑事と公安は相性が悪い〉

昨夜、奈良に言われた言葉が思い出された。

もっとはっきり言えば、刑事と公安は相互不信に陥っていると言って良かった。

古くは七〇年代の連続企業爆破事件があり、その後もオウム真理教事件で対立は深まった。決定的だったのは、警察庁長官狙撃事件だ。警察のトップが狙撃されるという警察史上に類を見ない事件でありながら、未解決に終わった要因の一つは、刑事と公安の仲の悪さだったと言われている。

公安は元オウム信者だった警察官の身柄を確保しながら、それを警察庁に伝えることをしていなかった。その後刑事たちの方は、ある容疑者に的を絞っていた。しかし捜査の主導権はあくまで警視庁公安部にあったため、刑事たちの意見は通らなかった。

この時を教訓として、公安と刑事の協力関係については見直しが図られ、今は幾分マシになったとは聞いていたが――。

「今回の事件を受けて、官邸側も何か動きがあるでしょうか」

アナウンサーの言葉で、沢村は再びニュースに意識を戻した。

「はい。昨日、事件の一報を受けて総理は会見を行いました。その中で、官邸に対策室を設置し、警察庁、道警、そして北海道庁などと連携して、治安の維持に努めたいとコメントしています」

「官邸としては、テロという見方もしていると考えてよろしいでしょうか」

「直接的な言及こそありませんでしたが、昨日の総理の表情からも、今回の事件は極めて重大な、日本の治安上の危機であるとの認識が窺えるものでした」

日本の治安上の危機――。

重い言葉だ。

日本はこれまでテロがないとよく言われてきた。

だが実際は七〇年代には学生運動から発展したゲリラ事件が頻発し、一九九五年のオウム真理教による地下鉄サリン事件などは、間違いなくテロ事件だった。

あれからおよそ四半世紀、再びこの日本で大規模テロを起こそうと画策する集団が現れたとしても、なんら不思議なことではない。だからこそ公安は未(いま)だに、危険性のある組織をマークしているのだ。

沢村はテレビを消した。

官邸が出てきたとなれば、道警側も事件解決に向けては相当なプレッシャーを受けることになるだろう。もし捜査が長引けば、警察庁が介入してくる可能性もある。

それほどの緊急事態だというのに、沢村は今日一日自宅待機が許されている。その意味を今になって理解した。

沢村は昨日付けで、奈良率いる特捜第五係へ配属となったが、その五係は出番がないということだ。

捜査一課にはいわゆる事件番というものがある。事件発生に備えて待機する係だ。

今年から捜査一課は、凶悪事件の捜査を担当する特捜係がそれまでの四つから五つに増えた。一から五まである特捜係は基本的に、非番、待機非番、事件番をローテーションで回していく。沢村の特捜五係は、これまで準事件番ともいうべき待機非番扱いだった。

そこに今回の爆破事件が起こって事件番だった一係が出動したため、五係が事件番へ繰り上がったのだ。

事件番となれば、後はひたすら、自分たちが担当する事件が発生するまで待つしかなかった。

もどかしいがどうしようもないことだ。

ベッドに戻り、明日に備えてもう少し体を休ませておこうと思った。だがすぐに気が変わった。

やはり何かしていなければ落ち着かない。

沢村は自分のノートパソコンの電源を入れた。インターネットの検索エンジンを開くと、

「北日本科学大学大学院」と入力する。

最初の方に表示されたニュースサイトは無視し、画面をスクロールさせていく。

沢村が探したのは、大学院の公式ホームページだ。ようやく見つけてクリックするが、アクセスが殺到しているのか開けなくなっていた。

仕方なくそこを確認するのは後回しにして、次に表示されていたサイトを開いた。

「学術都市として生まれ変わる新札幌」と題し、北日本科学大学大学院を含む周辺地域の簡単な紹介がされていた。このサイトは、北日本科学大学大学院ことNSUの建設を請け負った大手ゼネコンのホームページだった。

これによれば、新札幌に札幌の副都心として開発の手が入ったのは、一九七〇年代のことだ。八〇年代に入ると現在の札幌市青少年科学館、サンピアザ水族館などができ、九〇年代には駅ビルやホテルもオープンし、周囲は賑(にぎ)わいを見せるようになる。しかしやがてバブル経済が崩壊し、道内の景気が悪化したことや、札幌駅周辺の再開発が進んだ影響で街は衰退の一途を辿った。そこで二〇一三年ごろから新札幌の再開発計画が持ち上がり、当初は外資系企業の誘致を目論(もくろ)んだものの、それが立ち消えとなって以降、新札幌学術都市計画といった構想が持ち上がり、NSUの誘致に繋がったといったことが書いてあった。

テレビのニュースでも紹介された通り、NSUはJRの千歳線線路を挟んで、サウスキャンパスとノースキャンパスに分かれている。周囲にはホテル、総合病院、巨大商業施設が林立し、札幌副都心としてまさにこれから一層の飛躍が望まれるところだった。

もう一度NSUのホームページに戻った。しかしまだ、アクセスはできなかった。

沢村はふと閃いて、地元紙の道日新聞の電子版へアクセスを試みた。読みたかったのは今回の事件のニュースではない。NSUが誘致されるまでのより詳しい内容だ。

「北日本科学大学大学院」と検索すると、今回の事件に関する記事が何本か続いた後、ようやく事件以前の記事が見つかった。

「札幌副都心の新たな顔」「初年度入学者は三十八名（修士課程三十一名、博士課程七名）」「物理科学研究センター（江別市野幌）は来春開校へ」

NSUの開校は、地元ニュースの目玉ということもあって、道日もかなり力を入れて特集していた。だが内容のほとんどは、テレビのニュースと重複するものだった。

ページを変え、画面をスクロールさせていくと、学長である桐生真へのインタビュー記事が見つかった。

犯人が学長を狙ったのかどうか、まだはっきりはしていない。

個人的怨恨にしては爆発の規模が大きいのではないか、と奈良も首を捻っていたが、それだけ犯人の恨みが激しいとも言える。

ひょっとしたらNSUの学長に就任する以前に、酷いアカハラやパワハラを行っていたということも考えられた。

学長の桐生真とはいったいどんな人物なのだろう。

沢村はインタビュー記事へのリンクをクリックした。

「え？」

途端に声が漏れた。

画面が開いて、自分のこれまでの大きな勘違いに気が付いたのだ。

記事のトップには、丸顔でショートカットの知的な女性の写真が載っていた。それが学長の桐生真だ。

ＮＳＵの学長桐生真は彼ではなく、彼女だった。

どうやら、大学院の学長という肩書にすっかり惑わされてしまったようだ。

これがジェンダーバイアスということか。

ジェンダーバイアスとは、無意識に男女の役割を固定化してしまうことだ。

真という名前だけなら、男女どちらでもおかしくない。だが沢村は性別を疑うこともなく、大学院学長の肩書だけで、『男性だ』と無意識に思い込んでしまっていた。

男性優位と言われる警察組織に所属して、女性の地位向上には敏感でなくてはならないはずの自分でも、こんな風にジェンダーバイアスの罠（わな）に引っかかってしまうことがあったとは――。

気を取り直して、桐生学長のインタビュー記事を読んでいった。

真という名前のため、昔からよく男性に間違われた、ということが桐生自身の口からも語られていた。そのため、今回学長の打診を受けた時も、男性と勘違いされたのではないかと疑ったほどだったという。しかしそうではなく、自分のこれまでの業績をしっかり知ってもらったうえでの抜擢（ばってき）だったとわかり、学長という大役を引き受けることになった、と彼女は続ける。

その後、記者の質問は桐生自身のキャリアに及び、転機となったアメリカ時代の話が続いた。

桐生が大学へ進学したのは一九七〇年代のことだ。当時、女性の四年制大学への進学率は一割程度だった。桐生の両親もどちらかと言えば、女性が四大に、それも数学科に進学することに対しては、婚期が遅れるなどと言って反対の立場だったという。しかし大学を卒業して大学院に進みたいと話した時点で、桐生いわく、両親からは匙（さじ）を投げられたのだそうだ。半分は冗談だとしても、それくらい当時は、女性が高等教育を受けること自体が珍しい世の中だったのだ。

そんな中、桐生はミシガン大学のポスドク職を獲得した。だが女性が数学の世界で研究者として自立することは、世界的にも困難な挑戦だった。アメリカに渡ってからも、ガラスの天井、人種差別など様々な壁が桐生の前に立ち塞がった。そうしたエピソードの幾つかを、終始ユーモアを交えながら桐生は答えている。それはまさしく、桐生の人柄が伝わってくるようなインタビュー記事だった。

記事の最後に、桐生の簡単なプロフィールが紹介されていた。

桐生真（きりゅうまこと）。六十七歳。鳥羽大学数学科博士課程修了・コロンビア大学数学科教授。愛知（あいち）県出身。

鳥羽大学――。

西日本では特に、理系研究が強いことで知られる名門大学だ。病院で聞き取りを行った大学職員の話では、爆発物が仕込まれていたと思（おぼ）しき荷物の送り主には、鳥羽大学の名前があったという。

桐生のプロフィールはあちこちの媒体で紹介されていて、出身大学を調べることは簡単だったはずだ。学長の母校から送られた荷物なら、まず誰にも怪しまれることはない。犯人もそう計算したのだろう。

　しかし彼女のインタビュー記事を読む限り、その人柄は好感が持てた。こんな人物のどこに、爆弾で命を狙われる要素があるのだろう。

　もしかすると、記事では見えてこない裏の顔があるのだろうか。女性であっても、パワハラやアカハラの過去がないとは言い切れない。人から恨みを買うことに、性別は関係ないのだ。

　沢村は何か犯人の動機に繋がりそうな手がかりはないかと、さらに画面をスクロールさせていった。と、ある見出しに目が留まった。

「学長には三島哲也（みしまてつや）氏（元神南（こうなん）大学教授）が就任予定」

　記事の日付は去年の三月になっていた。

　大学の学長の選考方法は幾つかあるが、多いのは学長選考会議で決まる方式だ。今回、ＮＳＵに関しては新設ということもあり、準備委員会という組織が結成され、何人かの候補者の中から文科省が学長を決めた。

　道日が記事にしたということは、かなりの確度で三島哲也が学長になることは決まっていたはずだ。

　沢村はいったん道日のサイトを離れ、再び大学のホームページへアクセスした。今度は繋がった。早速大学の役員名簿を確認する。

学長　桐生真

副学長・理事（研究科長）　三島哲也

複数いる副学長の中で、三島の名前は筆頭に挙がっていた。研究科長も兼ねているということは、三島は事実上、大学のナンバーツーということになるだろう。

去年の春まで学長候補として名前が挙がっていた三島は、いったいどういう経緯で桐生と交代したのだろうか。

今回の事件に関係があるかどうかはわからない。だが気になった。

もっと情報が見つからないかとさらにマウスを動かそうとした時、携帯が短く震えた。はっと携帯を手に取った。しかし振動したのは私用のスマートフォンの方だった。アプリケーションの更新が終わったという合図だ。

思わずため息をついた。

気が付けば昼になろうとしていた。つい夢中になってしまったようだ。

首の裏の筋肉が痛いほど凝っている。指で解しながらパソコンの電源を落とした。空腹は感じていない。代わりに猛烈な眠気が襲ってきた。いま眠ってしまったら、睡眠のリズムが乱れてしまう。わかっていたがもう抗えなくなった。

もう一度ベッドに潜り込み、眠りに落ちて行こうとした時、低く唸るような音が聞こえて反射的に目が覚めた。

呼び出しだろうか。

携帯に手を伸ばしかけて、それがまたしても私用スマートフォンの方であると気づいた。

それならすぐに出なくても構わないのだろうが、一応誰がかけてきた電話なのか確認しようと手に取った。

「え……」

画面に表示された名前を見た瞬間、血の気が引いた。

笠原(かさはら) 聡(さとし)。

ディスプレイに表示されたその名前は、昔自殺した、沢村の恋人の名前だった。

二

一夜明けて、電話はきっと笠原の母親からだ、と気が付いた。笠原が亡くなった後、彼の携帯を名義変更して使っていたに違いない。

なんの用件だったのだろう。笠原が亡くなってから、彼女とは連絡を取り合うこともなくなっていた。

こちらから掛けなおした方がいいだろうか、どうしようか。

何度も逡巡しているうちに時間は過ぎて行き、気づけば出勤時刻が迫っていた。

沢村はいったん電話のことを頭から追い払い、身支度を始めた。

登庁した沢村は刑事部屋に向かう前に、まず警務部へ顔を出すよう指示を受けた。

今回、事件発生と同時に捜査一課への配属が決まり、書類上の手続きが後回しとなっていたためだ。異動一つとっても、幾つかの書類仕事が発生する点では、警察もお役所だった。

規定の書類に署名捺印した後、沢村はようやく今回の異動の正式な辞令を受け取った。

辞令には「警務部付刑事部捜査第一課警部補を命ず」とある。

つまり籍は警務部に残したまま、一時的に捜査一課へ出向するような形ということだ。

直感した通りだった。

この人事、やはり何か裏がありそうだ。

沢村が刑事部フロアにある更衣室のロッカーの鍵を受け取り、エレベーターホールに向かって、休憩室を通り過ぎようとした時だ。沢村はそこに一人の男性の姿を見つけた。

片桐一哉(かたぎりかずや)。道警史上最年少の警視にして、その役職は警務部長付管理官。これまで道警にはなかったものだ。この二つだけで、彼の特異性を説明するのには十分だった。

そして沢村とは、少なからず因縁のある人物でもあった。

因縁の発端となったのは、「陽菜(ひなた)ちゃん事件」と呼ばれる有名な未解決事件だった。

去年、その事件の捜査資料が、何者かによってノースウォッチャーという出版社にリークされる事件が起こった。警察上層部は、陽菜ちゃん事件の捜査関係者にリーク犯がいると睨(にら)み、監察官室による徹底した犯人探しが行われた。その際、ターゲットにされたのが沢村だったのだ。

だがこの時、監察官室とは別の観点から漏洩(ろうえい)事件を調べていた者がいた。それが片桐だった。

結局捜査資料の漏洩事件は片桐によって、誰も傷つかない形で丸く収められるに至った。

休憩室の自動販売機の前で飲み物を手にした片桐が、沢村に気が付いた。

上背があり、よく鍛えられて引き締まった体を皺(しわ)ひとつないスーツで包み、巧みにさわやかさを演出して微笑(ほほえ)みを浮かべる。

「おはよう」

そんなそつのない相手に合わせて、沢村も笑顔で挨拶を返した。

片桐には恩がある。漏洩事件で見せた手腕にも一目置いていた。

それでも思うのだ。相変わらず本心を見せない彼をどこまで信用していいのか、と。

四月から警務部に配属されて、顔を合わせれば挨拶くらいは交わしていたが、それだけで彼のことを理解するのは不可能だった。

いや、ますますその底の知れなさを意識させられたと言っていい。

「今日から刑事部のフロアに移るのか」

「はい。残念ながら警務部には、籍だけということになりました」

「ああ」

片桐は何かを思い出したように笑った。

「警務部付刑事部捜査第一課。悪くない人事だと思わないか」

「それはどういう――」

どうやら片桐は、今回の人事の真の意図を知っているようだ、と思った時、もう一人、因縁のある人物が現れた。

監察官室室長補佐という肩書を持つ岡本（おかもと）だ。岡本はくだんの捜査資料漏洩事件の際、沢村に対して執拗（しつよう）に依願退職を迫り、それが叶（かな）わないと悟るやこんな警告を発した。

〈次の人事は覚悟しておけよ〉

そのせいで沢村は当初、警務部付とされた異動に対して、岡本の報復ではないかと疑ったのだった。

痩せ型で神経質そうな岡本の見た目は相変わらずだ。自分を追い詰めた時、嫌味なくらい滑々(すべすべ)な爪をしていたことまで思い出して、一気に憂鬱になった。

岡本は一瞬鋭く沢村を見据えてから、片桐に視線を移した。

片桐の得体の知れなさとは対照的に、岡本は恐らく本人が思っているよりずっとわかりやすい人間だった。

プライドが高く、野心を隠そうともしない。もっとも本人はそれを隠せていると思っている、というところまで、沢村には見て取れる人物だ。

「おはようございます」

岡本を通すために、片桐が一歩壁側へと下がった。

そんな片桐に軽く顎を引いて、岡本が奥の自動販売機へ向かった。

岡本は片桐の二つ年上で、警視への昇任年次でも一年早い。

聞いた話によれば、片桐に破られるまで、道警の最年少昇任警視の座を誇っていたこともあり、片桐に対しては強力なライバル心を抱いているともいう。

岡本は飲み物のカップを手に片桐を振り返ると、贔屓(ひいき)の野球チームの話を始めた。どうやら妻と義父と一緒に、札幌ドームで観戦してきたらしい。それに対して笑顔で相槌(あいづち)を打つ片桐の態度は、実に如才なかった。

だが沢村は気づいてしまった。

表面上は笑顔の二人だったが、その目が笑っていないことを。

組織において、とりわけ警察という組織においては、上を目指すなら誰かに対する負の感情は隠す方が賢明だった。あからさまな敵愾心(てきがいしん)はマイナス評価に直結する、と聞いたこともあった。

沢村の目の前にいる二人は、十分過ぎるくらいそのことをわかっていて、あからさまに本心を偽っている。

だが、岡本はともかくとして、片桐までこうもわかりやすく体裁を取り繕っていることに沢村は驚いていた。

そうか。これもまた、片桐の演技なのだ。

岡本に対して、うまく敵意を隠そうとして隠しきれていないというふりを彼は演じている。

つまり岡本のレベルに合わせて、愚者の振る舞いを片桐は見せているだけなのだ。

そう気づいた途端、やはり片桐を百パーセント信用するのは危険ではないかと思った。

突如、二人が弾(はじ)けるように笑った。全くの茶番劇だ。

一人は愚者でもう一人は天才的な詐欺師。

そうとしか考えられなかった。

「失礼します」

逃げるように廊下へ出た沢村は、詰めていた息を長々と吐き出した。


沢村は刑事部のフロアへ向かいながら、改めてこれまでの自分のキャリアを振り返った。

警察官を拝命したのは三十歳になる年だ。それから交番勤務を経て、道警本部総務課、刑事企画課と移り、中南署の刑事一課、創成署の生活安全課という経歴を経て、いまは警務部付という待命なのか、懲罰なのかよくわからない辞令を受け取って、捜査一課に配属となった。警察官になって十年に満たないキャリアでありながら、異動の数だけは多い。

捜査一課にも果たしていつまでいられることか。

まるで根無し草になったような不安感が襲ってきた。しかし命令が下りた以上は、全力でやり遂げるしかない。

沢村は気持ちを切り替え、刑事部屋へ入った。


事件番となった初日の今日、刑事部屋には特捜第五係のメンバーがはりきって勢揃いしていた――、かと思いきやそうではなかった。

各特捜係の指揮命令系統は、責任者である警視の指導官、その下に警部の課長補佐を置き、さらに警部補の係長が課員をまとめるという構成なのだが、いまこの場にいる五係のメンバーは、課長補佐の奈良、警部補の沢村、そして木幡(こはた)と松山(まつやま)という二人の巡査部長だけだった。指導官の警視は、特捜二係との兼務のため、佳境となっている千歳の捜査本部に詰めて不在だった。

「二課にまで出動要請がかかってて、なんで俺たちにはお呼びがかからないんですか」

木幡が口を尖(とが)らせた。

木幡がケチをつけたのは、特捜本部の編成内容だった。

公安との合同捜査という点はともかく、刑事部捜査一課から招集されたのは、爆破事件の調査を専門とする特殊事件係、そして事件番だった特捜第一係。ここまでは通常通りだ。そこに機動捜査隊、鑑識課が加わった。その他、経済事件担当の捜査二課までが駆り出された背景には、大学院の誘致に絡んで金の問題が噂されていたからだ。

木幡は当然、自分たちも特捜本部に加わるものと考えていたらしい。

「俺たちまで出たら、事件番がいなくなるだろうが」

というのが奈良の答えだった。

「だったら千歳に行ってる二係を呼び戻せばいいんじゃないですか。あっちはもう犯人の目星がついて、あとは逮捕状を取るばかりじゃないですか」

「無茶言うな。目星はついてると言ったって、証拠集めはこれからだ。そう簡単に逮捕状が取れたら苦労しねえんだよ」

奈良は苦笑いしながら、さらにこう付け加えた。

「近頃じゃ防犯カメラリレーの技術も上がって、昔みたいに凶悪事件だからって、強行犯係が二個班も出張っていくような時代じゃねえんだぞ」

奈良が言った通り、近年は道警でも、防犯カメラ映像の解析やプロファイリングを積極的に捜査に活用するようになり、以前のような捜査員の足による捜査から科学的な捜査へとシフトし始めていた。

「じゃあ、俺たちはここでじっと待機してろってことですか？」

「事件番なんだからしょうがねえだろう」

呆れるように答えた奈良を庶務担当が呼びに来た。

奈良がいなくなった途端、元自衛官という経歴を持つ木幡は、心の底からうんざりしたように吐き出した。

「面白くねえな。待機が嫌で自衛隊を辞めたのに、これじゃ意味ねえ」

「ぼやくなって。待つのも仕事のうちだぞ、俺たちは」

「なんだよ、松山。急に聞き分けのいいふりしやがって」

木幡が傍らにいる松山を睨んだ。

木幡と松山は共に四十代の巡査部長で、松山の方が二十センチ近く身長が高いという点を除いては、そっくりな体型だった。さながら、松山を頭から軽くプレスしたら、木幡が飛び出してきたかのようだ。共に体に厚みがあり、特に胴回りが立派だった。髪型も、もみ上げの形まで一緒なので、同じ床屋に通っていると言われても疑わないだろう。

唯一、松山の名誉のために付け加えるならば、松山の体の厚みの大半は筋肉に見える点だった。

「まあ、いいから大人しく漫画でも読んでろよ」

松山はおっとり口調で、読んでいたスポーツ新聞を木幡に渡した。

「お前の好きな四コマも載ってるぞ」

「くそ、つまんねえなあ」

木幡が子供の様に吐き捨てながらスポーツ新聞を開いた。

「なんだよ、これ。一週間前の新聞じゃねえかよ」

「まだ読んでない記事があるんだよ」

「暇かよ」

「暇だよ」

今日が五係のメンバーとの初顔合わせとなる沢村は、松山と木幡のやり取りをやや戸惑いながら窺っていた。事件番とは言え、目の前の二人はあまりに緊張感が無さすぎた。

木幡が再び欠伸をして、目を擦りながら思い出したようにぼやいた。

「防犯カメラリレーねえ。なんでもかんでも科学的、合理的って言うけど、事件の捜査ってのは、もっと泥臭いもんだと俺は思うがね」

「だから時代じゃないんだよ。一課の刑事だからって、何日も家に帰らないってこと自体が異常だったんだ」

松山の正論に、木幡は不満そうに鼻を鳴らした。

「近頃はなんでもかんでもそれだ。ワークライフバランスってのもなんなんだよ。個人の働き方や人生のあり方にまで、お上がいちいち口出しすんなって話だ」

ワークライフバランスか。

沢村はぼんやりと、警察学校に入校した時のことを思い出した。入校式で「これからは警察官もワークライフバランスが重要」といったようなことを警察学校長が話していたのだ。

警察官と言えば当直や緊急の呼び出し、タテ社会特有のパワハラや圧倒的男性優位社会から来るセクハラなど、職場環境としてはブラックと呼ばれることの方が多い。沢村も入校前はある程度覚悟していたのだが、その警察がワークライフバランスなどといった、いかにも今風な施策を打ち出していることが意外で印象に残っていた。

木幡と松山の話が続いていた。

「じゃあお前は、仮に三人目が生まれても育休は取らないのか」

「それとこれとは別だ」

「なんだそりゃ」

「いや、正直な話、浅野さんが先例を作ってくれたことには感謝だな」

木幡は不意に真顔になった。

「やっぱ一課に籍を置きながら長期間休むってのは、難しいと思ってたからさ」

「育休に関しては、警務からかなり強引に圧がかかったらしいぞ」

「マジか」

「警務としてもノルマがあるんだと。でも浅野さんは、一課から内勤に回されるなら、育休は取りませんと最初は断ったらしい」

「なんだよ、その格好いいエピソード」

木幡は目を輝かせながら、椅子に座り直した。

「で、結局、ノルマを達成したい警務と、浅野さんを残しておきたいうちとで揉めに揉めた挙句、浅野さんは一課のまま育休を取得することになった、というわけだ」

「へえ、なるほどな……、ああ、なるほどな！」

木幡が突然、何もかも納得したと言わんばかりに声を張り上げた。

「うるせえよ、なんなんだよ」

松山が顔を顰めた。

「いやあ、俺はずっと不思議だったんだよ。浅野さんが育休を取ることはともかく、その代わりがどうしてあの人だったのかってさ。あの人もきっと警務が、女性の活躍云々とかいってねじ込んできたんだろう。じゃなきゃ、単にいい大学出たってだけで、ろくに捜査経験もないような女性がうちに――」

その時木幡は、沢村が自分の方を窺っていることに、ようやく気が付いたようだった。目を白黒させるという表現があるが、沢村は生まれて初めて、他人の顔にそれが浮かぶ瞬間を目撃した。

「あ、いや、違うんですよ。今のは別に他意は……」

しどろもどろになった木幡を松山は、アホだな、という顔でちらっと眺めた後、スポーツ新聞に注意を戻した。

どうやら木幡という人物は、少々軽率で、思ったことを考え無しに口にしてしまう傾向があるようだ。

だがお陰で、沢村もこの時初めて、今回の人事が腑に落ちた。

一課長まで根回しが済んでいた人事を、大浦が直前になって拒絶した。恐らくその時点では全てのポストが埋まっていたため、沢村は行く場所が無くなってしまった。弱った人事担当者はひとまず沢村を警務部付とすることにした。ここまではよくある話だ。だがそこへ今回の大事件が発生し、一課から応援要員の話が持ち上がった。そこで誰かが、沢村を利用できるということに気づいたのだろう。

例えば激務と言われる捜査一課の男性刑事が、そこに籍を残したまま育休を取得したらどうだろうか。それだけでも、世間の印象ががらっと変わることは間違いない。加えてその代替要員として、幹部候補の女性警察官が捜査一課に配属されたらどうだろうか。これこそがジェンダー平等の理念とは言えないだろうか。

少子化の影響や景気の動向によって、道警を始めとした全国の警察では、年々人材の確保が難しくなってきていると聞く。公務員とは言え、警察は何かにつけてブラックと言われ、その体質を嫌う若者も多かった。

だが学生向けの説明会で、今回の人事の例を持ち出したらどうだろうか。男女を問わず、警察に対する印象が百八十度変わることは間違いないはずだ。

冷静に考えれば、これだけの大事件で、育休を中断させて浅野を招集しなかったことがおかしいのだ。

つまり言葉は悪いが、沢村の人事は警務部からのごり押しということだ。だからこそ大浦でさえ、沢村の捜査一課配属を承諾せざるを得なかったわけだ。

〈――悪くない人事だ〉

今朝方、片桐から掛けられた言葉が蘇(よみがえ)った。

その通り、これは道警にとっての悪くない人事だ。決して沢村にとってではない。

組織の人事が個人の事情を斟酌(しんしゃく)しないことはわかっている。それでも、本人が与(あずか)り知らぬところで、幹部候補というレッテルのほかに、ジェンダー平等推進のアイコンにまでされて、沢村は一気に空虚な気持ちに包まれた。

仮に浅野の代役だったとしても、せめて一課に配属されたことは自分の実力だと信じていたかったのに――。

皆の手前、木幡の言葉など気にしていない風を装ってはいた。だが実際は、都合よく人事に利用されたことへの鬱憤で、沢村の心は落ち着かなかった。

そこへ奈良が戻ってきた。さっきまでとは顔つきが違う。

「亡くなった犠牲者の身元が判明したぞ。現場から遺体で発見されたのは、学長秘書の山根祥子さん、三十三歳だ」

奈良が重々しい声で告げた瞬間、沢村は自身の問題など二の次となってしまった。

「えらく特定が早かったですね」

松山が背もたれから上体を起こした。

「ご主人が指の結婚指輪を確認した」

奈良は無意識なのか、自分の左手の薬指の根元を触った。

沢村はすぐにその意味を理解した。

指だけということか。

爆弾の直撃を受けた彼女は恐らく――。

沢村はそれ以上の恐ろしい想像を、意識的に頭から追い出した。

「そしてもう一人、意識不明の重体で病院に運ばれた女性は、大学院の数学科に籍を置く岩田(いわた)朝日(あさひ)さん、二十五歳であることもわかった。こちらはご両親が直接病院で確認してる」

捜査本部の会議で発表しているような硬い口調で奈良が告げた。

被害者の情報が特定されると同時に、事件の詳細も明らかとなってきていた。

事件が起こった四月十一日の午後六時に講演会が終わり、多くの人々は講堂を出ようとするところだった。同じ頃、学長秘書の山根が台車に載せた荷物を管理棟へ運びこむ姿が、防犯カメラに捉えられている。

「運び込む？　運送便の荷物は、いったん事務局で受け取るって話じゃなかったですか」

木幡が指摘した。通常大学院宛ての荷物はセキュリティ上の理由から、ノースキャンパス宛てもサウスキャンパス宛ても、全て事務局で管理する決まりだ。

「未確認だが、中庭に放置されていた荷物が、防災センターに持ち込まれたという話がある。そして山根さんは防災センターへ荷物を受け取りに行き、学長室へ運んだということだ」

「荷物が放置って、そのことをおかしいとは思わなかったんですか」

「その辺りはなんともわからんな。仮におかしいと思ったとしても、まさか爆弾が仕込まれてるとは、考えもつかなかっただろうしな」

「特捜本部は、山根さんも共犯の可能性があると見てるんですか」

再び木幡が尋ねた。

「そこまでは断定できないだろう。だが彼女は本人も気づかないまま、爆弾の運び役にされたという可能性はある」

「じゃあ、山根さんがターゲットだったって可能性はあると思うか？」

木幡が戸惑ったように松山の顔を窺った。

「いいや、ないだろうな。もし彼女をターゲットにするなら、大学に爆発物を仕掛けるより、自宅に直接送り付けた方が簡単だ」

「うん、確かにそうだ」

木幡は納得したように腕を組んだ。

木幡も松山もさっきまでとは別人のように、真剣な表情を浮かべている。

そこへ二人の捜査員が部屋に入ってきた。同じく五係の高坂と花城だ。

「おはようございます」

高坂の渋いバリトンの声が響いた。

「おう、ご苦労さん。どうだった」

奈良が手を上げた。

現場は事件発生後からしばらく封鎖されていて、捜査陣が現場に入れるようになったのは今日の朝からだった。高坂と花城は自宅が厚別の現場に近いということで、出勤前にそちらへ様子を見に行っていたのだ。

高坂が詳細な現場の様子を報告する。崩れた建物の惨状、飛び散ったガラス片と地面に残る血痕など、戦場のようだったという。

「でもそれより気になることが」

高坂の端整な顔がさらに引き締まった。

高坂は五十代半ばの巡査部長だ。昔なら部屋長と呼ばれるような捜一の古参刑事だが、本人はその呼称で呼ばれることを嫌っている。ネクタイのセンスも良く、言動も都会的だった。ロマンスグレーと呼ぶにはまだ早いが、あと十年もすれば間違いなくその領域に到達するはずだ。

「現場に公機捜の連中が来てました。厚別中央の連中に聞いたところ、昨日の朝からこっちに入ってたようです」

「昨日の朝から？　そりゃまた、随分と早いな」

奈良も何か引っかかるような顔つきになった。

公機捜とは、警視庁公安部に所属する公安機動捜査隊のことだ。テロ事件の際の初動捜査を担当し、鑑識活動も行う。

一昨日の夜に発生した事件で、その翌日にはもう現場入りしているということは、羽田空港発の始発便で飛んできた可能性が高い。

大学で起こった大規模爆破事件ということもあって、道警の上層部は、夜のうちにテロ事件と断定し、察庁経由で公機捜への出動依頼を決定したということか。いや、それにしても意思決定が早すぎはしないだろうか。

「案外、あの日爆破があるって情報を、公安は摑んでたのかもな」

不穏な言葉を漏らしたのは松山だった。

「まさか。いくら公安だって、事前に摑んだテロ情報を隠してはおかないだろう」

「甘いな、木幡。あの連中はそういうことをやりかねないんだよ」

木幡の驚きを松山が眠そうな目で否定した。

「そもそも公安と刑事はその目的が違うんだ。俺たちは事件が起これば その犯人を捕まえる。共犯者がいれば逮捕した被疑者に口を割らせ、そこから芋づる式に挙げていく。でも公安は小さなターゲットから始めて、何年もかけて集めた情報を蓄積して、じょじょにより上部の団体へと包囲網を拡大していく。そのためには連中が言うところの、小者である下部団体が起こした犯罪なんて取るに足らないってことなんだよ」

松山は公安への不信感を隠そうともしなかった。それだけ両者の対立は根深いということの表れだ。

「公機捜が入ったってことは、いよいよ公安がでかい顔をしてくるってことになるのか」

木幡が不服そうに唇を窄めた。

「でかい顔も何も、特捜本部の捜査責任者が警備部長になった時から、それしかないだろう。公安三課も久々の出番でさぞかし張り切ってることだろうよ」

松山の口調にはたっぷりと皮肉が込められていた。

道警において公安三課の担当は左翼系過激派だ。

組織上、公安は警備部の下に置かれている。だがその指揮命令系統は全国の公安と同じく、警察庁の管理下にあった。ただし、警察庁の警備局公安課は直接事件を指揮することはできない。そのため実働部隊としての役割を負う組織が、警視庁公安部だ。全国の公安部門は事実上警視庁公安部の指揮下に置かれており、公機捜がいち早く現場に現れたことも、それを強く裏付けるものだった。

しかし、六〇年代、七〇年代に盛んだった左翼系過激派組織の勢いは、年々影を潜めてきている。当時活動していた者たちはその多くが七十代となり、世間も革命という言葉に冷ややかな受け止め方をするようになっていて、その活動自体も縮小を余儀なくされていた。

そうした状況を受けて昨今取りざたされているのは、彼らを取り締まる側の公安の役割だった。実際、近年の警察庁の組織再編の動きも、国内事案への対応を縮小する代わりに、国際的なテロへの警戒を強め、また中国や北朝鮮によるスパイ活動の監視を強化する体制へとシフトし始めていた。

　そんな中で起こった大学の爆破事件となれば、松山の言う通り、公安三課はその存在感を示そうと躍起になるはずだ。そうなれば自然と、刑事たちとは対立が深まっていくだろうと予想できた。

「ええっとちょい待ち、ちょい待ち。混乱してきた。警視庁の極左事案担当は公安一課なのに、うちは公安三課が対応するのか？」

　話の途中で、木幡が混乱したような声を上げた。

「おい、そこからかよ。お前うちに入って何年目だ」

「しょうがねえだろう。日頃公安なんて縁がねえんだからよ」

　木幡は唇を窄めたが、沢村には彼の混乱が理解できた。

　警視庁では公安部という独立した部門の下、国内事案を取り仕切る公安課だけでも五課体制を敷いているのに対し、通常三課体制の各都道府県警察とは、各課の担当事案も異なってくるのだ。

「ともかく、今回うちは公安三課が出張ってくることだけおぼえておけよ」

　松山がそう締めくくったタイミングで、一人の背の高い捜査員が入ってきた。

「遅くなりました」

　榊（さかき）だった。彼もまた今年、西野（にしの）署の刑事課から異動となって、五係に配属となったばかりだ。階級も沢村と同じ警部補だが、年次では高坂に次ぐ。色が白く、針金のように細い体をしていた。見た目だけなら絶対に強行犯係の刑事とは思われないだろう。

「すみません、ご迷惑おかけしました」

榊は奈良と、それから高坂にも一声かけて、空いていた椅子に腰を下ろした。

警察は階級社会だが、だからと言って年齢も経験も自分より上の相手に対しては気を使うのは当然のことだ。

「娘さん、熱は下がったんですか」

「はい、お陰様で。午後からは義理の母も来てくれることになりましたので、お願いしてきました」

今朝、榊の一番下の娘が熱を出し、病院へ連れて行くため午前中は休みを取っていた。

榊が出勤したことで、ようやく五係は全員揃った。警部で課長補佐の奈良、警部補は三人で、榊と沢村、そして育休中の浅野。残る四人、高坂、木幡、松山、そして花城が巡査部長という構成だ。

年齢的にも一番若い花城から五十代半ばの高坂まで、バランスの取れたチームではあったが、松山と木幡が一係から、高坂と花城が二係から、そして沢村と榊が新加入ということもあって、チームとして結束していくにはもう少し時間がかかりそうだった。

現場のまとめ役となるべき係長が不在というのも大きい。その席には育休が明けた後、浅野が座ることになっている。彼が不在の間は奈良が兼務することになっており、補佐役の主査は、階級と年次から言って、榊が務めることになるはずだ。

しかし奈良には現時点でも大きな負荷がかかっており、課長補佐の役割だけで手一杯の様子が窺えた。また主査の榊はと言えば、彼もまた所轄から来たばかりで、チームをまとめていくのは容易ではないだろうと予想できた。

＊

事件番となって今日で五日目を迎えた。

事件番の捜査員たちは、事件発生に備えて二十四時間待機状態となる。松山が言っていた通り、待つのも仕事のうち、ということだ。そんなただ待つだけの日々が、二、三日で終わることもあれば、一週間以上続くこともあった。

今回はどうやら、長期戦を覚悟することになりそうだ。

だからと言って、捜査員たちはただ暇を持て余しているというわけにもいかなかった。口を開けば暇だ、暇だとぼやく松山や木幡であっても、日中の時間の大半は書類仕事に明け暮れ、検事から補充捜査の要請がかかれば、面倒くせえな、とブツブツ言いながら重い腰を上げて出かけて行かなければならない。

しかしほとんどの捜査員たちはそうした仕事には飽き始めていて、口にこそ出さないが、そろそろ事件が起こってくれないだろうかという気配を漂わせるようになっていた。沢村も例外ではなかった。

そんな時、榊からある提案が出された。五係のメンバーだけで、今回の事件の検討会を開かないかというものだった。

待機状態に嫌気が差してきていたメンバーたちは、一も二もなくその提案に乗った。

これは単に暇つぶしという意味合いもあったが、五係のメンバーそれぞれが互いを知るいいチャンスでもあった。

午後の三時を過ぎて、奈良を除いた五係は刑事部屋の一角に顔を揃えた。それぞれの目の前には、花城が入れたコーヒーのカップが置かれている。

コーヒーに続いて、花城がＡ４にコピーされた資料を配付していった。

「まずは今回、犯行に関与している可能性が高いとされる、極左系過激派集団の実態について把握するところから始めたいと思う」

榊が生真面目な調子で口を開いた。日頃、粗暴犯と対峙(たいじ)することが多い捜査一課の捜査員たちにとって、極左系過激派集団というのは、その構成、活動内容含めて、ほとんど未知の集団と言っても差し支えなかった。

「最初に配付した資料は警察庁が出した『極左系過激派集団の現状等』だ」

沢村が資料を捲(めく)るより早く、松山がのんびりした声を上げた。

「こいつらまだ一万人以上もいるのかよ。各勢力の人数は最大勢力を誇る革命同胞連合が約五千五百人、世界共産主義同盟が約四千七百人、労働解放連盟は約四百人だとさ。このうち何人くらいが道内に潜伏してるんだろうな」

「この連中ってあさま山荘の事件を起こした奴(やつ)らの仲間なのか」

木幡が億劫(おっくう)そうに資料を捲り始めた。ワイシャツのボタンが腹部の辺りではちきれそうになっている。

「あれは連合赤軍だ」

木幡の疑問に答えたのは、高坂だった。

「あさま山荘事件て、当時テレビで生中継されてたんですよね。高坂さんも見ました？」

松山が尋ねた。

「あれは小学校に上がったかどうかって頃だったか。薄っすらだが、親が齧りついてたような記憶があるな」

事件があったのは一九七二年のことだから、ここにいる捜査員たちで、リアルタイムに事件を見聞きできたのは高坂しかいない。

あさま山荘事件では警察官二名が殉職している。そんなこともあって、この事件の名前は現代の警察官たちにとっても特別な意味を持つ。沢村でさえ事件の概要は知っていた。

犯人たちは逮捕されたが、後に日本赤軍が起こしたテロ事件で主犯格の男が釈放されて国外へ逃亡し、未だ逮捕には至っていない。

「高坂さんは三島由紀夫の切腹もテレビで見たんですか」

「そこまでジジイじゃねえ」

高坂が笑った。三島由紀夫の切腹事件は一九七〇年だ。物心はまだついていなかった、という意味だろう。

「話を戻すぞ。革命同胞連合、通称革同連と、世界共産主義同盟、通称共産同は元を辿れば同じセクトだった」

「セクトというのは何ですか」

尋ねたのは高坂の隣に座っていた花城だ。父親も警察官だったという花城は三十歳。去年一課に抜擢されたばかりで、いまは高坂について捜査のイロハを学んでいる。勉強熱心なその姿は、松本清張原作の映画にでも登場するような、昭和の若手捜査員に重なった。

「英語のセクトは直訳すると宗派ってことだ。この場合は、思想の同じグループと思っておけばいい。ともかく連中は同じセクトに属していたが、何度も内部分裂を繰り返し、挙句には内ゲバで殺し合いをやって自滅した。その遺恨は未だに両者とも消えてないだろう」

「今どき左翼活動に興味を示す連中なんているんでしょうか」

花城が根本的な疑問を呈した。この二十一世紀の世の中で、日本赤軍を始めとした左翼系過激派の行動理念が共感を呼ぶことはないだろう。それにもかかわらず複数の組織が、完全には壊滅することなく、危険分子として公安の監視対象となりながらもしぶとく残っている。

「連中は表立って勧誘するわけじゃない。よくあるのが、大学のサークル活動なんかを隠れ蓑にして、新規メンバーを集める方法だ。旅行サークルだとか歴史サークルだとかを名乗ってな。取り込まれた本人も気づかないうちに、連中の思想に染められることが多いんだ」

「それでもよお、多くはジジババばっかりだろう。俺がいた駐屯地の前にも『自衛隊は人殺し』なんてプラカード持ってよく立ってる左翼の連中がいたけど、ほぼ後期高齢者だったぜ。今回みたいな事件を起こす体力なんて残ってんのかね」

木幡が懐疑的な口ぶりで呟いた。

「それじゃ、過激派以外で誰が爆弾事件なんか起こすんでしょうか」

花城がメモを片手に身を乗り出した。

「高校生、大学生、社会人。誰だって可能性はあるさ」

松山が欠伸まじりに答えた。

「五年くらい前に東京の高校生が爆弾を作った事件、覚えてないか」

その高校生は高校から盗んだ薬品と、ネットや海外の論文から得た情報で爆弾を作り、自宅近くの児童公園で爆発させたのだ。死傷者こそ出なかったものの、未成年である高校生がやすやすと爆弾を作ったという事実が世間に与えた衝撃は大きかった。

高校生は爆発物取締罰則違反で逮捕された。この法律の原形が公布されたのは明治十七年と古く、爆発物を所持しただけでも処罰の対象となることがある。それだけ爆発物を使った犯罪は、その危険性と社会に与える影響の大きさから、重い罪が設定されていた。

「去年は埼玉で六十代のおっさんが、手製の爆弾で自宅とお隣さんを吹き飛ばしたって事件もあったしな」

「くそう、思い出したぞ。あいつ自衛官だったんだ。お陰で元同僚が、しばらく白い目で見られたって嘆いてたっけな」

前職が自衛官だった木幡は、心の底から迷惑そうだった。

「自衛官なら爆弾の知識はあったんじゃないんですか」

「自衛官にそんなもんないって」

木幡は花城の質問を手振り付きで否定した。

「俺は普通科だったけど、やってたことと言えばランニングと筋トレと草刈だけだ」

木幡が豪快に笑った。

「草刈はともかく、ランニングと筋トレは続けときゃ良かったんじゃないのか」

松山が木幡のお腹を指差しながらからかった。それには沢村も、吹き出さずにはいられなかった。

その様子を一人、榊は苦々しい顔で見つめていた。

奈良のいない席で、この検討会は自分がリーダーだと示す絶好の機会だと彼は考えていたようだ。

だが検討会が始まってしまえば、木幡と松山はそんな空気を読むことなく日頃の雑談の延長のようなノリで勝手に話題を広げ、一番の年長者である高坂も、二人の緩い雰囲気を許容してしまっている。

榊にとってこうした展開は誤算だったかもしれないが、沢村にとっては、五係メンバーの個性がはっきり見えて、今日の検討会は収穫があった。

「続いて今回の事件との関連が取りざたされている藻岩山の事件だ」

榊が強引に話題を本筋に引き戻した。

藻岩山の事件か――。

沢村はその事件の概要をまとめた資料に目を落とした。そこにあった一人の人物の名前に、目が留まった。

＊

検討会が終わるや、連絡もなく訪ねていった沢村に、男性は、一瞬おや、という表情を浮かべた後、すぐに懐かしそうな顔になった。

札幌藻岩山スキー場の近くで山荘を営む男性は、元々は沢村が師と仰いでいた刑事の瀧本の協力者だった。

協力者というのは犯罪組織のスパイであるSとは違い、前科もないごく普通の市民であることがほとんどだ。大抵は以前に担当した事件の中で知り合った人々の中から、警察の捜査に協力してくれそうな人にお願いすることになる。

男性は瀧本がなぜ警察を辞めたのか詳しい理由は知らず、どこか体調が悪くて辞めたのだろうくらいにしか思っていなかった。

沢村も男性に調子を合わせてひとしきり瀧本の思い出話をしてから、本題へと移った。

去年の十二月、札幌の藻岩山で爆発の通報があった。今回の爆破事件との関連も疑われている事件だ。

偶然にもこの時通報を入れた人物というのが、この男性だった。

協力者ということもあってか、男性は身の回りで起こったどんな些細なことでも警察に通報する習慣があった。

多くの場合は単なる勘違いであるのだが、男性のこういう習慣がこの事件では大いに役に立った。

　男性の通報で二人の警察官がやってきたが、彼らは当初、花火か何かが爆発しただけでは、と疑う素振りを見せていた。

　だが男性に案内されて現場に到着し、まだ火薬の臭いが立ち込める状況や、地面に大きな穴が空いていたのを目にした途端、腰を抜かさんばかりに慌てふためいたという。

　ようやく事の重大さを悟った年かさの方の警察官は、肩の無線機へ手を伸ばそうとした。その時だった。どこかもっさりした印象のあった若い方の警察官が、「なんだ、これ」と足元に落ちていた銀の筒のようなものを拾い上げたのだ。

「いや、あの時はビビったね。先輩の警察官が『馬鹿、拾うな』って怒鳴ってさ。普通、現場に落ちてる物なんか拾わんでしょう。まったく今どきの若い警察官ときたら……」

　男性が渋い顔になった。

「でも結局、何も起こらなかったんで良かったけどね」

「その銀の筒はどのくらいの大きさだったんですか？」

　男性は筒の直径が五センチくらい、長さは二十センチくらいと答えた。それだけはっきりと覚えていたのには理由があった。

「周囲にあった金属片みたいなものは黒こげだったのに、それだけ妙にきれいで印象に残ったんだ。なんかあれだけ、後からあそこに置かれたみたいな感じだったな」

「後から置かれた……」

　沢村には男性の最後の証言が気になった。

男性に礼を言って山荘を後にした沢村は、本部に戻って、藻岩山爆発事件のより詳細な資料にアクセスしようとした。金属製の筒の正体が知りたかったのだ。ところがデータベースから資料を呼び出そうとすると、閲覧制限がかかっている旨のメッセージが表示されてしまった。

驚いて庶務担当者を捕まえて確認した。

「この捜査資料を閲覧したいんですが、誰に許可を取ればいいですか」

パソコンの画面を覗き込んだ庶務担当者は少し困った顔になった。

「これは公安案件ですね。閲覧するには申請が必要ですが、まず百パーセント許可は下りないでしょう」

その後、沢村は規定通りに閲覧の申請を行ったが、庶務担当者が予言した通り、許可できず、という結果が返ってきた。

その夜、自宅でテレビを見ていた沢村は、中央区の民家で強盗事件が発生したというニュースを知った。

出動がかかるのではないかと身構え、念のため本部へ連絡を入れてみた。

だが中央区の事件はすぐに被疑者が確保され、沢村たちの出番はないと言われた。

出番がないということはそれだけ凶悪事件も発生していないということだから、喜ぶべきなのだが——。

沢村は夕飯の支度をしようと冷蔵庫を開けた。だがいつ呼び出しがかかるかわからない状態で、中にはほとんど食べられるものを入れていなかったことを思い出した。

今夜もまたコンビニか、デリバリーを頼むか。

どちらもそろそろ飽きてきたが、事件番の間は仕方ないことだろう。

諦めてデリバリーサービスのアプリを開こうとして、沢村は先日かかってきた笠原の電話を思い出した。

正確に言えばあの電話は、きっと笠原の母親からのものだ。

ずっとこちらからかけ直そうと思っていたのだが、今夜もなかなか決心がつかず、手の中のスマホを弄んでいるうち、いつの間にか沢村の記憶は過去へと遡っていった。

*

「むかつく、むかつく、むかつく!」

かなり酔いが回って来たのか、さっきから何度も篠山澪(しのやまみお)が繰り返している。

今夜は付き合って、と言って沢村を飲みに誘ったのは澪だ。今月は学術書を買い過ぎたのでお金がないと渋った沢村に、ここは私に任せなさい、と澪は胸を張った。

沢村と澪は大学時代の同級生だった。卒業後院に進んだ沢村と違い、彼女は国家公務員I種試験に受かり、見事経産省キャリアの座を摑んだ。経産省初の女性事務次官になるというのが口癖で、沢村にはない勝気さと猪突(ちょとつ)猛進的なバイタリティの持ち主だった。だが近頃は自分の理想と仕事とのギャップに悩むことも多くなり、酒を飲んでその憂さを晴らすといったことも増えていた。

　今夜にしても、澪がさっきからむかついているのは、テレビでもよく見る野党の国会議員だった。ヒアリングと称して澪たちのいる経産省に乗り込んできては、彼女たちを吊るし上げる映像をテレビに撮らせて目立とうとしている議員だった。

「あいつ、絶対今度の選挙で落としてやる」

　と澪は言うのだが、残念ながら問題の議員の選挙区は千葉県なので、東京暮らしの澪は当落に影響を与えることはできないのだった。

「ねえ、笠原さん、なんかない？　あいつを落とす方法」

　急に絡まれて、沢村の隣に座っていた笠原がむせるように咳き込んだ。

「いやあ、多分ないんじゃないかな」

「ええ、何か考えてよ、選挙は専門でしょう」

　澪が言った通り、笠原の研究テーマは大まかに言って選挙研究だった。その中には当然、マスコミや市民団体などの言動が選挙結果にどう影響するか、といったことや、最近ではインターネットの影響力についても含まれる。とは言え、あくまでそれはテーマのごく一部であり、専門だろうと言われても答えに窮することは理解できた。

「少なくともこれまでにあった落選運動のうち、日本で成功した事例は一つもないと思うな」

　それでも真面目に考えてから、穏やかに諭すように答える。そういうところが、笠原らしかった。

「つまり無理ってこと。諦めて」

沢村はこれ以上澪が笠原に絡まないよう、やんわりとこの話題を締め括った。

それから一時間ほど他愛もないおしゃべりを続けて、飲み会はお開きとなった。だが会計の段になって笠原が、自分の分を払うと言って財布を取り出した。彼の理屈は、澪と親友である沢村が奢られることはいいとしても、自分はそうではないのだから、というものだった。

「いいの。これはいわゆる先行投資ってやつだから。だいたい日本はね、研究者の卵に厳しすぎるのよ。しっかりしろ、文科省！」

苦笑する沢村をよそに澪はなおもまくしたてた。

「二人はね、これからの日本の研究界を背負って立つ人材でしょう。アメリカなんてドクターって言ったらそれだけで敬われるのに、日本は――」

「わかったからもうそこまでにして」

沢村はヒートアップしかけた澪を宥め、笠原に笑いかけた。

「せっかくだから今日のところは澪の好意に甘えようよ」

笠原は複雑な顔を見せたが、黙って自分の財布をしまった。

この時沢村は、女性の澪に奢ってもらうことでプライドが傷ついたのだろう、くらいにしか思っていなかった。

だがそうではなかった。

この飲み会の数週間後、笠原は指導教官から論文の受け取りを拒否される。笠原と指導教官の関係がこじれていたことは、沢村も薄々気づいてはいた。しかしまさか、こんなアカハラが公然と行われるとは想像もしていなかった。

あの夜の笠原は、既に死刑宣告が間近に迫っているような状況だった。

「二人はね、これからの日本の研究界を背負って立つ人材でしょう」という澪の言葉を聞いて、自分はそうはなれないだろうということを、笠原は薄々悟っていたのだろう。

そして笠原はアカハラを苦にして自ら命を絶ってしまった。

それからのことは、沢村にとっては悪夢でしかなかった。

笠原の母親の希望もあって、笠原の通夜と告別式は地元ではなく、東京で行われた。訃報を聞きつけて、同じ研究室のメンバー以外にも、大学時代や社会人時代の友人、知人など多くの人々が参列した。

そんな中、気丈にも涙を堪(こら)えながら、参列者一人一人に丁寧に頭を下げている笠原の母親が印象に残った。沢村は何度も彼女に慰めの言葉をかけてもらった記憶があるが、それに対して自分がどのように答えたのかは覚えていない。

そんな笠原の母親と最後に会ったのは、笠原の告別式の後、笠原のアパートを訪れた時だった。母親からアパートを片付けるとの連絡をもらったのだ。無理に来る必要はないと言われたが、母親一人に息子の遺品を整理させることが忍びなくて、沢村は立ち会うことを決めた。だがアパートの姿が見えた途端、足が竦(すく)んで動けなくなってしまった。そんな沢村に親友の澪が「無理して行くことはない」と声をかけた。澪は沢村のためにわざわざ仕事を休んで、付き添ってくれていた。

沢村は小さく首を振ると、勇気を振り絞って笠原の部屋の前まで行った。中から苛(いら)ついたような男の声がした。

「――じゃ次の人が住めないんだから、敷金は返せないし、家賃だって一ヵ月分じゃ割に合わないですよ」

「本当に申し訳ありません」

この声は笠原の母親のものだった。

沢村がドアノブに手をかけるより早く、澪がドアを開けた。

「ちょっとあなた、いくらなんでも失礼じゃない。どちら様？」

「管理会社のもんだけど、そっちこそどちらさん？」

「弁護士事務所の方から来た者です。何か問題があるなら、私たちを通して交渉していただけますか」

「え、弁護士さん、いや、別にそんな大げさなことは……」

澪の迫力に圧されたように、管理会社の男は退散していった。

「弁護士事務所って……」

「嘘はついてないでしょう。ここへ来る途中、弁護士事務所があったのは事実だし」

呆れた沢村に、澪はいっそう憤慨した様子で捲し立てた。

「だいたい、人が亡くなった直後だっていうのに、ご遺族に向かってあんな態度、マジで訴えてやりたい」

「あの……」

笠原の母親が声をかけてきた。

「すみません。ありがとうございました」

「いいえ、とんでもありません」

澪は真顔になると悔やみの言葉を口にした。

「沢村さんもわざわざありがとう」

「お手伝いします」

「だいたい終わってるのよ。元々あまり荷物もなかったみたいだし……」

母親の言った通り、部屋の中は本や衣類などがひとまとめにされ、いらないようなものも段ボールに分別されていた。

笠原は元々綺麗(きれい)好きで、荷物もたいして持たないような人だった。大学院への進学を機にこのアパートで暮らし始め、それからおよそ七年間暮らして、笠原が残していったものはたったこれだけだ。

沢村の胸の奥が苦しくなった。

「何か形見分けと思ったのだけれど、却って迷惑かもしれないわね」

笠原の母親が小さな箱を見せてくれた。中には笠原が使っていた細々としたものが入っていた。腕時計やペンや財布などはどれも年季が入って、高価なものは一つもなかった。

沢村が手を伸ばすのを躊躇(ためら)っていると、笠原の母親は傍らに積んであったレコードの束を、処分と書かれた段ボールに入れ始めた。

「夕方までには片付けて、さっきの人に連絡しないといけないの。明日には業者を入れたいんですって」

「そんな急なんですか」

澪が再び憤慨したような声を上げた。

「私から連絡して、もう少し日にちをもらえるよう交渉してみます」

「いえ、いいんです。私もあまりこっちにはいられませんから。納骨の準備もありますし」

机の上には、白い布に包まれた笠原の遺骨と位牌（いはい）が置いてあった。

笠原が十歳の時に夫を病気で亡くし、看護師だった彼女はそれから大学に入り直して、保健師の資格を取った。以来、女手一つで笠原を育て、地元の行政機関を定年退職した後、いまは再雇用として働いている。

笠原の母親は何ら躊躇う様子もなく、レコードを段ボールに入れていた。その感情を失（な）くした様な姿を見ているうち、沢村は息が苦しくなってきた。

笠原は物事に執着が薄く、着るものにさえこだわりのない人だったが、なぜか音楽はレコードでなくてはならないと頑固だった。

卒業した先輩が研究室に置いていったレコードプレーヤーを、値打のある骨とう品か何かの様に大切に自分のコートに包んで、アパートまで持ち帰った日のことを思い出した。

途端に痛みが沢村の体を駆け抜けた。あまりに強い痛みに目が眩（くら）み、不意に溢れ出そうになった涙を堪えられなくなった。

「私、すみません、ちょっと——」

沢村は浴室と洗面所のある方へ向かおうとした。

「沢村さんそっちは駄目」

立ち上がった沢村の腕を、笠原の母親は驚くほど強い力で摑んだ。

振り返った沢村を必死の眼差しで制して、彼女は首を横に振った。その瞬間、二人の痛みが交錯したように思った。

そうだった。浴室は笠原が自殺した場所だ。

思い出した途端、沢村の足が震え出した。

もうここにはいられない。

そんな沢村に気づいた澪が、そっと背中に手を置いた。

「篠山さん、沢村さんを送っていってもらえますか」

「はい」

「……すみません、私……」

沢村はそういうのが精一杯だった。

「いいのよ、いいの」

笠原の母親の優しい声に、沢村はいっそう涙を溢れさせた。

*

沢村は瞬きをした。

静かな部屋の中で、自分が吐き出す微かな息遣いだけが聞こえた。

これまでずっと思い出すことを封印してきた記憶は、沢村の心も体も麻痺させるほど重たいものだった。

だが永遠に、この重さの下で震えているわけにはいかなかった。

前に進まなければいけない。

しかしあの日、笠原の母親の優しい声に甘えて、彼女一人を息子が亡くなった部屋に残してきてしまったことは、あれからずっと沢村を苦しめてきた。

結局沢村はその日、笠原の母親に電話を掛けなおすことはできなかった。

*

沢村たちが事件番になって、ついに一週間が経過した。それは則ち、爆破事件の発生からも一週間経ったということだ。

捜査に大きな動きがあれば耳に入ってきそうだが、未だ目ぼしい容疑者も見つかっていないようだった。

これまでの例でいうなら、そろそろ何かテコ入れがされる頃だろう。

その場合、やはりもう一個班、捜査一課から係が投入されるという可能性はあった。

しかし昼を過ぎても沢村たちに指示が出されることもなく、その日も五係は、また長い待機の時間を過ごすことになった。

「待機ばっかりだと、体が鈍るよな」

「待機なんかなくたってお前は鈍りすぎだろ」

どうやら出動要請はなさそうだということがわかり、再び木幡と松山の掛け合いが始まった。いつの間にか二人の存在は、この五係という寄せ集めチームの中で、潤滑剤の役割を果たすようになっていた。二人が会話することで、自然と他の捜査員も口を開く。沢村も例外ではなく、木幡の軽口も、もう気にならなくなっていた。少しずつだがチームとして一つにまとまりかけている。榊でさえ、二人の態度に眉を顰める回数が減ってきたほどだ。

その榊だが、一つ気がかりがあった。

沢村は他のみんなとしゃべりながらも、部屋の隅で話し込む奈良と榊に自然と目がいってしまった。

何を話しているのかここからでは窺い知れなかったが、奈良に何か言われて、榊は明らかに顔を強張らせていた。

「大丈夫なの、あの人」

木幡がぼそっと零(こぼ)した。榊のことを指しているのは明らかだった。

「あんまり詮索しなさんな。本人がやれるっていうんだから、外野があれこれ言うこっちゃない」

高坂にやんわり注意されて、木幡は叱られた悪ガキよろしく小さく口を窄めた。

沢村は自分も注意されたような気になった。

やれるっていうんだから、という高坂の言葉からも、榊に何か問題が起こったのは間違いない。

だが高坂の注意もあって、そのことを話題にすることはできない空気になった。

高坂と花城が外出し、それからしばらくして、いつの間にか木幡も松山も姿を消していた。

沢村も目を通していたファイルの束を脇へ押しやり、出かける支度を始めた。

出動要請がかからなかったとは言え、今回の事件に興味を持つなという方が無理だった。

それは五係の他のメンバーも同様だ。木幡や松山は、これまでの経験で築き上げた協力者たちの元へ、高坂は花城を伴って、厚別中央署を中心とした所轄の刑事課へと、それぞれ事件に関する情報収集に動き回っていた。

榊にしても、沢村を遥かに上回る刑事のキャリアを考えれば、独自の情報源を持って動いていると考えて間違いない。

残念ながら沢村には、協力者も多くなく、所轄の捜査員たちへのコネも少ない。

その代わり、自分にできることをしようと考えた。

沢村は、劇場や地元テレビ局が入っているさっぽろ創世スクエアに向かい、図書・情報館二階で新聞のデータベースを利用したい旨を告げた。

データベース席はカウンターのすぐ横にあり、数台の端末が用意されていた。職員からログインIDとパスワードを教えてもらうと、沢村は早速それを目の前の端末に入力した。

メニューが表示されたので、北海道ではナンバーワンの購読数を誇る道日新聞のデータベースにアクセスした。データベースの利点は、日頃利用する電子版より古い記事を探せることだ。

検索項目に「北日本科学大学大学院」と入力する。

大学院時代に学んだことの中で、警察官になってから唯一役に立つと思えるのは、文献やデータベースで情報を収集する能力だった。

「道内初の大学院大学　来春開校へ」

「『学問の自由とガラスの天井』桐生学長が目指す大学の理想とは」そんな記事に混じって、沢村は一つ気になる見出しを見つけた。記事の日付は今から五年前だ。

「大学誘致に政権の影響か」と題された記事をクリックする。

記事を要約すると、元々は江別市に設立されることでほぼ決まりとなっていたところ、当時の政権が介入して、強引に札幌市へ誘致したのではないか、ということだった。

沢村は他の記事を探してみたが、これ以外にこの件に触れた記事は見つからなかった。

そこでもう一度カウンターへ行き、レファレンスサービスを利用することにした。沢村は大学院時代、このサービスに幾度となく助けられてきた。

「北日本科学大学大学院に関する新聞記事以外の情報を知りたいんですが」と告げる。職員は大学の名前に一瞬はっとした顔を見せたが、すぐに所定の用紙へ依頼事項を記入するよう求めた。

沢村は依頼事項の詳細に、大学が誘致された時の状況などがわかる資料、と書き添えた。

「少々お待ちください」

職員が傍らの端末のキーボードを叩き始めた。簡単な内容なら、この場ですぐ結果がわかるはずだ。

「こちらの内容ではどうでしょう」

調べ始めてから五分も経たないうちに、職員が端末のディスプレイ画面を沢村に示した。

「北日本科学大学大学院誘致にかかるどす黒い霧（ノースウォッチャー）」

「札幌経済界のドンと文科省幹部　夜のススキノ接待人脈（ノースウォッチャー）」

「同郷で同学　文科省役人を『あいつは俺のパシリだった』と豪語した某大学教授の華麗なる生活（ノースウォッチャー）」

「ノースウォッチャー……」

思わずため息が漏れた。沢村にとっては過去に因縁のある名前だ。

「もしお時間をいただければ、他の資料も探してみますが……」

「いいえ、これで結構です。バックナンバーは置いてありますか」

「こちらは中央図書館にしか置いてないんです」

担当者は申し訳なさそうに答えた。

「じゃあ、結果のプリントアウトをお願いします」

職員からプリントアウトを受け取って、沢村はその場を後にした。

時刻は四時を回ろうとしていた。ここから札幌中央図書館へは市電一本で行くことができる。かかる時間は三十分ほど。スマートフォンの情報によれば、今日は八時まで開館しているというから、バックナンバーをじっくり読むには十分だ。

ここまで来たのだから行ってみよう。沢村は市電乗り場へ急いだ。

結局、閉館まで図書館にいて、『ノースウォッチャー』のバックナンバーを読み漁（よみあさ）った。『ノースウォッチャー』は当時特集を組んで、NSUの設立と誘致に纏（まつ）わるきな臭い話を追いかけていたことがわかった。さすがは北の文春との異名を取るだけのことはあった。

沢村は必要な箇所を複写して、閉館と同時に図書館を後にした。

携帯にはなんの着信もない。

来た時と同様、市電の外回り線に乗って西8丁目停留所で降りた。ここから道警本部までは徒歩で十分程だ。

明かりの消えた窓が多い中、刑事部のある階の明かりは煌々と灯っていた。あそこだけまるで不夜城だ。

建物に近づくにつれて、制服警官の姿が目につくようになった。ほんの一週間程前、似たような光景を沢村は目撃していた。また何か大きな事件でも起こったのか、と心臓が大きく鳴り響くのを感じた。

もう一度携帯を見る。通知は何も入っていない。

首を捻った。

庁舎のエントランスにも、警備の警官が大勢待機していた。事件でないとしたら、ここに充満するこの異様な緊張感はなんだろう。

沢村が刑事部のフロアに到着すると、人は大勢いるのに、いつもより私語が少ないことが気になった。その上、やけに幹部の姿も目に付いた。刑事部長、捜査一課長、そして大浦管理官もいる。

刑事部屋にまだ残っていた奈良に沢村は声をかけた。

「何があったんですか」

「急遽(きゅうきょ)、刑事局長が来庁することになったらしい」

警察庁の刑事局長と言えば、全都道府県警察本部刑事部のトップにあたる人物だ。

沢村は嫌な予感がした。

「今後は察庁が指揮を執るということですか」

「そういうこともあり得るだろうな」

日本国中を揺るがすような大事件が起こり、一都道府県警察だけで解決が難しいと判断された時などは、警察庁が主導する形で捜査が行われることがある。有名なところでは、あさま山荘事件が挙げられる。あの時、警察庁からは現場を指揮するためのキャリアが、警視庁からは機動隊が派遣されていた。

先日行われた総理大臣の記者会見でも、今回の犯行は国家を揺るがす憎むべき蛮行である、早期の解決を望む、という言葉が聞かれたほどだ。警察庁にも大きなプレッシャーがかかっていることだろう。

そして捜査を任されている特別捜査本部にしても、一週間経っても犯人らしき人物や組織が捜査線上に浮かんできていないというのは問題だった。公安と刑事の連携も、うまくいっていないという噂も耳にする。

このことからも、道警だけで事件の解決は難しいと、警察庁は判断したのかもしれない。

早く帰った方がいいぞ、と奈良に促され、沢村は帰り支度をしてエレベーターで一階へ降りた。だがエレベーターを出たところで、警備担当の警察官に止められてしまう。

「少しお待ちください」

何事かと思っていると、突如、玄関ホールで動きがあった。

「お疲れ様です」「お疲れ様です」

野太い声が次々とホールに響き渡り、周りにいた警察官たちが一斉に直立不動の姿勢となった。その中央に制服を着た警察幹部が集まっていて、さらに中心に、警察庁刑事局長の姿が見えた。

沢村たち一般の警察官にとっては、道警本部長でさえ雲の上の存在だ。刑事局長の階級は道警本部長と同じ警視監だが、序列では警察庁次長に次ぐ役職であり、もはや殿上人と表するに相応しい。

「遅くまでご苦労さん」

刑事局長は、沢村たち一般の警察官たちには気さくに声をかけたが、部下であり、警察官僚としては後輩にもあたる道警本部長に向き直る時には、険しい顔を隠そうともしなかった。

恐らくこれから話し合われる問題は、相当深刻な議論を呼ぶものになるだろう。警察官たちの前を通り過ぎ、エレベーターで上階へ消えていった幹部たちの背中を見やりながら、沢村はそんな予感を抱いた。

「長い夜になりそうだな」

突然後ろから声をかけられた。振り返ると片桐が立っていた。

「察庁のお偉いさんが来るとあって、うちのボスもピリピリしてる」

「警務部長がですか」

小柄だが人を寄せ付けないオーラを纏(まと)った警務部長の姿を、沢村は思い浮かべた。

「キャリアの世界は我々ノンキャリ以上のタテ社会だからな。たとえ一年でも年次が違えば神と奴隷だ」

片桐は冗談とも本気ともつかぬ口調で笑った。

「刑事局長がどんな人物かご存知ですか」

現場の意を汲み取ってくれるような人情派か、はたまた組織の都合を優先する典型的な官僚タイプか。それによって今後の方針も決まってくる。

片桐は未だざわついているエントランスを嫌うように、出入り口の方へ目配せした。

「地下鉄駅まで一緒に行こう」

二人は庁舎を出て、地下鉄の駅まで並んで歩き始めた。通行人は少なく、四月だというのに風が少し冷たい。右手には北大の植物園が広がり、昼間とはまるで違う景色が広がっている。灯が落ち、鬱蒼と生い茂った木々の奥から、ざわざわと葉の揺れる音が聞こえてきた。

「今の刑事局長は――」

片桐の声がした。沢村は植物園のぞっとしない暗がりから、傍らを歩く片桐に意識を戻した。

「若い頃、警視庁の捜査一課にいたこともあって、現場に対しては理解のある人だとは聞いている。そういう人だからこそ、わざわざ北海道まで来て、地元幹部たちの意見にも耳を傾けようとしたんだろう。一方の長官は公安畑が長い。どちらかと言えば、公安主導で捜査することに賛成の立場だろう」

公安畑の警察庁長官と刑事畑の刑事局長。それはまさしく水と油の関係だ。しかし両者の力関係からすれば、最終的な決定権は長官にあった。

「察庁は本気で捜査に介入してくると思いますか」

警察庁が主導するとはいうが、警察法の規定によって彼らは直接捜査することはできない。もし、警察庁が捜査指揮を執ると決定した場合、事実上は、警視庁などの人材も経験も豊富な組織の手を借りるということになるだろう。

今回も早い段階から警視庁の公機捜が現場に入り、爆発物を含む多くの証拠品の分析は警視庁で行っている。そのことから考えても、警視庁の特殊事件捜査係が出てきてもおかしくはないのだ。

日本の首都東京の治安を預かる警視庁には、道警とは比べものにならないほど訓練された捜査員がいる。とりわけ爆弾事件のような治安を揺るがす事件では、警視庁に敵う組織はなかった。

「公安は一度、オウム事件の失敗で面子を潰された経験がある。あれ以降、表面上は公安と刑事との協力体制は強化された。だが相変わらず察庁の警備局公安課は、その実態が中の人間にさえトップシークレットな組織だ。そのことは刑事局から見れば、不信感を増長させる要因でしかない」

片桐によれば、対立は単に公安対刑事といった単純な構図ではないともいう。

「オウム事件で察庁は、警備局公安課の実働部隊とも呼べる警視庁公安部の暴走を止められなかったという屈辱もある。だからここで過去の失点を取り返そうと考えてもおかしくはない」

沢村は驚いて、片桐の横顔に視線を向けた。

「察庁は今度こそ、警視庁公安部を掌握できると考えてるんですか」

「実際に可能かどうかは別として、考えるだけならできるだろうな」

察庁の企(たくら)みを見透かしたように、沢村の方へ首を捻った片桐の口の端に、皮肉な笑いが浮かぶのが見えた。

彼はこの騒動を楽しんでいる。

沢村は半分呆れつつも、片桐らしいと思った。いや、もしかすると自分だって、警察上層部がまるで事件はそっちのけで、主導権を巡って右往左往する様を、冷めた気持ちで眺めているところがあるのかもしれなかった。

キャリア内での喧騒など、しょせんノンキャリアには他人事(ひとごと)だ。フィクションの世界ではよく対立がネタに使われるが、対立を招くほど両者は同じ世界に属してはいない。

だが本当に警視庁の公安部が出張ってくるとなれば、特捜本部の刑事たちは、片桐のように笑ってはいられないことも事実だった。

今でさえ、特捜本部の責任者である警備部長は、刑事たちに全ての情報を自分に上げるようにと指示する一方で、公安三課が摑んだ情報については共有することを拒んでいるとの噂だった。

西へ向かって歩いていた二人は、目の前の信号が赤に変わったところで左に曲がり、石山通方面へ向かった。

横断歩道を渡りながら、片桐の視線が停車中の一台の車に注がれ、沢村も何気なくそれを追った。運転手がスマホを使用中だった。道交法上、運転中のスマホ操作は違反だが、信号待ちで車が停止中であれば微妙なところだ。いや、それ以上に微妙なことは、勤務時間外であり、かつ交通部でもない警察官が、仮に道交法違反を見つけたとしてもそれを咎(とが)めるのかということだ。

結局のところ、制限速度五十キロの道路を、明らかにそれ以上のスピードを出して駆け抜ける車があったとしても、沢村たちは後を追ったりはしない。駐車禁止の場所に停めている車があったとしても、反則切符を切る権限もない。そういうものだった。

それでも時々、警察官としてはひと言くらい注意すべきではないのか、といった義務感のようなもので落ち着かなくなることがあった。

片桐はこんな気持ちになったりはしないのだろうか。彼は確か以前に、子供の頃から憧れて警察官になったと話していた。さぞかし正義感に満ちた子供だったのだろう。

そう考えてから、昔も今も片桐がそんな単純な人間であるはずはないと思いなおした。

「管理官は現場に戻りたいとは思いませんか」

「藪から棒だな」

片桐は小さく笑った。

「現場の仕事は好きだったが、階級が上がれば現場からは離れざるを得ない。どちらかを選ばなくてはならないとなった時、もしチャンスがあるなら、私は昇任した方がいいと思った」

「どうしてですか」

「その方が面白くなりそうだったから」

「裁量権が増えるという意味ですか」

「いろいろとだよ」

煙に巻くような言い方をして、片桐は沢村を窺った。

「君はどうなんだ。ずっと現場でやっていこうと考えているのか」

沢村はすぐには答えなかった。これではまるで、将来を迷っているようだ。だが迷っているのではなかった。既に今回の人事で、自分の警察人生を決める権利は、個人にあるのではないと悟ってしまったせいだ。

「この先の人事で、個人の希望が叶う確率はどれくらいでしょうか」

投げやりに聞こえないように言ったつもりだが、片桐の笑い声は、こちらの心情を見透かしているように聞こえた。

片桐のそういう態度は慣れているつもりだったが、今夜は妙に癇に障った。

「幹部候補と持ち上げられて、その気になった途端に梯子を外すような真似を平気でする組織で、将来のことを真剣に考えられると思いますか。今回だって勝手に女性活躍のアイコンにされた挙句、部下からは実力もないくせに一課に配属されたと思われてるんです。それで何か失敗でもすれば、上はまたすぐに梯子を外すつもりでしょう。それなら私が将来どうなりたいかなんて、どうでもいいことじゃないでしょうか」

これまで抑えてきた人事に対する不満が、一気に爆発した。

人事が片桐の仕事ではないことはわかっている。それでも誰かに、この胸の内をぶつけなければやりきれなかった。

しばらくして沢村は、自分が言い過ぎたことに気が付いた。だがその時、片桐の穏やかな声が聞こえた。

「人事に不満があることは理解できる」

そんな片桐の言葉に、沢村は懐疑的だった。片桐はしょせん、あちら側の人間だろう、と思う気持ちが、頭の片隅にあったせいだ。

二人が並んで歩く足音がアスファルトに響いた。

「確かに今回の君の人事は、道警のイメージアップを狙って仕組まれたものだ。だが同時に、君の能力を信じて、一課に引っ張ろうとした人たちがいたことも事実だ」

立ち止まりかけた沢村に、片桐が少し歩調を緩めるのがわかった。

「今後も上層部は、君の将来に関して様々な思惑を巡らせてくるかもしれない。でもそのことにいちいち惑わされる必要はないし、そんな連中のために、自分の能力を証明しようとする必要もない。君が誠実であるべき相手は、今回のように君を信じてくれた人たちであって、彼らのことだけを考えるべきだ。そのことは忘れないでほしい」

再び目の前の信号が赤になって、二人の歩みが止まった。

沢村は自分の心が、いつの間にか凪いでいることに気が付いた。

それは吐き出すものを吐き出したからなのか。

あるいはまんまと、片桐の人心掌握術に絡めとられてしまったからなのか。

だが少なくとも今の片桐には、何者かを演じる風はない。

こんな姿も見せてくれる人なのか。

沢村の口元が綻んだ。

「管理官、先ほどは申し訳ありませんでした。そして、ありがとうございます」

片桐が微かに頷いた。

その顔は、これでこの話は終わりだと告げているようだった。

三

「で、結局どうなるんだ、捜査の方は」

「さあ、俺たち末端が知るわけないだろう」

「警視庁の連中が乗り込んできたって、どうせ土地勘はないわけだし、要するにあれだろう。俺たちが奴らのパシリみたいになって捜査するわけだ。気に入らないねえ、気に入らないねえ」

「俺たちが気に入ろうが気に入るまいが、それが事件の解決に繋がるなら受け入れるしかないだろう」

朝から木幡と松山のやり取りが、沢村の注意を引いた。

噂によれば、刑事局長と道警幹部たちの話し合いは明け方近くまで続き、刑事局長は今日の朝一番の飛行機で東京に戻ったという。

どんな結論が出たのか。松山が言った通り末端の警察官がそれを知る術はない。仮に察庁主導の元、警視庁の精鋭たちが送り込まれてきたとしても、それを拒絶する権利もないのだ。命令されれば諾々と従わなければならないのが警察官だ。

だがそれでも、司法警察員として北海道の治安を守ることを使命として掲げる以上、そこに他の土地の捜査員が介入してくる事態を、素直に受け入れられる者は少なかった。

縄張り意識といったようなつまらないプライドの話ではない。北海道の警察官として、アイデンティティの根幹にもかかわる問題なのだ。

「沢村、ちょっと来てくれ」

奈良の声で沢村は我に返った。

慌てて立ち上がると、滅多に見ることのない深刻な奈良の目つきに気が付いた。彼があんな顔になるのは、何か事態が厄介な方向へ転がりかけているからに違いなかった。

嫌な予感を覚えながらも、表面上は平静を装って奈良の後について会議室に入った。中には大浦がいた。沢村の心臓が大きく跳ねた。

昨夜はほぼ徹夜だったせいなのか、大浦は精気を失い、顔の皮膚も弾力を失っていた。だが奈良と沢村、交互に向けてくる視線は、相変わらずこちらにプレッシャーを与えるものだった。

沢村は奈良に促される格好で席についた。

「知っての通り、昨日刑事局長がやってきて、今後の捜査方針について幾つかの検討が行われた」

大浦によれば、昨日の話し合いでは主に次の三つの点が議論となった。

一つ、北海道警察だけで、今回の事件を解決に導くことが可能かどうか。

二つ、仮に応援部隊を派遣するとなればどの程度の規模が必要か。

三つ、今後の捜査の主導権は刑事と公安、どちらが握るのか。

「本部長を始めとした我々の意見は、道警だけで捜査を貫徹させるということだ。ただし科警研などしかるべき機関への協力要請は継続する。こうした点については、刑事局長にも納得していただいた。これに伴い、第二の点、応援部隊の派遣についても当面見合わせることとなった」

その理由として、北海道へ大量の捜査員を送り込むとなれば、時間的、費用的負担が大きいこと、さらには籠城事件などとは違い、地理に不案内な捜査員を派遣したところで、どこまで役に立つのか未知数だと判断されたことが挙げられた。

「最後に三つ目の議題だ。今回一番揉めたのがこの点だった。刑事局長としては無論、刑事部主体の捜査という立場は尊重してくれたが、事件が左翼系過激派による爆弾テロの可能性も捨てきれない以上、公安が主導することは仕方がないという意見だった。だが我々は……少なくとも俺の意見は、今回の事件は左翼系組織の仕業ではない。そして人が亡くなり、それがテロでないとすれば、これはれっきとした殺人事件ということになる。そうなれば捜査一課が捜査をするのが筋だ」

大浦が力強く言い切った。自分の考えに確信があるだけでなく、北海道警刑事部の管理官としてのプライドがそうさせているのだろうと思わせる口調だった。

「管理官」

おもむろに奈良が口を開いた。

「捜査一課が捜査をするという点について異論はありませんが、左翼系組織の仕業じゃないとする根拠はあるんですか」

「その点は刑事局長にも聞かれたよ。正直なところ明確な根拠はない。だが今回の事件、思想的な背景が絡んでいるとすればいろいろ不可解な点が多すぎる。第一に、なぜ犯行声明が出ないのか。テロであれば犯行の目的を世間に告知することが何よりも重要なはずだ。第二に、あれだけ大規模な犯行に及ぶようなグループを、なぜ公安は見逃したのか」

「公安の監視対象にはない新たなグループが生まれた可能性は？」

「ないとは言い切れんが、いまの日本でこんな犯罪を企てる組織がそう簡単に生まれるとは考えにくい」

「ローンウルフの可能性もあるんじゃないですか」

近頃のテロの主流の一つは、テロ組織に属さない一匹狼(いっぴきおおかみ)的犯行だった。そうなれば簡単に公安の監視対象には入って来ない可能性がある。

「公安の監視対象じゃなければ、犯人を追いかけるのは俺たちの方が得意じゃないか」

大浦の返答に奈良は渋い表情になった。

「管理官、おっしゃることはわかりましたが、それだけの根拠でテロの可能性を否定するのはあまりに軽率じゃないですか」

「刑事局長も同じことを言っていた。だが俺は自分の直感を信じたい」

奈良はいつの間にか腕を組み、目を瞑っていた。熟考する時の彼の癖だ。大浦もそれをわかっているからなのか、何も言わず黙っていた。

「それで我々は何をすればいいんですか」

奈良が再び口を開いた。彼はどうやら腹を括ったようだった。

「お前たちには特命捜査を頼みたい」

特命捜査。沢村は内心驚きを隠せなかった。

だが奈良はまるで動じることもなく、それどころか大浦の言葉を予期していたかのように頷いた。

「事件番はどうなりますか」

「いざとなったら千歳の帳場から半分程度戻す。それでも足りなければ他の係からかき集める。だから気にしなくていい。それより情報の漏洩にはくれぐれも気を付けろ。お前たちが特命捜査をすることは、一部の幹部たちしか知らないことだ」

刑事部長、捜査一課長、管理官の大浦、それに奈良の直属の上司にあたる指導官以外は、道警本部長にさえ知らされていない任務だと大浦は念を押した。

「特に記者連中には絶対に嗅ぎつけられないようにしろよ」

気のせいか、その言葉は沢村に向けて言われた様な気がした。

「刑事局長からは一週間の猶予をもらった。今日から一週間の間に、左翼系過激派組織の犯行ではないとする決定的根拠を探せ。それができなければ、以降はお前たち五係も、公安主体の特捜本部に投入することになる」

「わかりました。ただしこちらにも条件があります」

「なに?」

大浦が顔を顰めた。沢村も驚いて奈良の横顔を窺った。部下である課長補佐の奈良が言う言葉ではないからだ。

「捜査班長は沢村に任せます」

「俺は浅野を呼び戻せと言ったはずだ」

「それはできません」

「それなら榊を使え」

「それもできません」

奈良は頑固に言い放った。

「いい加減にしないか。事件が起これば刑事にプライベートもへったくれもない」

「管理官。我々の時代はそれで良かったかもしれません。しかし時代は変わろうとしています。刑事たちは捜査員であると同時に父親でもあるんです」

「そんなことは俺だって百も承知してる。だが家庭が大事なら捜一の刑事は辞めるしかない」

それでも奈良は引き下がらなかった。

「うちには二人の娘がいます。いま上は高校生で下は中学生です。上の娘が小学生だった頃、私はちょうど捜査一課にいました。そのせいで上の子の学校行事にはほとんど顔を出してやることができませんでした。運動会も学芸会も女房一人に任せて、あとから女房がとった下手くそな動画を見て、娘の活躍を確認することしかできなかったんです。しかし当時はそれが当たり前だと思ってました。その後異動で所轄に移って、下の娘の時は運動会も学芸会も参加することができました。それに対して上の子は何も言いませんが、その代わり普段も口をきいてくれなくなりました」

奈良が寂しそうに笑った。

「捜一の刑事にだってプライベートは必要です。特に子供の成長は早い。私は若い連中にはそういうことで悔いを残させたくないんです。浅野の育休って言ったたって、たった二ヵ月ですよ。本来はもっと長く、我が子と過ごす権利があったわけですよ。それを事件の捜査だからって奪っていいわけじゃない。榊にしたって同じです」

会議室に沈黙が下りた。大浦と奈良はしばらく睨み合うように視線を交わしていた。そこから先に降りたのは大浦だった。

そのことに驚いた沢村に、今度は大浦の目が動いた。

「本当にやれるのか」

沢村が答えを口にする前に、奈良が言葉を被せてきた。

「やれますよ、こいつなら」

大浦の口から唸りのようなため息が漏れた。


大浦が席を立ち、会議室には沢村と奈良が残された。

通常、捜査本部が立ち、捜査班が編成されると、警部補以下の階級にある者の中から捜査班長が指名される。大まかな捜査の方向性などを決めるのは捜査幹部の役割だが、捜査班長はその下で、彼らの指示命令の意図を汲み、適切に班員を動かしていかなければならない。さらに任務を遂行する上で、班員たちには明確な目標と割り当てを意識させ、時に現場では捜査班長の独断で指揮を執らなければならないこともあった。今回は正式な捜査本部ではないが、特命捜査という重要任務を遂行する以上、捜査班長の任に自分では力不足だと沢村は思った。

「どうして私なんですか。浅野さんを呼び戻さないことは当然として、榊さんには何があったんですか」

「かみさんの調子があんまりよくない」

奈良が簡単に榊の事情を説明してくれた。

二人の警部補が家庭の事情で指揮を執れないとなれば、消去法で沢村になるのは当然だった。だが奈良も知っているはずだ。かつて中南署の刑事一課にいた時、沢村は警部補としてナンバーツーの位置にはいたが、あの時は先任係長として奈良がいて、経験豊富な巡査部長の瀧本がいたから務まっていたのだ。

「俺がお前を指名したのは、お前ならできると思ったからだ」

沢村はどう答えていいかわからず、黙り込んでいた。

「心配しなくても俺がサポートする。とやかく言ってくる連中がいても気にするな」

奈良が立ち上がった。

「この後すぐ捜査会議を始める。今日のところは俺が仕切るが、次からはお前に任せるからな」

奈良が出て行った後、沢村は途方に暮れたまま、しばらく動くことができなかった。


特命捜査を行うにあたり、刑事部屋とは別に会議室の一室が、特命捜査室として割り振られた。だがドアには特命捜査と謳(うた)った掲示は一切なく、ただ「関係者以外の入室を禁ず」との張り紙がされただけだった。

確かにこれなら、外部の人間には、何をしているか窺い知ることは難しかった。

奈良に招集され、部屋に集められた五係のメンバーは、特命捜査という言葉を、驚きと興奮を以て受け止めたように見えた。

しかし続いて、捜査班長は沢村が務めると発表されると、すぐさま木幡は、ほう、と意味深な声を漏らし、花城を除いては、高坂と松山も内心この決定には不服がありそうな顔つきになった。榊は僅かに顔を伏せていて、心の動きは読めなかったが、家庭の事情があるとは言え、捜査班長を降ろされてその心情が複雑であることは想像に難くない。

だがはっきりとした拒絶の声は誰からも上がらなかった。今は個々の不満より、捜査に集中すべきであるというプロ意識からきたものなのか。あるいは沢村の務める捜査班長など、女性活躍云々に付随した単なるお飾りに過ぎない、と馬鹿にしているのか。

どちらにしても沢村にとっては、あまり居心地のいい空気ではなかった。

「テロではない証拠を見つけろって言われても、俺たちの仕事は普通、被疑者を見つけることでしょうが」

奈良から捜査の概要を説明されて、真っ先に口を開いたのは木幡だった。

「ぼやいても仕方がないだろう。時間がないんだ。早速始めようじゃないか」

年長の高坂が口を開くと、流石に場が引き締まった。

高坂の言う通りだ。自分たちに与えられた猶予は一週間しかない。もしその期限を過ぎれば、五係も特捜本部に加えられ、木幡が言うところの公安の使いっ走りをさせられてしまう。それだけは何としても避けたい、という思いが全員の表情に滲み出ている。

会議室のホワイトボードには、事件現場の見取図が貼られ、被害者の名前が書き出された。

死亡
　山根祥子（三十三歳）大学職員（学長秘書）
重体
　岩田朝日（二十五歳）大学院生（数学科修士一年）

　名前と年齢と属性だけが書き込まれると、死亡や重体といった言葉すら記号めいて見えた。

　沢村は捜査資料のコピーを捲った。

　目撃者の証言と防犯カメラの映像から、爆弾の入った段ボールはタテが三十センチ、ヨコが二十センチ、高さが十五センチ程度の大きさであったことはわかっている。少し大きめのリュックに入れれば、誰にも怪しまれずに持ち運ぶことができただろう。

　爆弾は、黒色火薬やベアリングなどが詰め込まれた魔法瓶型水筒と、導火線、起爆装置などから構成されていた。

　起動に使われたのはスマートフォンだったが、ＳＩＭフリー端末とプリペイドＳＩＭカードを組み合わせれば身元を隠すことができて、一般人でも容易に入手可能だった。

　こうした爆弾は、ＩＥＤ（即席爆発装置）と呼ばれ、昨今、海外のテロでは馴染（なじみ）のあるものだ。その最大の特徴は、誰でも簡単に手に入れられる材料で作られているという点にあり、これが犯人の身元特定を難しくしている。

　沢村はさらに捜査資料を捲った。亡くなった山根祥子の遺体に関する報告書が出てきたが、添付されていた写真を目にした途端、顔を背けたくなった。

今回の爆弾は黒色火薬だと資料には書いてある。通常、黒色火薬はそれ単体で燃やしても燃焼するだけで爆発には結びつかない。だが魔法瓶のような密閉した容器の中では、燃焼が進むにつれて内部に燃焼ガスが発生する。そして溜(た)まった燃焼ガスの圧力に、魔法瓶の強度が耐えられなくなったところで大爆発を起こすのだ。

爆発による人体への影響には、爆風による肺や消化器、耳などへの損傷がある。さらに、爆発によって飛び散った爆弾の破片、崩れた建物のコンクリート片、飛散した窓ガラス片なども人体を激しく傷つける。加えて今回は、爆弾内部に仕込まれたベアリングが吹き飛んだことで、人体への損傷は苛烈さを増した。

誰も言葉を発しなかった。

これがテロであろうと怨恨による犯行であろうと、ここまで殺傷力の高い爆弾を仕掛ける必要がどこにあったのだろう。

沢村はこれ以上耐えられなくなって、遺体状況の資料から目を逸らした。

「山根さんや岩田さんに対する怨恨という線は、出てるんですか」

そう質問した高坂の声は掠(かす)れていた。長年捜査員を続けていると、いい意味でも悪い意味でも、悲劇に対する感度は鈍っていく。それは人の防衛本能とでも呼ぶべきものだ。悲惨な事件が起こるたび、憤ったり悲観したりと感情を揺さぶられていては、捜査員の心までが壊れてしまう。それでも耐えられない事件はあった。高坂の口調にもそんな衝撃が表れていた。

奈良の口からまず、山根祥子について語られた。

彼女は大学職員として去年の十月から、準備室で業務を行っていた。準備室とは大学の開校に合わせて対外的な折衝や、教職員、入学予定の学生たちとの連絡調整などを行う部署だった。そこに勤める以前は、札幌市内の他の私立大学で事務職員をしていた。これまでの経歴や交友関係を調べても、彼女が人から恨まれるような人物だったという情報は上がっていない。そのことは、重体の被害者岩田朝日についても同様だった。

「事件が起こる少し前、講演を聞きに来たという参加者の一人が、中庭に学長宛ての荷物が置いてあると防災センターに知らせてきた」

その参加者については既に特捜本部で身元の確認が済んでいて、事件とは無関係であることがわかっている。

「そこで山根さんが台車を押して防災センターへ荷物を取りに行った。花城、悪いがこれをそのモニターに出してくれないか」

奈良が花城に一枚の記録ディスクを渡した。

花城はそれをパソコンにセットし、会議室に設置された五十インチのモニターに映し出した。

「こいつは事件当日の防犯カメラ映像だ」

モニターには白黒の映像が映し出され、画面下に「管理棟三階北側廊下防犯カメラ一」と表示され、右上にはデジタル時計が見えた。時刻は爆発が起こるおよそ四十分前だ。学長室の前にはまだ何も見当たらない。時計が進み一人の人物がカメラの前に現れた。

「これが亡くなった山根祥子さんだ」

顔立ちまではっきり確認できないが、カーディガンを羽織ったパンツ姿の女性が台車を押して、学長室の前で立ち止まるのが見えた。台車の上には既に段ボールのような箱が載っている。

映像は進み、山根は学長室のドアを開けようとしていた。だが鍵がかかっていて開けられず、しばし思案するような仕草を見せた後、台車をその場に残し、画面から消えていった。

「そこから少し先へ進めてくれ」

奈良の指示で、花城が映像を進めた。

「そこでストップだ」

奈良が指示したところには、新しい人物の姿が映っていた。それは沢村が病院で聞き取りを行った大学職員の男性だ。

男性は沢村たちに証言した通り、学長室の前に置かれた段ボールに気が付き、屈みこんで宛名を確認しているように見えた。次に顔を右へ向ける。画面の右手から山根が現れた。二人は、二言三言言葉を交わす様子を見せ、その後男性職員は歩き去った。

映像には山根一人となった。それから山根は学長室のドアの鍵を開け、台車を押して中へ入っていった。ドアが閉まる――。

この先は見なくてもわかっていた。右上のデジタル時計が無情にも時を進めていく。五、四、三、二……。沢村の胸の鼓動が速くなった。

突然、学長室のドアが吹き飛んだ。防犯カメラ映像は乱れ、ノイズが走り、やがて真っ黒になって停止した。

再び会議室は静まり返った。どこか遠くの方で、電話の呼び出し音が低く鳴り響いているのが聞こえた。誰かが小さく咳払いする。

やがてぎしっと椅子を軋ませた奈良が、次の指示を出した。

「花城、次のファイルを再生してくれ」

「は、はい」

映像の衝撃に打ちのめされたのか、放心した様子だった花城が、慌てて次の映像を再生させた。

「中庭防犯カメラⅡ」だ。カメラの端を警備員らしき男性が通り過ぎていく。数分後、その警備員が戻ってきた。今度は段ボールを抱えている。

あの中に爆弾が仕掛けられていたのだ。

「実際に段ボールが放置されていた中庭に防犯カメラはなく、誰がいつ、そこに置いたのかはわかっていない」

誰かが唸るようなため息をついた。

「その後の特捜本部の調べによると、同僚の一人が山根さん宛てに電話が掛かってきたことを覚えていた。記録によれば、番号は大学近くの公衆電話のものだった。問題はその内容だ。電話は大学の代表電話にかかってきた。相手は鳥羽大学の小林教授の秘書と名乗ったそうだ」

「小林教授というのは、荷物の送り主ですね」

奈良が花城の方へ頷いた。

鳥羽大学の小林教授の秘書を名乗った相手は、桐生学長に用件があると言った。電話に出た職員が、学長は講演会のため電話に出られない旨を告げた。

「すると相手はひどく困った様子で、急ぎの用なので誰か代わりの人を頼むと言ったそうだ。そこで職員は、学長秘書の山根さんに電話を繋いだ」

「その小林教授というのはどんな人物なんですか」と高坂。

「元々桐生学長とは親交のあった教授で、事件の翌日の記念講演に登壇する予定だった」

NSUでは開校を記念して、四月十一日の土曜日から十二日の日曜日まで、大学の内外から研究者を招いて、一般向けの講演会が予定されていた。事件が起こったのは初日の土曜日、そしてあくる日の十二日の講演会には、小林教授の登壇が予定されていた。

「この件について小林教授の秘書に確認したが、電話などかけていないし、桐生学長宛てに荷物も送っていないという答えが返ってきた」

「その証言の信憑(しんぴょう)性は？」

「電話が掛けられた時間、小林教授の秘書は教授に代わって、大学の会議に出席していたことがわかってる」

「かけてきたのは男ですか、女ですか」

「電話に出た職員は男の声だったと証言したが、後から考えると加工された声のようにも聞こえたと話してるそうだ。ちなみに小林教授の秘書は女性だ」

奈良の説明が終わって、その場を厳しい空気が支配した。

今回の事件で一番頼りになると思われていた防犯カメラに、犯人らしき人物が映りこんでいない点が、捜査を進める上で大きな支障になっていた。カメラリレーを行う上での始発点が定められないのだ。

こうなると、被害者側から追っていくしかない。そこで重要となるのは、狙われたのは誰なのか、ということだ。

これを見誤ると犯人の動機も見えなくなり、捜査が混乱してしまう。

沢村は桐生学長被害者説を取った。

「事件の日、講堂で講演が開かれていることも、学長がそこに参加していることも一般に告知されていました。犯人も容易にそれを知ることはできたでしょう。中庭に学長宛ての荷物が放置されているという連絡があった時、もし学長がいれば、そんな荷物は心当たりがないとすぐに怪しんでいたでしょう。そうなれば警察が呼ばれ、犯行は失敗した可能性があります。つまり犯人にとっては、爆破事件を起こす直前まで、学長に荷物の確認が取れないことが重要だったんじゃないでしょうか」

「そして何も知らない学長が部屋に戻ったところで、どかん、てわけか」

沢村の意見に奈良が頷いた。

「でも結果的にそうはならなかった」

松山は誰へともなく呟き、

「そこまで入念な準備をしておきながら、なぜ犯人は最後の最後に桐生学長の帰りを待たずに爆弾を起爆させたんですかねえ」

と桐生学長被害者説の矛盾を指摘した。

「桐生学長以外だったとするなら、学長室があった三階には、他にも副学長室があった。爆発の規模から言って、学長室が吹っ飛べば、他の部屋にも影響はあると計算したか」

高坂の説も一理あった。

「あの大学には副学長が七人いたな。一週間で調べるには多すぎる。もう少し絞れないか」

奈良の切羽詰まったような声で、三度（みたび）その場に沈黙が落ちた。

絞り込むといっても何を基準にすればいいのだろう。

沢村は答えを求めて捜査資料を捲った。事件当時、副学長のうち四人はノースキャンパスにいた。残る三人で在室中だったのは一人だけで、爆発の直撃こそ免れたが、部屋の窓ガラスが割れ、その飛び散った破片で怪我（けが）を負い、病院に搬送されている。他の一人は学長と一緒に講堂にいて難を逃れ、最後の一人は休みだった。

沢村は休んでいた副学長の名前に目を留めた。

三島哲也。副学長と研究科長を兼任する数学博士だ。

「事件に関係あるかどうかわかりませんが、この三島教授については少し気になる情報があります」

沢村は昨日、『ノースウォッチャー』の記事から拾い集めた情報を説明した。

大学院設立の具体的計画が持ち上がったのは、今から十五年ほど前のことだった。その時点で候補に名乗りを上げたのは、和歌山市、江別市、そして札幌市の三都市だった。その後和歌山については、既に関西圏に大学院大学があるということで見送られ、結果、江別と札幌との争いになったのだ。江別市は野幌森林公園の近くに有する広大な土地を売りにして、大学院大学の誘致を積極的に行っていた。

国も当初は江別市の広大な土地の再利用に乗り気だったのだが、その頃、新札幌駅周辺の再開発計画が持ち上がっていた札幌市は、学術都市構想というものを旗印にして、大学院の誘致に手を上げることになった。問題は、新札幌駅周辺の土地の面積で、江別市に敵わないということだった。

そこで力を振るったのが、札幌経済界に顔の利くMという人物だった。彼は大学の同窓だった三島哲也に声をかけ、文科省とのパイプ作りに奔走する。結果、江別市にほぼ決まりかけていた誘致を、新千歳空港へのアクセスの利便性と、街と大学との融合という都会的なコンセプトを前面に押し出してアピールすることにより、誘致合戦に勝利したのだ。

「当然、江別市側からは恨みを買ったんですが、元々、新札幌の土地だけでは大学院が構想していた規模には満たなかったため、物理科学研究センターという日本最大規模を誇る研究施設については、江別市野幌に建設することで、江別市側にとっても悪くない結果に落ち着いたんです」

「誘致の過程で金が動いたということは？」

「記事によれば噂はあったようですが、決定的な証拠はでなかったようです。詳しいことは二課に確認すればもう少しわかると思いますが、それより気になったのが、学長の椅子を巡って文科省と当時の政府が対立したということです」

「具体的には？」

「大学院誘致に貢献したということで、当初初代学長には、三島哲也氏がほぼ決まっていました。しかし三島は文科省の役人に顔が利き、記事の表現を借りればズブズブだったと言います。そこで当時の政府が学長人事に横やりを入れて、現在の桐生学長が就任したという経緯があるそうです」

「そしてその当事者である教授が事件当日は休みだった、ってか」

松山がにやりとした。

「臭うか」

そう尋ねた奈良に、

「いまはまだ香る程度ですけどね」

と松山が鼻を擦った。

「わかった。じゃあ話を聞きに行って来い」

「三島教授にですか」

「いや、まずは桐生学長の方だ」

「外堀から行くってわけですか」

松山は納得したように大きく頷いて、傍らの木幡に視線を送った。だが続いて奈良が、

「沢村と一緒に行ってくれ」

そう告げた途端、松山の眠たそうな目の奥が、不信感と警戒心の色に染まるのが見えた。

地上三十階建て、二つの塔のように並ぶ建物は、ガラス窓が太陽を反射してキラキラ光り、人工都市のような威圧感があった。正門から見て右手の塔がバイオサイエンス研究所、左手の

塔が情報サイエンス研究所だ。

　事件のあったサウスキャンパスは未だ立ち入り禁止となっていて、管理棟にいた教職員たちは、このノースキャンパスに一時、間借りという形で業務を再開していた。サウスキャンパスに研究所を持っていた数学科も例外ではない。

　誰もが自由に敷地内を出入りできたサウスキャンパスとは対照的に、ノースキャンパスのセキュリティ管理は厳重だった。基本的に部外者の建物内への立ち入りは禁止されている。たとえ関係者であっても、あらかじめ付与されたＩＤの種類によって立ち入りできるエリアが厳格に区分されていた。特に事件が起こってからは、敷地内へ立ち入ることさえ、いったん正門前に立つ警備員の許可を得なければならないほど厳しいものになっていた。

　沢村たちもそこで身分証を提示し、桐生学長に面会の約束があると告げて初めて、中に入ることを許された。

　正門をくぐるとすぐ左手に管理棟があり、来訪者は再びそこで身分証を提示して、中に入るためのＩＤパスを貸与してもらわなければならなかった。沢村たちが受け取ったＩＤパスには「ゲスト」と書いてあった。これで行き来できるのは管理フロアのみで、上階にある研究フロアへは一歩も立ち入ることができないようになっている。

　敷地のすぐ目の前にはＪＲ千歳線の高架が走っているが、建物の中に入ると電車の音は全く聞こえなくなった。

　二人は管理フロアの一角にある会議室に通された。会議室は白を基調とし、長テーブルが二つくっつけて配置されているだけだ。窓もなく、絵画の一枚も飾られていない。実に殺風景な作りだった。

「学生たちには本当に気の毒ですが……」

会議室で向かいあった桐生学長は、表情に疲れを滲ませていた。

これまでに繰り返し警察から聴取を受けていたにもかかわらず、事件解決のためなら協力は惜しまないと言って、沢村たちの聴取にも快く応じてくれた。その背景には一刻も早く、学生たちの日常を取り戻したいという強い願いが感じられた。

これまで設立された大学院大学では、比較的産業に直結するような分野が開講されてきたが、この大学院では珍しく純粋に学問としての数学を研究できるとあって、東大や京大の大学院を蹴ってここへ来た学生もいるという。秋には海外からの研究生や留学生も招聘する予定だったが、当面計画は延期されるだろうということだった。

「既に何度も聞かれているとは思いますが、何か人から恨まれるようなことに心当たりはありませんか」

「ありません」

桐生は目を伏せて、ゆっくり左右に首を振った。そんな桐生は明らかに困惑し、途方に暮れているようにも見えた。もう何度も尋ねられて、その度に心当たりを思い返してはあれだったのか、これだったのかと自問自答を繰り返し、それでも何も思い当たることがない。そんな苦しい堂々巡りであることは、想像に難くなかった。

桐生にはまだ、狙われたのが彼女である可能性を伝えてはいない。はっきりとした証拠がない状況で、いたずらに不安を煽るような情報は伝えるべきではないという判断だった。ただし当面は、万が一のためと断って、警察の警護を付けることを了承してもらった。この会議室の外にも、警備役の警察官が私服姿で張り付いている。

「ところでこちらの学長へ就任されることが決まったのは、かなり直前になってからだったとお聞きしたんですが、どのような経緯でお話があったんですか」

三島が文科省との橋渡し役となり、その功績で学長就任が予定されていたが、あまりに文科省と近すぎたため、最終的にはそれが嫌われたと言われている。三島に代わる人材を選出するにあたっては、できるだけ政官財にしがらみが少ない人物ということが重要視されたようだ。そこで白羽の矢が立ったのが、アメリカ帰りの桐生真だった。

「アメリカでの研究者生活が三十年を超えた頃から、いずれは日本で教えたいという希望を持っていました。そんな時、この大学院が開校され、しかも数学科ができるという話を聞いたので、教授として働けないだろうかと準備委員会へ問い合わせたのがきっかけです。それからしばらく連絡がなくて諦めかけていた頃、学長としてどうかという打診がありました。初めは直接学生に教えられないなら断ろうと考えたんですが、その時準備委員会からソフィー・ジェルマンの名前を出されて――」

「どなたですか?」

沢村はメモを取る手を止めた。

「一八〇〇年代にフランスで活躍した女性数学者です。しかし当時は女性が数学者になることは許されなかったため、男性の偽名を使って論文を執筆していました。いまはもうそんな時代ではありませんが、それでもまだまだ女性数学者の数は多くありません。ですから、当院の設立理念の一つに、ソフィー・ジェルマンのような優秀な女性数学者を育てたいというものがあると言われて、学長のお話を受けることにしたんです」

他に幾つか確認すると、二人は桐生に礼を言って部屋を後にした。廊下に出て、桐生の警護についている警察官と目礼を交わした。退屈そうだった。少なくともこの建物内にいる間は、桐生の身に危険が及ぶ可能性は低く、緊張感がゆるんでしまうのも無理はなかった。

「どう思いますか」

エレベーターを待つ間に沢村は松山に尋ねた。

「あの学長に恨みを持つような人物がいるとは思えませんけどね」

松山はどこか上の空のような調子で答えた。沢村をまだ警戒して、本心を悟られまいとしているように見えた。

沢村は少しやりづらさを覚えながら、意味もなく階数表示ランプを見上げていた。

すると思い出したように松山が付け加えた。

「ただし、学長には心当たりがなくても、人間はどこで人の恨みを買うかなんてわかりませんからね」

沢村は頷いた。松山の言う通りだった。

人の心はわからない。どんなに善良な人間であっても、知らず知らず人の恨みを買う可能性が無いとは言い切れなかった。たとえその理由がどんなに理不尽なものであり、恨まれた側に一切非のないものであっても、恨む側の心理をコントロールすることは誰にもできない。

二人は管理棟でＩＤパスを返却し、敷地の外に出た。しばらく人工的な灯の下にいたせいで、太陽の光が目に眩（まぶ）しかった。今日は日中ならコートもいらないような快晴だった。北海道もようやく春を迎えつつあるようだ。

二人はいったん新札幌駅まで戻り、地下に入った。この辺りは地上に線路が通っているため、地下を通る方が効率的に移動できるからだ。

駅に隣接する商業施設の多くは、爆破事件の余波でしばらく休んでいたが、今週から少しずつ営業を再開し始めていた。だが地下街はまだ閑散としていて、以前のような賑わいを取り戻すには、もう少し時間がかかりそうだった。

沢村の視線の先に「サンピアザ水族館はこちら」という案内表示が見えた。

「今度の事件、ゴールデンウィークまでに決着すると思いますか」

唐突に松山が口を開いた。

今日は四月十九日だった。四月二十九日の昭和の日をゴールデンウィークの始まりとするなら、今日を含めて十日しかない。

正直難しいだろうと沢村は思った。

「コツメカワウソと握手できるイベントが人気だそうで、前から息子を連れていくって約束してたんですが、なかなか休みが合わなくて……。億劫がらず、この間の待機非番の時に連れてきてやりゃ良かったな」

松山は独り言のように呟いた。

サンピアザ水族館は、地下鉄の新さっぽろ駅と直結する商業施設内にある小規模な都市型水族館だ。開業は昭和五十七年と古い。ペンギンやアザラシ、コツメカワウソなどが人気だった。

「坊主が榊さんとこの一番下と同じ幼稚園なんですよ。それでいろいろあそこの家庭の事情なんかも詳しくてですね」

松山はこちらから尋ねる前に、榊の家庭の事情を話し始めた。

榊の妻は以前乳がんを患った。幸い治療は成功したものの、ホルモン療法の後遺症なのか、体調に波があるのだという。

沢村は特命捜査の指示が下りた時、奈良からその話は聞かされていた。妻の体調を気遣い、三人の子供たちの面倒を見て、それで捜査一課での激務にまで手が回るのか、と軽い驚きに包まれたものだ。

「あの人はなんというかツキがないんですよね」

「どういう意味ですか」

「若い頃から捜一希望だったんですが、タイミングが合わなくて。ようやくチャンスが回ってきた。そんな時、奥さんの体調が悪くなって、引き受けたらどうなるか誰だってわかると思うんですが、あの人は引き受けてしまった。ここで断ったら、年齢的にも二度とチャンスは巡ってこないと焦ったんでしょうね」

松山の話を聞きながら、地下通路を通り、札幌市青少年科学館へ続く出入り口から外に戻った。日差しが眩しい。沢村は思わず額に手をかざした。

札幌市青少年科学館の開業はサンピアザ水族館の一年前だ。プラネタリウムや小中学生向けの科学クラブなどが人気の施設だったが、サンピアザ水族館と同じように、爆破事件の影響で休業中だった。

訪れる人々もない建物は、無機質で物寂しい。

松山がゴールデンウィークまでになんとか、と零したように、事件を解決しない限りは、こうした施設の再開も遠のくばかりだった。そういう意味でも、沢村たちにはプレッシャーのかかる捜査だ。

青少年科学館の敷地から歩道へスロープがついていた。そこを上っていくと、ＮＳＵの建物が見えてきた。

周囲にはまだ、ほんの少し焦げ臭いような臭いが漂っていた。

敷地の周囲は黄色いテープが張り巡らされて、立ち入り禁止の文字がいたるところに見えた。爆破された管理棟は白い防水シートで覆われていて、外観がわからなくなっている。

敷地を囲む植え込みの一部は、無我夢中で逃げ惑う人々が倒したらしく、めちゃめちゃに踏まれて、根元から折れてしまっているものもあった。

今月の初め、あんなにも華々しく開校したばかりの施設が、こうも無残に廃墟（はいきょ）のような様相になり果てるとは。関係者ならずともショックだった。

二人は黄色いテープを潜り、敷地の奥にある数学研究所へ向かった。そこは管理棟からもっとも離れていたため、建物正面の窓ガラスが数枚割れるだけの被害で済んでいた。その一階に臨時の警備室が設けられている。沢村たちは身分証を見せ、敷地内を見て回る旨を告げた。

数学研究所の隣は、事件当時に記念講演が開かれていた講堂だ。

二人は講堂の前を通り過ぎ、爆弾入りの荷物が置かれていたという中庭へ向かった。そこには花壇があり、植えられていたパンジーが日光に反射してキラキラと光っている。よく見るとそれは、爆破の際に割れ、霧のように降り注いだガラス片だった。

中庭の西側には小さな記念館が建っていて、その入り口に胸像が一つあった。「ソフィー・ジェルマン」と金色のプレートがついている。だが元は彼女を象っていたらしいその胸像は、爆破の衝撃によるものか、首から上が吹き飛んでしまっていて、僅かに胸の膨らみ部分を残すだけとなっていた。

二人は、手がかりを求めてしばらく中庭を捜索してみたが、空振りに終わった。

事件後すぐに現場に入った公機捜は、爆弾の痕跡はもちろん、犯人の遺留品と思しきものは全て回収していき、その後に刑事部の鑑識課が入った時にはほとんど採取できるものはなかったと聞いた。

再び数学研究所の前に戻ってきた時、さっきまでは暗かったはずの建物の二階の窓に明かりが見えた。まだ立ち入り禁止のはずだが、と思っていると、しばらくして小さな段ボールを抱えた若い男性が建物から出てきた。

沢村は身分証を見せて、相手の素性を確認した。男性は数学科に在籍する修士学生だった。許可をもらって中の荷物をノースキャンパスまで運ぶのだと答えた。

「さっき、二階のあの部屋に明かりをつけたのはあなたですか」

沢村はさっきまで明かりがついていた部屋を指差した。

「はあ、そうですけど」

学生は不思議そうに答えた。

沢村は礼を言って、学生が荷物を車に積み込んで走り去るのを見送った。

「どうかしましたか」

松山が尋ねた。

「朝の会議で松山さんが指摘した点です。念入りに準備をしたはずの犯人は、どうして桐生学長が部屋に戻るのを待たなかったのか」

松山の片方の眉が微かに動いた。

「室内にいる時は、いまの学生のように昼間でも電気を点けることは珍しくありません。まして犯行時刻は六時十一分、周囲はそろそろ薄暗くなってくる頃でしょう。学長が不在なら部屋は暗かったはず。部屋に荷物を置くだけなら明るくする必要はなかったと思いますが、山根さんはつい習慣で、明かりを点けてしまったということは考えられませんか」

「それが犯人には、学長が部屋に戻った合図になった」

松山の察しの良い答えに、沢村は正直驚いた。同時に、日頃彼が木幡と馬鹿みたいに雑談している姿は、決して彼の真の姿ではないことにも気が付いた。

「犯人は学長室の窓に明かりが点くのを、どこかで見てたんじゃないですか」

もしこの推測があたっているとすれば、被害者となった山根には不幸な要素が重なってしまったことになる。

まず一つ目は、彼女が学長室の部屋の鍵を忘れたことだ。そのため山根は、荷物を運び込むために一度事務局に戻った。この間、時間にすれば五分程度だろう。だがこの時間が犯人の目算を狂わすことになる。

二つ目の要素は、桐生学長が予定通り部屋に戻らなかったことだ。六時に講演が終わった桐生は、大学関係者とその場で立ち話をしている。それもほんの十分、十五分程度のことだが、この時間のお陰で桐生は命拾いすることになった。

そして三つ目の要素、これが先ほど沢村の気づいた、無意識に明かりを点けるという動作だ。この三つが重なり、犯人は窓に灯った明かりを見て、桐生が部屋に戻ったと勘違いしたのだ。

そしてスマホで爆弾の起爆装置を作動させた。

遠隔で爆破させるなら、現場近くにいる必要はない。海外のテロなどは、足取りを消すためによその国から電話をかけて爆破させる例も報告されている。

だがこの犯人はすぐ近くにいた。無差別な犯行ではない。確実に、狙ったターゲット、つまりこの場合は桐生学長を抹殺しようという明確な意思があったのだ。

「自分は安全な場所にいて、爆発を見届けるとすれば犯人はどこにいたと思いますか」

「学長室の明かりが確認できる場所となると……」

沢村は松山と一緒に、実際に周囲を歩き回ってみることにした。敷地から出てしまうと、図書館が邪魔になって学長室は見えなくなる。正門側からだと、学長室は反対側にあるため窓の明かりを確認できない。そうなると講堂の正面からという可能性が一番高かった。

だが問題は、ここでは爆発から身を隠す場所がないということだ。

すると残された場所は、数学研究所ということになる。しかも数学研究所と講堂の間には、防犯カメラが設置されていない。仮に犯人がその場所にいたとするならば、窓に明かりがついたのを確認し、急いで数学研究所の裏手に回りこんでからスマホを操作すれば、少なくとも爆風の直撃は避けられたはずだ。

沢村たちは自分たちの推理に確信を抱くと、数学研究所の裏手に回って、その周囲に何か手がかりがないかと探し始めた。

公機捜の鑑識もこんな場所までは調べていないはずだ、という松山の言葉を信じて捜索にあたったところ、

「沢村さん、ここ見てください」

松山がしゃがみこんでいたのは、大学の敷地と歩道との境界線として設けられた、落葉樹の低木で作られた生垣の側だった。他の場所と違い、この辺りは人に踏み荒らされていなかった。パニックを起こした人々が、正門の方へ殺到したことが幸いしたようだ。

松山はポケットから取り出した白い手袋を嵌(は)めると、生垣の中に手を差し入れた。そして拾い上げたものを掌(てのひら)に載せて、沢村の目の前に差し出した。それは小さな銀の懐中時計だった。

正直なところこの懐中時計を、犯人の遺留品と考えるのは早計だ。生垣のすぐ外側は歩道になっていて、一般の通行人も多い道だった。むしろ、犯人の遺留品ではない確率の方が高そうだ。

しかし他に手がかりらしい手がかりも見つけられない状況で、これが一筋の光明になってくれることを願い、沢村は鑑識を手配した。

沢村たちは、到着した鑑識課員たちに後を任せてその場から引き上げた。

「仮にあの懐中時計が犯人の物だったとして、なぜ犯行現場にまで持ってきたんだと思います？　今どきは時計を持たない人だって多いでしょう」

「懐中時計ならファッションかも。うちの高坂さんみたいなタイプなら、身に着けてても不思議はないんじゃないですか」

高坂さんみたいな、と言われると納得できてしまうのだが、そうなるとなおさら、事件には無関係な通行人の落とし物ではないかという思いが強くなった。

「お、来たな」

松山が胸元から携帯を取り出した。松山はさっき、懐中時計の写真を撮ったら送って欲しいと鑑識課員に頼んでいたのだ。

写真は二枚送信されてきた。一枚は文字盤のついた表側を大写しにしたもの。文字盤に書かれたアルファベットはメーカー名だろうか。見たことのない名前だった。そしてもう一枚は、懐中時計の裏面の写真だった。

「何か数字が刻印してありますね。さん、なな……最後はいちかな」

懐中時計の裏側には、算用数字で「３７１」と刻まれていた。

「製造個数でしょうか」

二人で頭を捻りながら、地下鉄の新さっぽろ駅まで戻った。

「沢村さん、この後三島教授に会いに行きませんか」

改札を通ろうとした沢村に、松山がだしぬけにそんな提案をしてきた。

時刻は十三時を回っていた。このまま本部に戻るのは早い。松山の提案に乗ってみることにした。

三島の自宅は宮の森にあった。札幌では高級住宅街と呼ばれていて、特に三島の住む高台の辺りは大豪邸が立ち並んでいる。

沢村たちは新さっぽろ駅のファーストフード店で簡単に昼食を済ませると、地下鉄東西線で円山(まるやま)公園駅へ向かった。三島の家はここから山側へ三十分程歩いたところにある。バスも出ているが、二人はゆっくり歩いて行くことにした。

北海道神宮の広い敷地を左手に見ながら、閑静な住宅街の坂道を上っていくと、次第に豪奢(ごうしゃ)な家々が増えてきた。

「大学教授ってのは儲(もう)かるんですね」

「それは人によるとしか」

松山の言葉は明らかに、沢村の父親も元は大学教授だったことを指してのものだろう。

確かに沢村の父は大学教授になって収入は安定した。だが宮の森の高級住宅街に居を構えられるほど稼いでいたわけではない。むしろ収入が不安定な時代も長く、その間の沢村家の家計は亡くなった母が支えていたのだ。

「そういや、学習院大学の教授なのに団地住まいって人もいましたね」

あれはただの団地ではなく大学の教員住宅だったはずだが、と思ったが、そこは聞き流した。

「沢村さんも、大学教授になりたくて大学院に進んだんですか」

話題が途切れた時、松山が再び口を開いた。

「なりたくてというより、研究者になるなら一番なりやすいのが大学教授というだけだったので、目指すということではなかったです」

自分で話していながら、なんだか持って回ったような言い方だと思った。

松山が不可解そうな顔をした。

「文系の研究者の職というのは限られていて、政府系の研究所や独立行政法人くらいしかないんです。民間で見つけられたらそれは本当にラッキーというくらい。大学教授はそれに比べたら多少なりやすい職業ではありますね」

「多少？　じゃあ、なりたくてもなれない人もいるということですか」

「もちろん。そんな人は大勢いますよ」

「ちなみにですが、大学教授にはどうやってなるんですか。ほら、俺たち警察官は採用試験を受けて合格すれば警察官になれる。大学教授になるにも何か試験があるんですか」

「試験はないですけど、簡単に言うならそれまでの業績は重要ですね」

「業績というのは論文を書いたりするアレですか」

「ええ、そうです」

「じゃあ、大学教授になる前はみんな何をしてるんですか」

「え、なにってどういう意味ですか」

「だって大学教授になるためには論文書かなきゃならないってことは、その間も大学に残らなきゃならないんでしょう。それでどうやって飯を食ってるんですか」

ああ、なるほど、そういうことか。確かに大学の外にいる人間から見れば、研究者の卵たちがどうやって生計を立てているのか不思議に違いなかった。

「博士号の学位を取得した後は次のキャリアとして、ポスドク職を目指すのが一般的です。ポスドクというのは任期付き研究員とも呼ばれるもので、雇用期間は一年から長くても五年。その後幾つかのポスドク職を渡り歩いて実績を積んだ後は、任期付きの助教、それから准教授と進んで、最後にようやく教授になるというわけです」

「じゃあ、教授になるまでは非正規ってことですか」

松山は本気で驚いているようだった。

「ほとんどそうですね。運が良ければテニュアの准教授になれることもありますけど……」

「テニュアというのは？」

「終身在職権のことです」

元々はアメリカの大学等で用いられた言葉だった。文字通り定年を迎えるか、自主的に退職でもしない限り、ずっと大学に残って研究を続けることのできる身分のことだ。

「話を少し戻しますが、ポスドクには希望すれば全員がなれるんですか」

「いいえ、残念ながら」

希望者全員がなれるほどポストの数は用意されていない。

「じゃあ、優秀なやつから順番に？」

沢村は少し間を置いて答えた。

「それも少し違います。優秀さはもちろん重要ですけど、適性とか後はやっぱり運でしょうか」

自分が望むポストの空きが、自分の望むタイミングでやってくるとは限らない。そう考えると、ポスドク職に就くには、運がもっとも重要な要素かもしれなかった。

「なれなかったらどうなるんですか」

「どうって……」

あまりに率直な聞き方をされて、沢村は一瞬答えに詰まってしまった。

ポスドク職は確かに狭き門だが、問題はそこではない。なぜなら統計上は、研究職という括りさえ無くしてしまえば、およそ七割の博士が就職できているからだ。希望の職に就けないことは残念ではあるが、悲劇ではないだろう。

ポスドクの一番の問題は、彼らの将来の不安定さだ。晴れてポストを摑んだのも束の間、任期満了で職を失うプレッシャーの中、次のポストを探さなくてはならない。当然、次のポストが見つけられないケースもあった。そこでやむなく民間へ就職しようにも、これまでの研究実績に見合う就職先を見つけることは難しい。そもそも、就業経験もなく、若くもない博士を雇ってくれる民間企業がどれほどあるだろうか。そうなると、専攻とはまるで無関係の非正規職を転々とするしかない。それこそが悲劇だった。

「じゃあ、大学教授になれた人間は勝ち組ってことが言えますね」

沢村の説明に、松山はそんな感想を漏らした。

「勝ち組……」

大学教授をそんな風に考えたことはなかった。

だが沢村の父親を例にとってみれば、いまは退官して、悠々自適と言っていい暮らしぶりで、勝ち組という言葉が相応しいのかもしれない。

それに引き換え自分は――。

沢村は過去に一度だけ、父に対して引け目を感じた時のことを思い出した。

あれは大学院を辞め、就職活動にも失敗して恵庭の実家に戻っていた時期のことだ。あの時は勝ち組という言葉は思い浮かばなかったが、研究者の道へ踏み出すことさえしなかった沢村は、心のどこかで大学教授の父に対して引け目を覚えていたことは事実だった。

もちろん父親は何も言わなかった。

博士号まで取って、いったいお前は何をしているのだ。大学院の数年間をお前はただ無駄にした。その間に、他の人はみんな就職し、社会人としてもそれなりに経験を積んで、家庭を持つ者だっていたはずだ。そう言われても仕方なかったが、沢村の父はそんなことを言うような人ではない。

しかし、もしもあのまま就職できず、道警にも入れていなければ、大学院での数年間は、時間と金をただドブに捨てただけだったと、沢村自身が後悔のどん底にいたかもしれなかった。

三島の家は、周囲と比較しても五指に入るほどの豪邸だった。

家政婦が三島哲也に取り次ぐ間、二人は玄関でしばらく待たされた。松山がうちの子供部屋より広いと零し、「やっぱり大学教授って儲かるんですね」と沢村に囁いた。

松山の軽口を無視して、沢村は玄関に飾られた絵に注目した。東山魁夷の落款が押されたその作品は、確か「吉野の春」だ。リトグラフだが市場では高値で取引されている。

こうした三島の経済状態については、沢村も驚かざるを得なかった。

元々裕福な家の出身なのだろうか。親の遺産を継いでということなら納得なのだが、もしそうではないとすれば、大学誘致に纏わる金の噂が気にかかるところだった。

東山魁夷の見事な色彩に見とれていると、微かに流れてくるオペラに気が付いた。これは確か『イル・トロヴァトーレ』だ。ヴェルディが作曲し、彼の最大傑作の一つと呼ばれる凄絶な復讐劇だった。

聞こえてくる有名なアリア『炎は燃えて』に耳を澄ませ、さらに五分以上経った頃だろうか。オペラが聞こえなくなって、二人はようやく居間に案内された。だが、こちらで少しお待ちを、と言われたきり再び時間だけが過ぎようとしていた。

高い天井に豪勢なシャンデリアが下がっている。ソファは革張りで、ウォールナットの木目も美しいテーブルは高級感に溢れていた。

松山は立ち上がって、広い居間をうろうろし始めた。一分もじっとしているということができない性分のようだった。

居間には大きな窓があり、たっぷりとした白いカーテンが眩しすぎない程度に日差しを遮っていた。

「これはシルクかな」

そんなことを呟きながら、松山がカーテンを少し開いた。その隙間から手入れの行き届いた見事な庭が見えた。

「沢村さん」

手招きされて沢村も窓に近寄った。

庭の隣に温室があった。

思わず松山と顔を見合わせた。

花や植物の栽培には肥料を使う。化学肥料の中には、爆弾の材料となる硝酸アンモニウムや尿素が含まれた物が多い。過去にも肥料から火薬を精製して爆弾を作ったという例はあった。

今回、公機捜からは爆弾に使用された火薬の成分の詳細は明らかにされていない。黒色火薬単体だったという話もあるが、沢村たち警察としては、肥料を大量に使うような庭や温室の存在は、無視できるものではなかった。

「どうやら三島教授は本を書いてるようですね」

松山は次に、大きなキャビネットの前に立った。ガラス扉の向こうに、たくさんのトロフィーや盾が飾ってある。そのうちの一つを松山は指差していた。

沢村もガラス扉の中を覗き込んだ。『エッセイの部　年間ベストセラー大賞受賞』と金のプレートがついた盾を見つけた。その隣には写真も飾ってある。どこかのホテルらしいパーティ会場の壇上に、『『ギフテッドの我が子の育て方』出版記念パーティ」という横断幕が見えた。

「こっちは三島教授と家族ですかね」

松山が白いマントルピースの上から、別の写真を見つけた。

今度はアカデミックガウンを纏った若い男性と三島教授が、肩を組んで写っていた。海外の大学の卒業式か。するとこの若い男性は恐らく、三島教授の息子の雄大（ゆうだい）だろう。

「どうせすぐ帰るんだ。茶などいらん」

その時、居間の外から家政婦を叱りつける男性の声が聞こえた。

またしても顔を見合わせた沢村たちの前に、三島哲也が現れた。

たっぷりした白髪を後ろに撫（な）でつけ、肌は日に焼けて艶々している。いかにも精力的といった外見だった。

「捜査だからって、突然訪ねて来られちゃ迷惑だ。手短にしてくれ」

張りのある聞きやすい声だが、横柄さを取り繕う様子もない。

学生のためにも一日も早い事件の解決を、と協力的な態度を見せてくれた桐生とは正反対だった。

「申し訳ありません教授。事件の捜査ですのでご協力ください」

沢村たちは三島と向かい合わせに腰を下ろした。

「事件のあった日、大学を休まれたそうですがどちらにいらしたんですか」

「それならもう他の刑事に答えたはずだ」

特捜本部の聞き取りでは、その日三島は一日中自宅にいて、原稿を書いていたということだった。だがわかりきったことを何度も聞くことも、聞き取りの常套（じょうとう）手段だ。

「念のためもう一度教えていただけませんか」

「だから一日中家にいたと言ったはずだ」

「それをどなたか証明できる方はいらっしゃいますか」

「家政婦に聞いてみろ」

三島は投げやりに言った。何度も言わせるなと表情が言外に告げている。

「わかりました。家政婦の方にも後ほどお話を伺うことにします。それで教授は、一日中ご自宅にいて何をされていたんですか」

「原稿を書いてたんだ。その日が締め切りのやつを」

三島は近々五冊目のエッセイを出す予定だという。その原稿の締め切りが事件のあった日だった。他にも週刊誌にコラムの連載を持っている、とこちらが聞きもしない情報もくれた。

沢村は念のため出版社と担当者の連絡先を確認した。

「本と言えば、あちらのエッセイも教授が書かれたんでしょうか」

沢村はさっき見ていた盾を指差した。本の話題は三島の食いつきがいいと思った。

「あれが一冊目だ。これまでに百万部以上売れてる」

「百万部以上、それは凄いですね」

沢村は大げさに驚いて見せた。

「どんな内容なんですか」

「息子のことを書いたエッセイだ」

「ギフテッドとはどういう意味ですか」

「天才だよ」

三島はなんら臆する様子もなく答えた。

「息子の雄大はＩＱが一四五でね。二十歳でカリフォルニア工科大を卒業したほどだ。その後は数学と物理でそれぞれ博士号を取ってる」

それまでにこりともしなかった三島の目尻が僅かに垂れ下がった。文字通り、雄大は三島にとって自慢の息子らしい。

「ダブルドクターとは素晴らしいですね」

沢村は再び三島の気分を良くさせて、質問を続けていった。

「息子さんとは一緒に暮らしてらっしゃるんですか」

「いや、あれはいまアメリカの大学で教授をしてる」

「なんという大学でしょう」

「息子の大学と事件になんの関係があるんだ」

三島の顔がまた険しくなった。

「一応、これも必要なことですから」

「プリンストンだ」

アイビー・リーグと呼ばれるアメリカの名門私立大学群でも一、二位を争う名門大学だ。

沢村は大きく頷いた。

「お幾つですか」

「三十一だ」

三十一歳で大学教授とは、かなり別格であろう。それもプリンストンのような名門大学。三島が自慢したい気持ちもわかるというものだ。

「専門は数学ですか」

「いや、いまは物理だ」

息子の話で三島の気分が良くなったところで、沢村はそろそろ本題に近づく質問をぶつけることにした。

「ところで教授、大学院の学長の座に桐生先生が座ったことについて、いろいろ問題があったと伺っていますがそれは本当でしょうか」

「くだらん。あんなものはゴシップ雑誌が勝手に書いてるだけで全て事実無根だ」

「それでは桐生先生が学長になったことについて、特に思うところはないということですか」

「当たり前だ。たかが学長の椅子くらいで」

「たかが、ですか」

「学長になってどんなメリットがあるというんだ。そもそも大学教授の本分は研究だ。私は大学経営なんかに興味はない」

まさかの正論だった。世間ではしばしば学長選が話題となるため、大学教授は誰もが学長になりたがっているように錯覚される。だが三島が言った通り、学長はおろか、大学で管理職に就くことも嫌がる教授たちは多い。なぜなら大学で役職がつくと、研究以外の雑用で時間のほとんどを取られてしまうからだ。

「もう十分だろう」

三島が腰を浮かしかけた。

「この後、奥様からもお話をお伺いしたいんですがご在宅でしょうか」

「妻に何を聞こうというんだ」

再び三島の不機嫌のスイッチがオンになったようだ。

「事件の日、奥様はどちらに？」

「私と一緒に家にいた」

「それでしたらぜひ、奥様のお話も聞かせてください」

「妻は具合が悪くて臥せっている。遠慮してくれ」

三島が立ち上がった。

「あ、最後にもう一つだけ」

それまでずっと黙っていた松山が初めて口を開いた。

「これに見覚えはありませんか」

松山が携帯を取り出し、懐中時計の写真を三島に見せた。

「なんだっていうんだ、全く……」

いかにも面倒くさそうに三島は画面を一瞥した。一瞬、その顔が強張ったように見えた。だが三島は首を横に振った。

「いや、ないな。こんなものは知らん」

「本当ですか」

「しつこいな。知らんものは知らん」

「そうですか。失礼しました」

松山は悪びれた様子もなく携帯をしまいこんだ。

三島が出て行き、家政婦を待つ間、沢村と松山は黙っていた。しかし松山が考えていることは沢村にもわかった。

三島は怪しい。

今回は三島の反応を探るため、敢(あ)えて懐中時計について詳しい説明をしなかった。

もし三島が本当に懐中時計を知らないならば、それがなんなのか、ということを真っ先に尋ねるはずだ。

大体、自分が副学長を務める大学院が爆破されて、いくら忙しくても事件のことを何も尋ねて来ないということも不可解だった。

「失礼します」

家政婦の田島(たじま)が現れた。

田島は一見すると年齢不詳な印象だが、間近で見ると五十代の後半から六十代前半といったところだった。顔立ちは整っている。白髪を染めた長い髪はバレッタで後ろに束ねられ、清潔感もあった。

「爆発のあった日、教授はずっと家にいらっしゃいました。締め切りが近いので今日は缶詰だ、とおっしゃって」

沢村がアリバイを確認すると、田島は淀(よど)むことなくそう答えた。

「確かですか」

沢村が念を押すと、その日は、十時と三時にコーヒーを出し、十二時にはお昼ご飯も部屋まで運んだので間違いない、と田島は証言した。

「夕飯は何時でした？」

「教授が在宅の時は六時と決まっています」

六時に三島は家にいたということか。それなら犯行は無理だ。

それから沢村たちは個人的な質問を田島にぶつけた。

出身はどこか。いつから三島家で働いているのか。家族構成は、といった質問に対し、田島は特に繕う様子もなく素直に答えてくれた。

それによれば彼女が三島家で働くようになって、既に三十年近くが経っていた。結婚していたが離婚し、成人した息子は結婚していまは大阪に住んでいる。

「ところで奥様は体調があまり優れないとのことでしたが」

「はい、そのようです。季節の変わり目というんでしょうか。この頃はよく頭痛を訴えていらっしゃいます」

やはり今日は、三島の妻から話を聞くのは無理なようだった。

「それでは奥様に名刺を渡しておいていただけますか。体調が戻ったらお話をお聞きしたいとお伝えください」

沢村は田島に名刺を渡した。それから念のため、懐中時計の写真も見てもらった。家政婦なら三島の部屋を掃除することもあるはずだ。その時に見たことがあるのではないかと思った。

しかし田島は、「さあ、見たことありません」と首を横に振った。その反応に嘘をついている様子は見られなかった。

「最後にもう一つだけ」

そう言ったのは松山だ。

「庭や温室の手入れも田島さんがされているんですか」

「いいえ、どちらも教授が直接お世話されてます。時々専門の業者さんも頼んでるようですけど」

「なんという業者ですか」

「宮の森グリーンサービスです」

「中を見せてもらっていいですか」

「温室の中ですか？　いえ、それは教授に聞いていただかないと……。どれも海外の希少植物だそうです。ご自身で海外まで買いに行かれたり、なんとかハンターとかいう人に頼んで集めてもらったものばかりなんです」

「プラントハンター？」

「そう、それです」

プラントハンターは日本語に直せば植物収集家だ。かつて欧米で植民地政策が盛んだった頃、王侯貴族たちが派遣して、世界中の珍しい植物などを収集したので有名である。

「教授も海外へ買いに行かれるということでしたけど、主にどこの国です？」

「最近はもっぱら中国とかシンガポールとかでしょうか。以前は南米のジャングルへもよく行かれていたと聞いてます」

温室の維持費に加えてプラントハンターにまで依頼するとは、随分とお金のかかりそうな趣味だ。

エッセイ本がベストセラーになったとはいえ、この豪邸や趣味に大金を投じるというのは、大学教授の身分ではかなり贅沢だろう。


田島に見送られて、二人は三島家を後にした。二人の背後で門がしまる音がした。まるで外界と三島邸を遮断するような音に聞こえた。

一つ息を吐き、沢村が歩き始めると、一台の黒いＳＵＶ車が二人の脇を通り過ぎて、山側へ走り去っていった。それ以外は人も車も通らない。静かな住宅街だ。

二人は念のため、三島家の温室と庭の管理を委託されているという業者の元へ話を聞きに行った。

店主の話によれば、三島が神戸から札幌に移ってきた二年前から契約しているという。それ以前に三島が懇意にしていた神戸の業者からの紹介だった。週に一度の定期メンテナンスのほか、教授が出張の時などに植物の世話を頼まれているそうだ。

「教授の家の植物はこちらで買い付けたものなんですか」

「いいえ。神戸時代に知り合った専門の収集家に依頼して集めた物だと聞いてます。教授自身も以前は直接海外へ行って買い付けられたそうですが、個人だと輸入手続きが煩雑ですからね。いまは全て業者任せだと聞いています」

「教授の家に納めてる肥料、見せてもらえますか」

「かまいませんが、別に普通のやつですよ」

店主は二人をバックヤードに連れて行った。国産メーカーの化学肥料二十キロ入りの袋が置いてあった。

「冬の間はこっちのカリ成分の多いタイプをもっぱら使っています。これからの季節はこっちのバランスタイプを使う予定でいます」

沢村はそれぞれの肥料成分を確認してみたが、一般に市販されている肥料と比較して、硝酸アンモニウムや尿素の割合が高いといったことはなかった。納めている量も三島家の庭と温室の広さを考えれば適正と考えられた。

「肥料の盗難や紛失などは？」

「とんでもない。そんなことがあればすぐに警察に届けますよ」

店主は憤慨したように答えた。

これ以上この店から聞くことはなさそうだ、と沢村が判断した時、またしても松山が口を開いた。

「教授が神戸の時に懇意にしてた店の名前を教えてもらえますか」


「さっきはどうして、神戸の業者まで確認したんですか」

店を後にしてすぐ、沢村は尋ねた。

「単にものぐさなだけでして。あとから必要になって、なんども足を運ぶのは面倒でしょう。思いついたことは片っ端から聞いといた方が後で楽ができるってわけです」

本当にそれだけだろうか。沢村は松山の本音を探ろうと、その横顔に目を向けた。

「この辺は立派な庭ばかりですよね。俺は植物の値段なんかはさっぱりですが、ここらの住人が随分と金をかけてることはわかります。それでも三島教授が上客なのは業者の口ぶりからも確かでしょう。もっとも二年足らずの付き合いじゃ、そうそう無理を聞くということもないはずです。ですが昔からの付き合いの業者なら、多少の融通を利かせたこともあるんじゃないですか」

沢村は松山の鋭さに心から驚いた。日頃、木幡と馬鹿みたいな雑談をする姿からは想像もつかないものだ。

「松山さんは教授が怪しいと思いますか」

「それはなんともですね」

松山が腰の辺りをさすり出した。再びとぼけるつもりだろうか、と警戒した時、松山はこう続けた。

「坂道は腰に来ますね。昔アイスホッケーで痛めた古傷が疼(うず)くんですよ。教授の奥さんのように、こういう季節の変わり目はいろいろと体に来ます」

「教授の奥さんは何か知っていると思います？」

「同じ屋根の下に暮らす夫婦なら、全てを隠し通すのは難しいと思いますよ」

沢村は頷いた。はっきりと言わないだけで、松山は三島教授を怪しいと睨んでいるのだ。

「そうなると近いうちに、奥さんの話も聞かなくてはなりませんね」

「ですね」

沢村の言葉に簡潔に同意した松山は、だらだら続く坂道を先に立って下りて行った。

＊

沢村が本部に戻ると、花城が飛んできた。

「さっき、一人の元過激派が大学を爆破したのは自分だと言って、自宅近くの交番に出頭したそうです」

「え？」

驚く沢村に、花城はさらに詳しい話を続けた。

出頭した男の名前は香田勇実。年齢は七十一歳。元東アジア解放戦線メンバーで北海道根室市出身だった。上京して同文大学に進学するも社会主義活動に傾倒し、全共闘運動や七〇年安保闘争に参加する。大学を中退後は東アジア解放戦線に加わり、一九七〇年代に発生した数々の武力闘争への関与が確認されていた。

「これから厚別中央署に身柄を移して取り調べるそうです」

詳細を確認するため、奈良が厚別中央署に向かったとのことだった。

「あとこの香田って男は出頭の際、ボロボロになった『腹腹時計』のコピー冊子を握りしめていたそうですよ」

「なに、その『腹腹時計』って」

「左翼連中の爆弾の指南書だそうです」

「爆弾の指南書……？」

空恐ろしい気がして沢村の背中が寒くなった。

「七〇年代、左翼系過激派組織による連続企業爆破事件が起こったことはご存知ですか」

背後から松山が現れた。戻って来る途中、コンビニに寄ると言った彼は、その手に缶コーヒーとスポーツ新聞を持っていた。

「その犯人グループは、爆弾の製造方法やゲリラ戦での戦い方などを教本として出版してたんです。その題名が『腹腹時計』ですよ」

松山が缶コーヒーのプルタブを開ける軽い金属音が響いた。

「その教本によると、中学生くらいの化学知識があれば爆弾は簡単に作れる、ということも書いてあったそうです。読みたければ、うちの資料室のどっかにもコピーが眠ってるんじゃないですか」

松山はそれきり、犯人が出頭してきたことには興味を失ったように、椅子に座ってスポーツ新聞を広げ始めた。

香田が犯人なら犯人で、それは事件解決ということにも繋がる。そうすれば沢村たちが特命として動く理由もなくなるのだから、本来なら仕事が減ったと喜ぶべきなのかもしれなかった。

だがなんともあっけない幕切れだ。

「動機はなにか言ってるの?」

沢村は花城へ注意を戻した。

「軍事技術に関する研究には断固反対する、とかなんとか口走ってたそうです」

「軍事技術ねえ。携帯や車のGPSだって元々はその軍事技術からの転用だってのに、そいつは山奥で自給自足でもしてたっていうのかねえ」

松山がスポーツ新聞をガサガサさせた。

「松山さんはこの男が犯人だと思いますか」

「いや、思いませんね」

「どうしてですか」

松山が顔を上げた。

「俺は公安の奴らは嫌いですけど、連中を無能だとは思いません。未だに爆弾闘争で世の中を変えようなんて闘志満々な奴らなら、公安は監視対象から外しませんよ。第一、もしこいつがホンボシなら、公安の連中がこっちに取り調べをさせろ、と横やりを入れてくるはずだがだんまりです。つまり、向こうだってわかってるんですよ。この男に今回のような犯行は無理だってことをね」

「じゃあなぜ出頭したんでしょうか」

「自分たちの存在を誇示したかったんじゃないですか。全共闘、七〇年安保、武力革命。そんな夢に酔い痴(よし)れた奴らですが、結局何一つ叶わないまま、年を取り、ああ、俺たちの人生なんだったんだあ!」

松山が大げさに手振りをつけて叫んだ。

「なんて具合に虚(むな)しくなったんじゃないですか。それで生きてきた証(あかし)みたいなものが急に欲しくなった」

「生きてきた証……」

沢村には困惑しか覚えない理由だった。

「いま風に言うなら、病的なまでの承認欲求がこの男の出頭を後押ししたとかですかね」

その目的の如何（いかん）を問わず、爆弾を所持あるいは製造しただけで重罪を科せられる可能性がある犯罪行為で、しかも今回は人一人が亡くなっているのだ。裁判にかけられれば、死刑を宣告される可能性さえあった。

それでも出頭してきた男の心理を、沢村は全く理解することができなかった。

だがこうした松山の冷徹な予想が正しかったと判明したのは、その日の夕方のことだった。香田を聴取した特捜本部は、正式に彼をシロと断定したのだ。

香田の供述にはいくつもの矛盾があった上に、肝心の爆弾の製造方法についての説明が、『腹腹時計』から得た知識を丸暗記したものに過ぎなかったからだ。当然ながら、今回の犯行に使われた爆弾の構造も、報道で発表されていることしか答えることはできなかった。

その後の家宅捜索でも、香田が暮らすアパートの部屋からは、爆弾製造の痕跡は一切発見されず、捜査本部は香田の身柄を解放した。

かつて二十代の若き革命家たちが夢見たのは、武力闘争による世界平和の実現だった。しかしそれが絵空事に過ぎなかったことが明らかとなり、共に闘った仲間たちは散り散りになり、今の若者たちに革命などと説いても鼻で笑われるのがオチである。

それでも自分たちの行為が無駄だったという事実を認められないまま、青春の忘れ形見とも言うべき『腹腹時計』のコピーを、何十、何百回と読みふけり、革命を夢想しては果たせぬまま、ただ老いさらばえていくだけの惨めさに香田は耐えられなくなったのだ。

「兵(つわもの)どもが夢の跡ってか」

松山が有名な芭蕉(ばしょう)の句を口にした。

確かに香田の人生は哀れではあるが、彼の嘘につき合わされて、家宅捜索や自供の裏取りなどに奔走させられた捜査員たちは、さぞや苛立っていることだろう。

この後、厚別中央署から奈良たちが戻ってくるというので、そこでより詳しい話が聞けるはずだ。

*

「遅くなった、すまん」

夜の十時を過ぎて、厚別中央署から奈良が戻ってきた。

香田の線が空振りに終わって、奈良の顔にはさすがに疲労の色が隠せない。

今日の夜の捜査会議は中止とし、明日の早朝行うことになった。

奈良への報告のため、一人残っていた沢村は、まず大学の敷地から見つかった懐中時計の写真を見せた。

「鑑識からの報告では、指紋を含めて犯人の特定に至るような痕跡は見つけられませんでした。しかし懐中時計の写真を市内の時計店で確認してもらったところ、製造元は特定できました」

沢村たちは三島邸から引き上げた後、狸小路(たぬきこうじ)で古くから営業を続ける時計店に寄った。懐中時計の写真を見た店主は即座に、イギリスのノーブルというメーカーのレプリカであろうと答えた。日本でライセンス生産されていたものだが、十年以上前に製造中止となっている。希少性はなく、販売当時で五千円もしなかっただろうと答えた。

「店主によれば、裏の数字は後から入れたものだということです。それも素人ではなく、プロが刻印したもので間違いないと。このことから、この時計は持ち主にとっては、何か思い入れのある品物だと言えるんじゃないでしょうか」

「そうなると、裏の数字の意味がわかれば、持ち主の特定に繫がるかもしれんということか」

奈良は険しい顔でしばらく、懐中時計の写真を見つめていた。

「他に手がかりがない以上、当面この懐中時計の持ち主を特定することに集中するしかないな」

奈良は言ったが、決して百パーセント乗り気といった口調ではなかった。

「公安の様子はどうですか」

奈良が首を横に振った。

現場の証拠を採取していった公安だが、その分析結果も百パーセントこちらに開示されたわけではない。

「必要な情報とそうじゃない情報。向こうが勝手に選別してやがる」

奈良が忌々しそうに呟いた。

「特捜本部に詰めてるうちの連中もだいぶカリカリしてたな。なにせこちらからの報告は全て警備部長に直接上げるのに対し、向こうが摑んだ情報は一切刑事部へは伝えて来ない。どんな組織や個人を調べてるのかも秘密だそうだ。相変わらずだよ」

事件が左翼系過激派組織の犯行と断定されたのであれば、公安が主導権を握るのも仕方がない。しかし現時点で公安だけが情報を独占しようとするやり方は、ただでさえ不信感を募らせる刑事と公安との対立をさらに煽るだけだった。

「公安が香田に興味を示さなかったのは、あの男が犯人じゃないことに確信を持っていたからだと松山さんは言っていました。これは言いかえれば、公安は既に容疑者を絞り込んでいる可能性もあるということですよね」

公安に情報をコントロールされて、挙句捜査でも先を越されているのではないかと考えると、自然と焦りが募った。

「可能性はあるがそこは気にしても仕方ない。大浦さんは煽るが、公安との競争意識は捨てた方がいい」

沢村の焦る気持ちを見透かしたように、奈良は静かに言った。


一夜明けて、朝の捜査会議では全員を前に、沢村は三島の反応などを報告した。

「思い違いかもしれませんが、懐中時計の写真を見た時の三島教授の反応は、何かを隠しているような気がします」

だがそれだけで犯人と決めつけることは早計だ、と念は押した。

「三島教授の経済状況については、二課から情報をもらいました」

高坂が手帳を開いた。

大学の誘致に関して、雑誌などで取り沙汰された時、二課も捜査に動いたことがあった。だが三島を始め、誘致に関係した者たちの周辺で、怪しい金が動いたとの証拠は見つからないまま捜査は打ち切りとなっていた。

「三島教授の父親はかつて、新神戸製鉄の重役でした。また、代々六甲山周辺に広大な土地を有し、地元では資産家としても知られています。七年前、父親が亡くなって莫大な遺産を受け継いだ三島教授は、経済的には不自由していなかったようです」

「金以外で学長になるメリットはわかるか」

「人事権と予算の編成権でしょうか」

奈良の問いに沢村が答えた。

「でも私学と違って国立の大学院は、学長一人が独裁的に権力を揮えるような体制ではないと思います」

「じゃあみんな、なんで学長になりたがるんです？　名誉ですか？」

木幡が拍子抜けした様に漏らした。

「それは十分あり得るとは思います。個人的な印象ですが、三島教授には成功者にありがちな、プライドの高さと横柄さが感じられました。本人は学長になるメリットは無いと言っていましたが、直前まで自分が座ることになっていた椅子に他人が座ることになって、面子を潰されたような気持ちになったかもしれません」

沢村の第一印象では、三島は典型的なアルファ雄、つまりボス猿タイプの様に映っていた。

だからこそ自分のポストを女性に奪われたことが許せなかった。それは犯行に及ぶ動機の一つに成り得た。

しかし同時に、言ってしまえばそれだけのことでもあるのだ。

プライドのためだけに、後先のことを考えず犯行に及んでしまうというのは、衝動性や短絡的思考の表れだ。果たして大学教授にまでなった者が、こうもやすやすと犯罪に手を染めるだろうか。

学長の座を奪い返すという目的なら、桐生学長を爆殺しなくても、三島ならもっと狡猾（こうかつ）に動き回れたはずだ。

わからない——。

迷いが沢村の思考を侵食し始めていた。

「どうする、もうしばらく教授の周辺を洗ってみるか」

捜査班長として奈良に意見を求められても、沢村はすぐには答えられなかった。

このままはっきりとした確証がないまま、三島一人に捜査を絞っていいものかどうか。ここは難しい判断が要求される。もしこの判断が間違っていたら、あっという間に捜査のタイムリミットを迎えてしまう。

「俺はもうしばらく、三島教授の周囲を突っついてみるのも面白いと思いますよ」

沈黙を破るように松山が声を上げた。

「例えばですよ。三島教授が誰かを庇（かば）ってるとは考えられないですか。例の懐中時計も自分の物じゃなく、庇ってる誰かの物だとしたらどうです？」

「誰を……」

沢村は言いかけて、三島が息子の話題になった時だけ、口調から攻撃的な色が消えたことを思い出した。

三島本人に動機はなくても、息子には桐生学長に対して、何か恨みのようなものがあるかもしれない。

ここは松山の提案に乗ってみよう。

「もう少し三島教授を調べてみたいと思います」

沢村がそう告げると、後は任せたと言って、奈良は部屋を出て行った。

五係のメンバーが沢村を見つめていた。そうだった。これからの捜査の指示を出さなければならなかったのだ。

「俺たちは引き続き、三島教授や周辺の人物、そして金の動きなんかを調べようと思うんですが」

高坂が沢村の同意を得るように言った。

「そうですね。お願いします」

頷いた高坂は背広の上着を着て、花城と共に出かけて行った。

「じゃあ俺たちは、その息子の……雄大とかいうのを調べてみますよ」

榊と木幡も席を立った。

残ったのは松山だけだ。

「松山さんには……」

「懐中時計について大学関係者に話を聞きに行け、ですよね」

沢村が躊躇っている間に、松山は上着を手に立ち上がった。

「待って、一緒に行きます」

沢村は慌てて、松山を追いかけた。

＊

その日の夜、沢村は浴槽でふくらはぎをマッサージした。本当は風呂に入るのさえ億劫なほど疲れていたが、一日中歩き回った日は、熱いお湯が恋しかった。

パンパンに張った足の筋肉をゆっくり揉みほぐしながら、今日の成果を思い返した。

三島については二課が豊富に情報を持っていた。資産状況は高坂が報告した通りだ。金に不自由はしていない。宮の森の豪邸、高級車、手入れの行き届いた庭やプラントハンターに集めさせた植物、そして贅を尽くした調度品の数々。どれも三島家の資産からすれば、分相応と言えるものだった。

このことから三島が、NSUの誘致に動いたのは金銭からではなかったことが窺える。疑問なのは生まれも育ちも神戸の彼が、なぜあれほど北海道札幌市への大学誘致に熱心だったかという点だ。大学の同窓というだけで、北海道経済界のドンと呼ばれる男の呼びかけに応えるほど、何か義理でもあったというのだろうか。

彼の経歴を見ても、北海道と特別関りがあったようには思えない。

兵庫県神戸市に生まれ、中学、高校と地元の有名私立に通い、神南大学の数学科に進学する。その後、同大学の大学院を修了し、同大学研究室助手、助教、助教授と順調に階段を上った三島は、四十四歳の時に神南大学の教授となっている。四十代で大学教授はかなり早い。

「大学教授は勝ち組、か……」

沢村は思わず松山に言われた言葉を口に出していた。それくらい三島の人生には挫折や失敗の影がない。

私生活の方でも、三十歳の時に大学院の同級生だった相馬涼子と結婚し、二年後に息子の雄大を授かっていた。

何かトラブルが起こった時、殺人で解決するのは究極の選択肢だ。追い込まれた挙句発作的に相手を殺してしまうということはあっても、計画的に殺害するとなると他に解決手段がない場合に限られる。

三島のように裕福で家柄も良く、家庭にも恵まれ大学教授としてのキャリアも順調だった人物が、殺人という手段を安易に選ぶものなのだろうか。

どうにも釈然としない。

それでも、三島哲也を完全に捜査線上から外してしまうことには躊躇も残った。

湯船の中で沢村は重くなってきた瞼を閉じた。温かなお湯と入浴剤の甘い香りに意識が遠くなりかけた。

駄目だ、眠ってしまう。

慌てて上体を起こした。ばしゃと跳ねたお湯が顔にかかる。一瞬で目が覚めた。

沢村は勢いをつけて湯船から上がった。

ベッドに入り、ようやくうとうとして間もなくスマホのアラームが鳴った。三時間も眠れたかどうか。

欠伸を噛み殺してベッドから這い出すと、濃い目のコーヒーを入れた。

身支度を整えながら、何か忘れていたような気がして思い出した。

笠原の母親に電話しなくてはならなかったのだ。

時刻はまだ朝の六時になろうかという時だ。電話を掛けるには早い。

コーヒーのカフェインで頭が回転し始めるのを待ちながら、今日こそ絶対に電話を掛けるようにと、沢村は何度も自分に言い聞かせた。


沢村が刑事部屋についたのは七時を少し過ぎた頃だった。朝の時間は好きだ。この時間ならいつもは騒がしい刑事部屋にもほとんど人がおらず、集中して仕事ができるからだ。

だがその日も沢村より先に出勤してきた者がいた。

「おはよう。早いのね」

沢村は花城に声をかけた。

「朝は強いんです」

刑事部屋には昔から丁稚奉公のような制度があった。部屋で一番若い刑事は部屋の掃除をしたり、先輩刑事たちにお茶を入れたり、肩を揉んだり、煙草を買いに行ったり、とにかく公私に亘って雑用係を押し付けられていた。

だがそんな制度もさすがに今は廃れつつあった。もはや、部屋長のような古参捜査員が幅を利かせ、厳格な徒弟制度の中で捜査技術の継承がなされていった時代ではなくなっている。

だが花城は見た目こそ今どきの若者風でありながら、そうした丁稚奉公を厭わなかった。朝は捜査一課の誰よりも早く出勤してきて、全員の机の上を丁寧に雑巾がけし、お湯を沸かし、コーヒー党の捜査員のためにコーヒーを落とし、煙草や弁当の買い出しも買って出るほどだ。

沢村は花城の机の上に散乱した数枚の紙に気が付いた。びっしりと数字が書きこまれている。

「それは？」

「例の懐中時計の数字、何かの暗号じゃないかといろんな換字式暗号を試してみたんです。でもどれもしっくりこなくて……」

懐中時計については沢村も、松山と共に大学関係者に話を聞いて回っていた。だが今のところ、心当たりがあると答えた者は見つかっていなかった。

花城が大きな欠伸をした。

「すみません」

花城はよく勉強している。過去の事件の捜査資料を読み耽り、現場の警察官にとっては必読書とも呼ばれる専門書などはほぼ読破しているようで、法律にも明るかった。暇があれば高坂に教えを乞うている姿を、ここへ来て日の浅い沢村でさえ何度も目撃している。おまけに性格も、素直でよく気が回り、雑用なども率先して引き受けている。まさに非の打ちどころのない優等生。それが花城に対する沢村の印象だった。

沢村は花城が落としたコーヒーを飲みながら、隣に座った。花城はノートパソコンを開いて、何か検索していた。

そうしているとまるで、大学生の隣に座っているようだった。彼がもしいま、潜入捜査を命じられて大学に潜り込んだとしても、疑うものは誰もいないだろう。

「今度は何？」

「数字の謎が解けないので、最初に戻って懐中時計そのものから何か辿れないかと画像検索をかけてみたんです。レプリカとは言っても、既に製造中止された時計ですから、マニアかなんかがネットオークションにでも出品してくれてないかと思ったんですが……」

花城がまた欠伸をしかけて、今度はすんでのところで噛み殺した。

「少し休んだら？」

「いえ。俺はまだ捜査に何も貢献できてないですから、休んでなんていられないです」

花城は顔も上げずに答えた。

いつもは優しさが感じられる横顔に、追い込まれたような表情が見えた。

「それは正直私も同じ。犯人像も未だはっきりしないし――」

「沢村さんには陽菜ちゃん事件があるじゃないですか」

珍しく強い口調で、花城が沢村の言葉を遮った。

「大浦さんはフロックとか言ってるみたいですが、ツキや偶然だけで事件は解決できませんよ」

「あれは私一人で解決したわけじゃない。元々あの事件を捜査していた人がいて、私は引き継いだだけ」

「瀧本さんですよね。去年、俺がここに配属された時に一、二度話をさせてもらいました。係が違ったから一緒に仕事することはなかったですけど、あんなすごい人と同じ場所で働けるというだけで夢みたいでした」

沢村は頷いた。

二〇一三年、札幌市手稲区の自宅の庭から、当時三歳だった島崎陽菜ちゃんが誘拐された。犯人の男は死亡し、陽菜ちゃんは発見できないまま終わった。それからおよそ五年が経って、南区の自動車修理工場の倉庫から、陽菜ちゃんは遺体で見つかった。

これが有名な陽菜ちゃん事件だ。沢村にとってこの事件は、警察官としての将来を見つめ直す転機となった。また同時に、彼女が恩人とも呼ぶべき一人の刑事にとっては、ひっそりとその警察官人生に幕を下ろす事件ともなった。

瀧本光士郎。

彼がいなければ、いま沢村はここにはいなかった。

中南署の刑事一課に配属され、右も左もわからない頭でっかちな博士崩れだった沢村に、瀧本は彼の持つ捜査技術の全てに加え、刑事としての生き方まで教えてくれた人だった。

「その瀧本さんに見込まれたんだから、それだけでも凄いことですよ。正直、羨ましいです」

沢村はなんと答えていいかわからなかった。花城の声の調子には、僻み、いやもっと複雑な感情が見え隠れしていた。

「そっか。沢村さんは知らないんですね。俺の名前」

どういう意味だろう、と沢村は花城を見つめ返した。

「花城隆明。伝説の元捜査一課長。俺の親父です」

父親も警察官だとは聞いていたが、まさか元捜査一課長だったとは初耳だった。

「大浦管理官も高坂さんも親父の元部下だったんです。特に大浦さんは親父の秘蔵っ子とまで呼ばれて、未だに恩義を感じてるらしくて。しょっちゅう話してますよ。俺の親父には足を向けて寝られないって」

花城が乾いた笑いを漏らした。

「だから俺が捜一に引っ張られたのは、そのことと全く無縁じゃないわけです。親父への恩を返したわけですよ」

「そんなことはないでしょう」

沢村はコーヒーカップを机に置いた。

「どんなに恩義のある人の息子だといっても、本当に能力のない人間を取り立てたりはしないでしょう」

「俺だってそう思いたいです。だけど、周りはそうは見てくれないんですよ。わかりますか。俺が花城だって名乗った途端、こっちは向こうを知らないのに、向こうは、ああ、あの伝説の元捜査一課長の息子かって。そういう顔をされた時の俺の気持ちが。あの親父の息子ならさぞかし凄い刑事なんだろうなって。それなのに今日までろくに手柄も上げられなくて、高坂さんだって内心がっかりしてるはずなんです」

そんなことはない、と言おうと思ったが、今の花城には何を言っても白々しく聞こえるのではないかと躊躇した。

「大学にはそういうのなかったんですか。沢村さんのお父さんは大学教授だったんですよね」

沢村は言葉を選びながら答えた。

「父に対して引け目を覚えた時期というのはあったけど、幸い私は父と分野が違ったから、直接比較されるということはなかったかな」

アカデミアの世界ではどんなにその道の大家であっても、学術分野が違えばほぼ無名に等しかった。

「そっか、そうですね。俺もせめて、父とは違う職種にすれば良かったのかな。生安とか交通とか。そうすればここまで比較されることもなかったんですよね」

沢村はその時気が付いた。花城が誰よりも早く来て雑用もこなし、いつも勉強熱心だったのは、伝説となってしまった父親の影を超えたかったからだったのだ。

理想的な優等生というのも楽ではない。そう思うと花城が気の毒ではあった。

「でも刑事部がよかったんでしょう」

職種を変えると言っても、生安や交通に行くことは花城の希望ではなかったはずだ。

花城は沢村の質問に答えず、力なくマウスを操作して、パソコンの画面を下にスクロールさせた。その時だった。

「あっ！」

突如、花城が似合わぬ大声を上げた。

「あった。沢村さん、これ、そうですよね」

花城が指を差した画像は、間違いなく例の懐中時計と全く同じものだった。


「懐中時計の特定ができました」

朝の会議で、まだ興奮が冷めやらぬ様子で、花城が報告した。

懐中時計は京都在住のある人物が、思い出の一品というタイトルでブログにあげたものだった。

「ブログ主にメールで問い合わせていたところ、先ほど返信がありました。それによりますと、問題の懐中時計は大学院の研究室にいた頃、記念に作ったものだそうです」

「どこの大学だ」

「神南大学の数学科です」

「こうなん……どこかで聞いた名前だな」

奈良が沢村を窺った。

「三島教授の出身大学です」

その場にどよめきが広がった。

これまではなんとなく怪しいというだけだった三島が、いよいよ本格的に捜査線上に浮上してきた瞬間だった。

「さらに確認したところ、このブログ主と三島教授は同じ研究室の先輩後輩でした」

花城が僅かに頬を紅潮させて付け加えた。

「よし。このブログ主に直接会って話を聞く必要があるな」

奈良が一拍置いた。誰に行かせるのか。問題はそこだ。

「花城」

「は、はい」

突然名前を呼ばれ、慌てて立ち上がった花城の椅子が大きな音を響かせた。

「今回はお前の手柄だ。午後一で京都に飛んで話を聞いてこい。向こうの警察署には俺から話を通しておく」

「わかりました」

花城の顔で喜びが弾けているのがわかる。

「お、いいなあ、京都か。俺も行きてえよ」

「観光じゃないんだぞ、木幡」

「俺への土産はおたべでいいからな」

「だから観光じゃねえって」

木幡と松山のやり取りも、いつもより声が弾んでいるようだった。

これまで出口が見えなかった捜査に、ようやく一筋の光が見え、全員の表情も明るくなっていた。

中でも花城は、初めての大役ということもあってか、嬉(うれ)しさを隠せない様子だった。

捜一に引っ張られたのは父親の名前があったからだと考え、常に自分の能力を証明し続けなければならないという、一種の強迫観念にも似た宿命を背負わされた花城にとって、今度の京都行きは願ってもないチャンスだ。

奈良と入念な打ち合わせをする花城の横顔を、沢村も期待を持って見つめていた。


午後一番の飛行機で京都に向かった花城から、夜になって早速有益な情報がもたらされた。

ブログ主の名前は安芸寿郎（あきとしろう）と言い、神南大学で数学の博士号を取得し、外資系保険会社でアクチュアリーとして定年まで働いた後、現在は生まれ故郷の京都に戻って、地元の私立大学の客員教授を務めていた。

大学院時代は三島の二つ後輩として、同じ研究室に在籍していたことも正式に確認が取れた。

「懐中時計の裏に刻まれた数字の謎が解けました。素因数分解だそうです」

スピーカーホンから花城のやや興奮気味の声が流れてきた。

「素因数分解？　なんだそりゃ」

一番に声を上げたのは木幡だった。

「素数です。三七一自体は素数じゃありませんが、素因数分解すると七と五三という素数になるんです」

素数とは一とその数字自身でしか割ることのできない二以上の数を指す。安芸の話によれば、数学者の間では、この素数を特別視するものも多いのだそうだ。

「それぞれの数字の意味は、当時指導教官だった五味教授の名前、五味を数字で表した五十三と、そこの七人という意味です」

「あ？　五味の七人て、それがどうして三七一になるんだ」

木幡だけはまだ、よく理解できていないようだった。

「花城、木幡は無視していい。先を続けろ」

「は、はい」

奈良に促され、花城はブログ主の安芸からさらに聞き取った内容を話し始めた。

「ある時、研究室の誰かの発案で、五味研究室に所属していた記念に何か作ろうということになったそうです。もう誰が言い出したかは忘れたそうですが、懐中時計を選んだのは、研究室の一人の実家が神戸で時計店を営んでいて、手頃な値段の懐中時計が手に入ったという理由からです。その時、記念ということがわかるように裏に何か彫ろうということになって、思いついたのが三七一だったそうなんです」

謎が解けてしまえば数字の意味自体は他愛のないものだった。花城の説明に耳を傾ける沢村も、少し拍子抜けした気分を味わっていた。

「それで懐中時計は三島教授も持っていたのか」

「はい。その時のメンバーのリストももらいました。あと、二人の恩師だった五味教授ですが、京都の嵐山に住んでいるそうなので、明日会いに行ってきてもいいでしょうか」

「教授はまだ健在なのか」

奈良が驚いた声を上げた。

「今年の二月で八十八歳になったそうですが、まだ元気だということです」

「わかった、会ってこい。学生時代の三島教授やその交友関係、なんでもいい。できるだけ詳しいことが知りたい」

「はい。これから連絡して、明日の朝一番で会えるように頼んでみます」

花城からの電話が切れて、室内に興奮を伴ったざわめきが広がった。

これで現場から見つかった懐中時計と、三島教授との関係がはっきりした。

「三島教授は懐中時計を知らないと言ってるんだな」

奈良が沢村に念を押してきた。

「そうです。でもこれで完全に嘘であることがわかりました」

「よし、明日の朝、二人でもう一度行って来い」

沢村と松山に指示を出す奈良の声に、力強さが戻ってきたような気がした。


今日、三島が在宅しているかどうかは確認できていないが、と言ってあらかじめ電話で訪問する旨を伝えるわけにはいかない。この手の聞き取りは、相手の不意を衝くことが肝心なのだ。

沢村が門の横のインターホンに手を伸ばそうとした時、ちょうど家のドアが開いた。現れたのは三島本人だった。園芸用のグローブを嵌め、長靴を履いている。その格好から、どうやら庭の手入れでもしようと考えていたようだ。

門の前に立つ沢村たちに気づいて、三島はあからさまに迷惑そうな顔になった。

「今度はなんだ？」

「もう一度確認したいことがあるんです。中に入れていただけませんか」

「いま忙しいんだ」

「ここは静かですね」と松山が周囲を見回した。「これなら立ち話でもお互いの声がよく聞こえる」

「警察のくせに脅すのか」

「聞かれて困るような話でもあるんですか」

三島は苦々しい顔つきのまま、門を開けて沢村たちを中に入れた。だが家の中に上げることだけは断固として拒絶した。

それならそれで構わない。今日の目的はじっくり話を聞くというより、懐中時計に対する三島の反応を改めて観察することだった。

沢村は早速懐中時計の写真を取り出した。

「先日お伺いした時、この懐中時計に心当たりはないということでしたよね」

「何度もしつこいな。知らんものは知らん」

「そうですか。安芸寿郎さん、ご存知ですよね。教授と同じ五味研究室に所属されていた方です」

「安芸……」

三島の顔に驚きがゆっくり広がっていくのを確かめてから、沢村は本題に切り込んだ。

「この方がこの懐中時計は当時、五味研究室で作ったものだと証言してくれました。そして懐中時計の裏に刻まれている数字の三七一は、五味教授の名前のごみを数字の五十三に置き替えたものと、当時の研究室のメンバーの人数の七を掛け合わせたものだそうですね。それなのに知らないとおっしゃるんですか」

三島はしばらく睨むように写真を見つめていた。一度奥歯が強く嚙みしめられたように、頰の筋肉に緊張が走った。

「別に嘘をついたわけじゃない。覚えてなかっただけだ」

沈黙が長かった割に捻りのない言い訳が返ってきた。

「これは五味研究室の記念の品だとお聞きしてます。大事なものではないんでしょうか」

「記念と言ったって、その時計自体は安物で価値のないものだ。当時は五味セブンなんて言って、浮かれてそんなものを作ったが、それだけのことだ」

三島が吐き捨てるように言った。

「ではこの時計はいまどちらにあるんですか」

「知らん。引っ越した時に処分したかもしれん」

「手元にはないということですね」

「だったらどうなんだ。そもそもこんな時計と事件に何の関係があるって言うんだ」

「実はこれと同じ懐中時計が犯行現場に落ちていたんです」

三島の顔から血の気が引いて行くのがわかった。面白いくらいの反応だ。ここまでストレートに動揺を表すのも珍しい。

「だ、だったらどうだというんだ。私が犯人だとでも言いたいのか、警察は」

突如、三島が恫喝（どうかつ）するような大声を張り上げた。周囲を憚（はばか）って二人を門の中に入れたのに、これでは近所に筒抜けではないだろうか。

沢村は苦笑を抑えて、三島をゆっくりと観察した。

滾る感情のまま相手を恫喝するように振る舞う姿。これは三島本来の姿だろうか。恵まれた人生を送り、自分に都合が悪くなれば、こうして相手を威圧することでなんでも自分の思い通りにコントロールできるということを、経験的に積み上げてきた男ということか。

まさにアルファ雄と言っていい。

「第一、落ちていた懐中時計が私のものだという証拠でもあるのか。研究室の他の誰かの物かもしれないじゃないか」

三島は少し落ち着きを取り戻したのか、開き直ったような反論を繰り出してきた。その点については、三島の言う通りだ。現時点では現場にあった懐中時計が、三島哲也のものだと確定させるには早い。

だが今日はこれで十分だった。今後は躊躇なく三島をマークすることができる。

沢村は松山に視線を移した。彼は沢村が三島に聞き取りをしている間に、ふらっとガレージの方へ向かっていた。今日はシャッターが開いていて、優に三台は停められるほどのスペースがある内部に、黒のレクサスとランドクルーザーが停めてあるのが見えた。

ここ何日かの間に、目的はわからなくても、松山の行動には必ず意味があるはずだと信頼できるくらいの関係にはなっていた。

松山がゆったりとした足取りで戻ってきた。

「教授、ガレージにある車は二台とも教授のものですか」

「人の敷地を勝手にうろうろするな」

「失礼しました。それでどうなんです、二台とも教授の車ですか」

怒鳴られても松山はけろりとした顔で質問を繰り返した。

「そうだ。だったらどうだと言うんだ」

「いえ、大変参考になりました」

松山が沢村に頷いて見せた。退散しようという合図だった。

三島は二人を敷地の外に追いやると門扉を乱暴に閉ざした。

「そう言えば奥様はまだ体調が悪いんでしょうか」

背中を向けようとした三島に、沢村は再び声をかけた。家政婦の田島には名刺を預けておいたが、まだ三島の妻の涼子から連絡はない。

「あれからずっと気分が優れないんだ。貴様らがちょろちょろするせいだろう。もう放っておいてくれ」

三島は再び吠え散らかすと、肩をそびやかすようにして、家の中へ戻って行った。もはや庭の手入れをする気分でもないようだ。

沢村たちも三島邸に背を向けて歩き始めた。

「車はなんだったんですか」

沢村が口を開いた時、側を白いワンボックスカーが坂道を上って行った。ちらっと車を気にする素振りを見せてから松山が答えた。

「もし教授が犯人だとして、爆弾をどこで作ったと思います？　三島邸くらいのでかさなら、こんだりはしないでしょう」

爆弾製造用の部屋も用意できるかもしれませんが、普通は妻や家政婦の暮らす家に材料を持ちこんだりはしないでしょう」

沢村は頷いた。

「そして爆弾は作るだけじゃなく、実験をしようとなれば、どこか人里離れた場所に隠れ家を持っていても不思議はないと思いませんか」

「藻岩山の爆発……」

沢村は去年の十二月に、藻岩山で起こった爆発事件を思い出した。

「ここからその現場までは、車で三十分もかかりません。恐らく爆弾の製造場所も、その周囲にあると考えていいんじゃないでしょうか」

三島の家の前を走る道路からは、藻岩山、大倉(おおくら)山、盤渓(ばんけい)山のいずれの方面へも、三十分以内で行くことができる。夏場や紅葉シーズンは観光客で賑わうが、一歩山の中へ入れば人目に付かずに、爆弾の製造や爆発実験を行えるはずだ。

「そこで車ですが、ガレージにあったレクサスの方はピカピカに磨いてありました。一方のランクルはボディこそ綺麗でしたが、リアタイヤの泥よけ部分に乾いた泥が付着してました。札幌の市街地は雪も解けて道路もすっかり乾いてますが、山道なんかはまだぬかるんだ場所も多いんじゃないですかね」

「あとは三島教授が、その車でどこへ向かったか突きとめられればいいわけですね」

だが今はまだ、車を調べるための令状を取るだけの証拠がない。

「三課に頼んでみますか」

「何をです？」

「この辺りは人通りが少ない代わりに、どの家も防犯カメラをつけてます」

松山が軽く指差した家の出入り口にも、二台の防犯カメラが設置されていた。

「どこかのカメラに、三島教授の車が映っている可能性はありますよ」

「任意で提出してもらうんですか」

「我々一課が頼んでも難しいかもしれません。それに今は未だ、三島教授にこちらの動きを知られない方がいいでしょう。だから三課に表に立ってもらうんです」

この辺りは高級住宅街だ。盗難事件と言えば、任意で映像を提出してくれる家も多いかもしれない。それが松山の提案だった。

沢村はその提案に同意した。いまのところ松山の勘は外れがない。ここは乗ってみるべきだろう。

だがその一方で、何かが沢村の心の片隅に引っかかっていた。

その答えを探すように、沢村は何気なく三島邸を振り返った。こちらを見下ろすように高台に建てられた豪邸。金に糸目をつけず世界中から買い付けたという希少な植物を集めた温室。ガレージには黒塗りのレクサスとランドクルーザー。

何でも自分の思い通りにできると己惚れている男。たとえ三島がそうだったとして、これまでの生活を捨て去ってまで、犯罪行為に走るほど三島にとって価値あることだったのだろうか。

それともひょっとして、自分は捕まるはずがないという、絶対的な勝算でもあるのだろうか

――。

何も見えてはこなかった。

諦めて沢村が視線を逸らそうとした時だ。ふと二階の窓のレースのカーテンが揺れたような気がした。まるでさっきまで、誰かがそこに立っていて、沢村たちを監視していたようだった。


「沢村さん、気づいてましたか。俺たち見張られてますよ」

「え?」

松山は坂をぶらぶら下りながら、いつも通りの眠たそうな口調で呟いた。

一瞬沢村の脳裏に蘇ったのは、昨年、捜査資料漏洩事件で監察官室の取り調べを受けて行確が付けられた時のことだった。

あの件は既に沢村は無関係だったとして落着している。

だが実際には、監察官室はなおもしつこく沢村を狙っているのだろうか。

岡本の顔がちらついてきた。

〈次の人事は覚悟しておけよ〉

「どこかに入って様子をみましょう」

松山の言葉で二人は北1条・宮の沢通へ出て、コーヒーショップに入った。土地柄か外観が高級そうで、店内では年齢層の高い女性客たちの姿が目立った。

だがこういう店の方が、万一行確者が店内に入って来たとしても目立ちやすいはずだ。

ることができる。

「奥、いいですか」

案内係に向かって、松山は店の一番奥を指差した。そこからなら店に入ってくる客を観察す

席に座って二人はメニューも見ずにコーヒーを注文した。隣の席とは間隔が空いているので、小声で話せばこちらの会話を聞かれる心配もなかった。もっとも客の多くは自分たちの会話と上品なデザートに夢中で、沢村たちに関心などないはずだ。

注文のコーヒーが運ばれてきて松山は口を開いた。

「前回、俺たちが三島邸を訪問して坂を下り始めた時、一台のＳＵＶ車が大倉山方面へ走り抜けて行ったのを覚えてませんか。その時はなんとも思わなかったんですが、さっきもまた、俺たちが三島邸を出ると、今度は白のワンボックスカーが山側へ走り抜けて行きました。先日とは車種も運転手も違いましたが」

松山がミルクと砂糖を入れたコーヒーを飲んだ。

「それだけなら偶然かもしれませんが、今日は円山公園で地下鉄を降りたところから、藻岩山麓通に出るまでの間、間違いなく何者かが俺たちをつけてました」

沢村は思わず唾を呑み込んだ。

三島の家の辺りは昼間でも人通りが少なく、住人たちの交通手段はほとんどが車だ。もし沢村たちを徒歩で尾行するとなれば、間隔を空けていたとしてもすぐに気づかれてしまう。

「恐らく連中は何台か車を用意して、我々の側を何気ないふりをして通り過ぎて行きながら行動を監視していたんだと思います」

この話をしたのが松山以外だったならば、考え過ぎだろう、と流してしまったかもしれない。しかしこの数日、松山と行動を共にして、彼の直感の鋭さには一目置いている。

そこに、沢村自身が過去に監察官室からマークされていたという経験を組み合わせると、誰かがこちらの動きを監視しているかもしれないという警戒感は持っておいた方がいい。

だが誰が、そもそも何のために沢村たちを尾行するというのだろう。

沢村はコーヒーカップを手に、窓の外へ視線を移した。

姿を見せない謎の追跡者の影は、静かな昼下がりの光景に不吉な光を投げかけていた。

*

退庁時間が近づいて、沢村は久しぶりに警務部のフロアを訪れた。刑事部屋と違い、内勤の多いフロアは帰り支度を始める職員の姿が目立った。

沢村はちらりと監察官室の方を窺った。岡本の姿はなかった。ほっとして次に片桐を探した。部屋の端、窓に背を向ける格好で、他の島とは切り離された机に座っているのが見えた。何か熱心に目を通している様子で、沢村が机の前に立って声をかけるまで顔を上げることはなかった。

「片桐管理官、いま少しお時間よろしいでしょうか」

顔を上げた片桐は、さほど意外そうでもない様子で小さく頷いた。

「ここじゃない方がいいのかな」

沢村の顔つきに何か感じ取ったのか、彼は背広の上着を手に立ち上がった。

「少し外の空気を吸いに行こう」

相変わらず察しのいい片桐は、沢村の先に立って歩き始めた。

二人は道警庁舎を出て、道庁方面へ向かった。途中、道庁の一階にあるコンビニエンスストアで買ったドリップコーヒーを手に、旧北海道庁、通称赤れんがの前庭にあるベンチに腰を下ろした。

春の風はまだ少し冷たい。敷地内のエゾヤマザクラも開花前だった。代わりに二つある池の中で、マガモがゆったり泳いでいる姿が見えた。

「それで？」

片桐が口を開いた。

沢村は捜査の詳細はぼかしつつ、ここ数日、何者かにつけられているようだと説明した。

「それは監察官室じゃないな」

話を聞いて片桐はすぐにそう答えた。

「第一に君の容疑は公式に晴れた。岡本さんのことを気にしているようだが、彼だって公式にシロと断定された人間を、個人的な感情で付け回すことは不可能だ。もう少し狡猾で慎重だよ、あの人は」

片桐が冷めた顔つきでコーヒーに口をつけた。

「そして第二に、尾行のやり方が監察官室のものとは思えない」

その時、一羽のマガモがくちばしを水面に付けた。小さな水音が聞こえ、池の表面には静かに波紋が広がっていった。

「一見、警察車両には見えない車を何台も用意して、容易に身元がバレないよう細工する。経費も人手も監察官室の比じゃない」

「ではどこが？」

「こういうやり方を好むのは公安だ」

公安――。

沢村は驚きのあまり言葉を失った。どうして公安が自分たちを付け回すというのだろう。

「問題はそこだよ、警部補」

片桐が再びコーヒーを飲んだ。

「今回の捜査でうちは公安三課が出てきてるだろう。そして、その先には警視庁の公安一課がいる。知っての通り、彼らはいまその存在意義が問われている。当然君たち刑事より先にホシを挙げたいと意気込んでいるはずだ」

「そのために我々の動きをスパイしているというんですか」

「いや、違う。彼らには君たちをスパイする動機がない。いいか」

片桐が前かがみになり、少し沢村に近づいて声を潜めた。

「彼らにとって重要なのはホシを挙げることそのものより、ホシが左翼系過激派組織であることなんだ。もはや絶滅しかけていると思われた組織が、未だに爆弾でテロを起こすような危険な組織であると、そう世間からも警察内部からも思われることが重要だ。だから君たちをスパイして、仮に君たちが追うホシを先に逮捕したとしても、それが左翼系過激派組織でなければ無意味なんだ」

「じゃあ……」

いつの間にか、コーヒーの入ったプラスチック容器を持つ手が汗ばんでいた。

「警視庁の公安は一課だけじゃない」

片桐の言葉が不気味に響いた。

「もっとはっきり言うなら、彼らのターゲットは本当に君たちなのか」

片桐が腕時計を見て立ち上がった。沢村は呆然(ぼうぜん)とその姿を見上げた。

ターゲットは私たちじゃない？

「じゃあお疲れ、警部補」

新たな謎を提示して歩き去る片桐の後ろ姿を、沢村はしばらく見送っていた。

警視庁の公安は一課だけではない。

ターゲットは本当に自分たちなのか。

二つの疑問が沢村の頭をぐるぐると回っていた。


冷めてまずくなったコーヒーを庁舎内の給湯室に捨てて、沢村は刑事部屋に戻った。

人気の少なくなった部屋では、音を絞った無線機から、現場警察官と通信指令室とのくぐもったやり取りだけが聞こえた。

いつもの五係の定位置には奈良が一人で座っていた。沢村が近づいていくと、いかにも億劫そうに立ち上がりかけた奈良が、突然机に手をつき、下腹を押さえる仕草をした。

「奈良さん」

「おう、沢村か。まだ残ってたのか」

奈良が錆びた機械のように上体を起こした。額には脂汗が滲んでいる。

「どうかしたんですか」

「いや……大丈夫だ。昼に食ったカツカレーがまだちゃんと消化できてねえんだな、きっと。ちょっとトイレに行ってくる」

奈良はおぼつかない足取りで部屋を出て行った。

ただの腹痛には見えない。

沢村の視線が足元のゴミ箱の中で止まった。

銀色に光る錠剤の包みが捨てられている。

拾い上げると市販の鎮痛剤だった。

やっぱり……。

食あたりで鎮痛剤は服用しないだろう。

奈良はどこか体調が悪いのだろうか。

特命捜査が始まる前から、奈良が忙しくて休めていないことは知っていた。今は捜査のプレッシャーで精神的にも追い詰められている様子なのが、沢村には手に取るようだった。

「あ、沢村さん、ここでしたか」

声をかけてきたのは一課の庶務担当だった。

「手紙です」

庶務担当が一通の封筒を差し出してきた。なんの変哲もないビジネス封筒だ。

「ありがとうございます」

奈良を気にかけながら、沢村は封筒を裏返した。差出人の名前がない。仕事の手紙なら差出人がないというのは少し変だった。

生安にいた頃は、名刺を渡した相手から、隣の誰それが怪しいとか、不審な車があるので調べて欲しいといったちょっとしたタレコミ情報のほか、ごく稀に感謝の手紙をもらうこともあった。

だが捜査一課に来て間もない沢村に、そうした手紙を送ってくる者もいないだろう。

沢村は不審に思いながら、ペーパーナイフで封を切った。

中には三つ折りにされたＡ４の白い紙が入っていた。

「拝啓　ユナボマー様――」

紙に書かれた最初の一行を読んで、沢村は咄嗟に手を離した。Ａ４の用紙は滑るように机の下に落ちて行った。

四

「拝啓　ユナボマー様

再びペンを取ることをお許しください。前回のお便りから日が経ってしまいました。あなたからお返事をいただけることなど、もとより私は期待していたわけではありません。しかしそれでも、あなたの忠実なる僕（しもべ）としてこの身の全てを投げ打ち、全身全霊であなたに尽くすことを誓った忠臣に対し、この世に存在しないかのように振る舞うあなたの冷酷さは、私を激しく傷つけるものでした。

わかっています。あなたは私に落胆したのでしょう。私が口先だけの人間で、真の目的を遂行するだけの勇気に欠けているとあなたは理解したのでしょう。

でもそれは誤解です。もしあなたがまだ、私に掛けてくださるお言葉を残しているのであれば、今こそそれを私の耳に届く形にしてください。

そのために私も、義務を果たさなければなりません。次こそ社会を変えるため、あなたに比するだけの大きな志と共に、この欺瞞（ぎまん）と不公平に満ちた世の中を変えるための行動を起こすことをここに誓います。

神の恩寵（おんちょう）がこの身に降り注ぎますように。

敬具

バード」

手紙と封筒は鑑識が回収していき、沢村の元には手紙のコピーが残った。

そのコピーを沢村は何度も読み返していた。

「再びペンを取ることをお許しください。前回のお便りから日が経ってしまいました」

この書き出しから察するに、これより前の手紙があるはずだ。だが沢村は受け取っていない。誰か別の人間に宛てられたのだろうか。

文面が次の犯行を予告しているように取れることも不気味だった。

「奈良さん、この手紙は――」

沢村が傍らの奈良を窺った時だった。

顔を歪めた奈良が、椅子の上で上体を折り曲げていた。

「……っ……ぐうぅ……」

「奈良さん！」

奈良の顔色は蒼白で、脂汗が床に滴り落ちるほどだった。

「誰か、救急車の手配をお願い！」

廊下に出た沢村が叫んだ時、奈良は床の上に崩れ落ちた。


沢村は救急病院の廊下で、長椅子に座っていた。

下腹を押さえながら机に屈みこんでいた奈良の姿を思い出した。あの時、休むように声をかけなかったことが悔やまれた。

やがて警察官に付き添われて、奈良の家族がやってきた。奈良の妻は沢村を見た途端「あ、沢村さん」と声を上げた。その後ろに奈良の長女が泣きそうな顔で立っていた。

「急に倒れたって、どうして……」

「まだよくわかりません。そろそろお医者様から説明がある頃だと思うんですが」

沢村は処置室の方を振り返った。だが看護師にそう言われてから、既に一時間近く経過していた。まだ何も動きはなかった。

三人は処置室前の長椅子で、さらに一時間ほど待った。そしてようやく、看護師が奈良の家族を呼びに来た。

深夜になって、外来の待合室は薄暗くがらんとしていた。奈良の妻と沢村は、自販機で買った飲み物を手に、ソファに腰を下ろした。

「ごめんなさいね。ぎりぎりまで我慢するなんて、もっと早く言えばいいのにあの人。馬鹿でしょう。沢村さんにまですっかり心配かけて」

そう苦笑いする妻の後ろのソファでは、母親のコートをかけた高校生の長女が横になって眠っていた。中学生の次女は、官舎の隣人に預けてきたということだった。

奈良は診察の結果、急性虫垂炎と診断された。現代では、虫垂炎自体は恐ろしい病気ではない。しかし今回の奈良は、虫垂が破裂する一歩手前だった。もし破裂してしまっていたら、腹膜炎を発症し、最悪の場合は敗血症で命を落としてしまったかもしれないのだ。

奈良の手術が終わるまでもう少し時間がかかりそうだったが、後は家族だけで大丈夫だと言うので、沢村は失礼することにした。

「こんな時間までお付き合いいただいて本当にすみません」

妻が頭を下げた。

「お嬢さん送っていきましょうか」

長女はまだ窮屈なソファで眠っていた。

「いいえ、この子も手術の結果が気になるでしょう。明日は学校を休ませます」

もう口も利いてくれないと嘆いていた長女が、夜中に病院に駆け付けてくれたことを知ったら、奈良はきっと喜ぶに違いない。

沢村は奈良の妻に別れを告げ、病院の外に出た。日中なら正面玄関の車寄せにタクシーの姿が見えるが、いまは一台も停まっていなかった。

沢村は道警本部まで歩くことにした。

奈良の入院は一週間から十日と言われた。

その間、どうすればいいのだろう。

奈良の存在の大きさを今さらながら実感する。

退院したとしても、病み上がりにまた以前のようにハードワークをさせるわけにはいかなかった。

自分がしっかりしなくては、と思う。

だが同時に、自分にできるのだろうか、という不安が込み上げてきた。

病院の前には、創成川を挟んで国道五号線が走っていた。長距離トラックが轟音を響かせて沢村の横を通り過ぎて行った。トラックが巻き上げた風に髪の毛を煽られ、沢村は思わず立ち止まった。

トラックのごおっという音がずっと耳に残った。空を見上げると、星は一つも輝いていない。目の前が急に真っ暗になったような気がした。

翌日、奈良が救急車で運ばれたことを知った松山たちは、不安そうな面持ちで沢村の報告に耳を傾けていた。

まずは大事に至らなかったとの説明に、ほっとした様子だった。

するとすぐに次の心配は、特命捜査はどうなるのか、ということに移った。

誰もはっきりと口にはしなかったが、彼らが心配しているのは、奈良という大黒柱を失って、千歳に派遣されている捜査チームと交代させられるのではないか、ということだった。噂では千歳の強盗事件は、既に主犯格を含めた犯人たちの特定は終わっているようだった。そうなれば後は所轄に任せ、捜査チームは引き上げるという判断を上層部が下すかもしれない。

しかしここまでやってきて、他のチームと代わるというのは、あまりに心残りが多すぎる。

もし捜査班長が沢村ではなく、榊か浅野であれば、みんなの不安もここまで大きくはならなかったのではないだろうか。

沢村は自分の力不足を今さらながら痛感していた。リーダーとして、こういう時こそ彼らを引っ張らなくてはならない。

だが沢村が何を言っても、彼らの反応はますます冷めたものになるかもしれないという恐れも抱いていた。

彼らは大人であり、プロであり、組織の理不尽さにも慣れている。だからこの人事に不満はあっても、あからさまにそれを口には出さないだけの分別もある。表面上はこれまで通り沢村の配下に甘んじてくれるかもしれないが、内心ではきっと、経験のないお前に何ができるのかと嘲っているかもしれない。そしてお前がもっとしっかりしていれば、奈良の負担が減って、彼ももっと早くに病院に行っていたのではないか。そう非難しているかもしれない。

気が付けばその場の全員の視線が沢村に集まっていた。

「沢村さん」

チームを代表するように高坂が口を開いた。

「特命捜査が始まって、今日で五日目になります。そろそろ結論を出してはどうでしょう」

高坂の言う通りだった。大浦管理官から言われた特命捜査の期限は一週間。少なくとも明日中には、なんらかの根拠を持って、この事件はテロではないことを大浦に報告しなくてはならなかった。

三島哲也は確かに怪しい。だが完全にクロだと断定して捜査を進めていいものかどうか。沢村一人で判断するには荷が重かった。

「わかりました。大浦管理官と相談します」

「お願いします」

高坂が頭を下げた時、特命捜査室のドアがノックされた。

庶務担当が顔を覗かせる。

「沢村さん、大浦管理官が呼んでます」

来たか。

沢村は席を立った。

沢村が別室に入ると、大浦が座れ、と目で命じた。

「もう一人の被害者、岩田朝日さんが先ほど息を引き取ったそうだ」

「え……」

沢村は驚きの声を発した後、しばらく言葉を失った。

「これでまた、我々警察に対する世間の風当たりは強くなるな」

大浦が忌々しそうに呟いた。

大浦の言う通りだった。事件発生直後は、集団ヒステリーのようなパニックが世間に広まっていた。例えば駅に放置されていた紙袋を見つけた利用者が一一〇番通報して、一時駅が封鎖される騒ぎも起こった。紙袋の中に魔法瓶型水筒が入っていたことが騒動の発端だったのだが、よくよく調べてみれば宴会帰りのサラリーマンが、空の弁当箱と水筒の入った紙袋を置き忘れたということだった。

そうした空気の中、道警にも市民の声と称して、早く事件を解決しろ、道警は無能なのか、といった抗議の電話がひっきりなしにかかっていた。

それでも事件発生から十日以上が経過し、少しずつではあったが、世間は平静さを取り戻しつつあった。だが岩田朝日の死は、そんな人々に再び、パニックと怒りを広げるきっかけになるだろう。

胃の辺りが強く締め付けられるような不安とプレッシャーが、沢村に襲い掛かってきた。それに追い打ちをかけるように、大浦が一枚の紙を沢村に差し出した。

「今ごろになって公安がこれを出してきた」

沢村は大浦から受け取った一枚の紙に視線を落とした。

「拝啓　ユナボマー様――」

冒頭の一文が目に飛び込んで、すぐに沢村は顔を上げた。

「管理官、これは……」

「去年の十二月、藻岩山の登山道近くで何者かが爆弾を爆発させる事件が起こったのを覚えてるだろう。その現場に残されていた手紙だ」

現場に最初に駆け付けた中南署の地域課員は、足元に転がっていた銀色の筒状の容器を拾った。その中に丸めて入れられていたのが、この手紙だったのだ。

しかし真っ先にこの手紙を回収した公安三課は、この存在を捜査一課には秘密にしていた。

今回、沢村宛てに再び手紙が送られてきたことで、大浦は警察庁を通じて警視庁公安部に揺さぶりをかけ、事件に関して握っている情報を全て刑事側に開示するよう求めたのだ。

「この手紙の他、大学の敷地内から公機捜が持ち去った証拠の数々や、これまで公安の捜査線上に上った人物リストも出してきた」

「今ごろになってどうしてですか」

「恐らく連中の捜査も膠着状態に陥って、ようやく、刑事部との協力関係を見直す方向へ舵を切ったんだろう」

大浦が忌々しそうに口元を歪めた。

「特命捜査はこのまま継続する。これ以上公安にかき回されるのはうんざりだ」

大浦が断言した。そしてじっと沢村を見つめた。

「今後は俺が直接この事件を仕切る。とは言え、現場の指揮は捜査班長の役目だ。奈良のサポートなしでこの山を、お前一人で乗り切る自信はあるか。もし無いというなら、千歳のチームと入れ替える」

沢村の胸中を様々な思いが駆け抜けた。今からでも遅くない。捜査班長を榊か浅野に代わってもらうことが、一番いいのではないだろうか。そしてそのまま特命捜査を継続する。その方がきっとメンバーも安心するはずだ。

だが同時に、公安に対する強い怒りもこみ上げてきた。

馬鹿にしている。

もし公安がもっと早く捜査資料を開示してくれていたら、沢村たちの捜査ももっと進めやすかったはずだ。そうすれば全員が、一週間という限られた期間でプレッシャーを受けながら捜査する必要もなかった。奈良が無理をして倒れることもなかった。

ここで引くわけにはいかない。これまで自分たちがやってきた捜査を、みすみす他のチームに引き渡すことなどできない。

「自信はあります」

気が付けば沢村はそう答えていた。

「先ほど、公安主導の捜査は膠着状態だと仰いましたよね。そうなれば今回の事件は、左翼系過激派ではない可能性の方が高いと思います。それならこれは一課の事件です」

大浦は黙ったまま、相変わらず鋭い視線を向けていた。

「現時点で三島哲也は限りなくクロに近い存在です。しかし確証を得るにはもう少し時間が必要です。私たちに捜査を続けさせてください」

沢村はきっぱりと言い切った。

「わかった。それならお前に一つ頼みがある」

続いて大浦の口から出た言葉を、沢村は驚きを以て受け止めていた。

*

どこか遠くの方で、目覚まし代わりのスマホのアラームが聞こえた。沢村は寝たまま手を伸ばし、ベッドサイドに置かれたスマホを探した。

何度か空振りした後にようやくのことでスマホを探し当て、アラームを消してから思い出した。

今日は休みになったのだ。

本当は休む余裕などないのだが、沢村を含めた五係メンバーの疲労はピークに達していて、どこかで肉体と感情のリセットをする必要があった。

沢村はスマホを元に戻して、もう一度眠りにつこうとした。

しかし一度覚醒へと向けられた意識は、目を瞑ってもなかなか眠りの世界には戻ってくれず、記憶は昨日の大浦とのやり取りに遡っていった。

〈自信はあります〉

いや、違う。自信などなかった。

公安の姑息（こそく）なやり方に腹が立ったのは事実だ。

だが一晩経って、あそこで引き受けたことが、正しい決断だったのかどうかわからなくなっていた。

単に自分の意地を押し通しただけだ。

特命捜査を継続するにあたって、沢村は今日一日、五係全員に休みが欲しいと大浦に頼んだ。大浦も承諾した。

だがそれは同時に、休み明けからは再び過酷な捜査が始まることを意味していた。

五係のメンバーの顔が浮かんだ。

特命捜査を継続させて、もしこの線が空振りだったら、彼らに無駄骨を折らせてしまうことになる。

沢村はまたため息をついた。昨日からいったい何度ため息をついたことか。

沢村は寝返りを打ち、枕に顔を埋めた。

微かな物音が聞こえて、沢村はゆっくりと目を開けた。いつの間にか眠りに落ちていたようだ。時計を見ると昼過ぎだった。

ゆっくりと部屋のドアが開く音がした。

「あれ、帰ってたんだ」

妹の麻衣子だった。

捜査でしばらく部屋を空けることは知らせてあった。そのため、部屋の空気を入れ替えに来てくれたのだった。

「ごめん、ありがとう」

「ひどい顔してるよ」

麻衣子が笑った。

「うん、ここのところあまり寝てなかったから」

「お昼は？」

「食欲がない」

「病気じゃないならちゃんと食べなきゃ駄目でしょう」

麻衣子は叱るように言って、台所の方へ向かった。

あの子は年々、亡くなった母親に似てくる。

沢村はそんなことを思いながらベッドから起き上がった。

「食べるって言っても、冷蔵庫何もないよ」と麻衣子に声をかけた。

特命捜査に入ることが決まって、野菜や傷みやすい食材は片付けてしまっていた。

「ちょっと買い物行ってくる」

「いいよ、ウーバーとかで。食材余っても困るし」

「ご心配なく。余った食材は責任を持って引き取らせていただきます」

麻衣子が買い物に出かけて、沢村は洗面所へ行った。これ以上妹に叱られないうちに、もう少しマシな身なりになっておかなければ。化粧品メーカーの美容部員でもある妹は、そういうところに特にうるさかった。

鏡に映る自分の姿を見て、これは確かに麻衣子が言った通り、ひどい顔だと思った。目の下には隈ができ、頬が少しこけたような気もする。たった五日間でこうも人は衰えるものなのか。

軽い恐怖を覚えながら、沢村はいつもより丁寧に洗顔し、髪もブラッシングして、着替えもした。

少し気力が戻ってきたような気がした。

「うん、ようやくゾンビから人間らしくなったね」

買い物から帰ってきた麻衣子が笑った。

昼は煮込みうどんにした。

二人で台所に立った。こんなことも久しぶりだった。

「こっちは夜ご飯用ね」

麻衣子が作った総菜を冷蔵庫にしまった。

二人でテーブルにつこうとした時、沢村の耳に携帯の振動らしき音が聞こえた。

「ごめん、ちょっと」

沢村は慌てて寝室に向かった。だが振動していたのは私用のスマートフォンの方だった。電話の相手は近所のクリーニング店だった。ずっと預かりっぱなしのスーツがあることを連絡してきたのだ。沢村は後で取りに行くと答えて電話を切った後、笠原の電話のことを思い出した。

「なに、仕事？」

戻ってきた沢村の顔を見て、麻衣子が不安そうに声をかけた。

「ううん、違う」

沢村は言葉少なに答えて、椅子に座った。

「実はね、この間、笠原さんから電話がかかってきたの」

「やめてよ、夏でもないのに怪談話とか」

「違う。怪談じゃなくて、かけてきたのは多分、笠原さんのお母さんだと思う」

沢村は先日、笠原の番号で電話がかかってきた時のことを話した。

「それで笠原さんのお母さんはなんだって？」

「あれからいろいろ忙しくてかけなおしてない」

沢村は自分で言いながら、それが言い訳であることに気づいていた。

「彼のことを思い出しても、以前ほど辛いって思わなくなって、近頃はほとんど考えなくなってた。これからは婚活にも前向きになろうかななんて、そんなことも考えるようになってたの。それで……」

沢村は手の中でスマートフォンを弄んだ。

「もしかけなおしたりしたら、こちらの気持ちを見透かされて、薄情だって責められるんじゃないかって……そんな気がするの」

「忘れることは別に薄情なんかじゃないよ。お姉ちゃんはもう十分悲しんだじゃない。婚活はともかく、そろそろ前へ進んでいい頃だよ。笠原さんだって怒ったりしない。あの人はそういう人じゃないでしょう」

そう、笠原はそういう人ではなかった。だからこそ誰を責めることもなく一人で死んだ。

だが笠原の母はどうだろう。あの日、淡々と息子の部屋を片付けていた彼女は、息子が自死した浴室をどんな思いで掃除したのだろうか。そのことを考えると、彼女が沢村を責めるような気持ちを持ったとしても仕方ないように思った。

お昼を済ませ、後片付けをして、沢村は麻衣子を地下鉄の駅まで送って行った。そして駅の側のクリーニング店の前で二人は別れることにした。

「じゃあね、頑張って日本の治安を守ってね、おまわりさん」

バイバイと手を振って地下鉄の出入り口に向かった麻衣子に、沢村も苦笑しながら手を振り返した。

「日本の治安か……」

そう呟いた沢村は、クリーニング店の側に植えられた辛夷（こぶし）の木に気が付いた。ついこの間ここへ来た時は、まだ裸の枝が目立ったが、そろそろ白い花を咲かせようとしていた。いわゆる北辛夷と呼ばれる品種で、北海道では梅や桜に先駆けて開花する。

あの花が散れば四月が終わる。

ゴールデンウィークはもう目の前に迫っていた。


特命捜査室にはいつも通り、花城が一番乗りしていた。

沢村は挨拶もそこそこにして、先日受け取った手紙のコピーを花城に見せた。

「このユナボマーに関して、どんなことでもいいから情報をまとめて。今日の会議で使いたいから三十分でお願い」

「さ、三十分なんてむり——」

「やって」

「は、はい」

沢村の迫力に気圧(けお)されたのか、花城は慌ててノートパソコンに向かい始めた。

花城がユナボマーの情報を集めている間に、沢村は会議の準備を進めた。


その日の朝の会議で、沢村は特命捜査の継続を改めて五係に告げた。

「奈良さんが不在となって、正直私が力不足だということは承知しています。しかし私は、三島教授はなんらかの形で事件に関係しているものと確信しています」

沢村は敢えて強い調子で、今後も三島への捜査を継続することを告げた。ここは多少はったりであっても、弱気な態度を見せるわけにはいかなかった。

「公安が開示した資料も今日中には届く予定です。今後はそちらの分析を進めながら、三島教授宅及び関係先にガサ入れできるだけの証拠を集めていきたいと考えています」

五係のメンバーは黙ったまま、互いに牽制し合うように目配せした。

沢村は構わず会議を続けることにした。やると大浦に宣言した以上、腹を括るしかないのだ。

「早速ですが、これが藻岩山の爆発現場から見つかった、恐らく犯人からの一通目と思われる手紙です」

沢村はホワイトボードに拡大して貼り付けておいた手紙を示し、声に出して読み上げた。

「拝啓　ユナボマー様――」

そうした書き出しで始まる手紙の内容は、ユナボマーに対する過剰なまでの傾倒が見て取れるものだった。その点で沢村宛てに送られてきた手紙と類似する。

「――これから私が成そうとすることに、あなたはきっと共感してくださることと信じております。あなたの信念を継ぐ者として、私の存在を記憶に留めていただけることを願っております。敬具　バード」

手紙を読み終えて沢村は顔を上げた。

「これが犯行声明ですか」

高坂が困惑したような声を上げた。もっともだった。過去に爆弾テロを行った過激派組織の犯行声明では、もっと激しい言葉で犯行の目的が綴られていることが普通であり、そこには必ず、犯人たちの政治的思想が表れているものだった。

しかしこの手紙は、いうなればユナボマーへのオマージュとでも呼ぶべき代物であり、表現も抽象的でキリスト教的宗教観も垣間見える。こんな犯行声明を出すセクトは、恐らく日本中探しても存在しないはずだ。

公安もさぞかし、頭を悩ませたことだろう。

「ユナボマーってのは、あのユナボマーなんですか？」

「今のところはそうとしか考えられません」

木幡の質問に答えながら、沢村は花城がまとめてくれた資料を取り出した。

ユナボマーことセオドア・カジンスキー。一九七〇年代からＦＢＩに逮捕されるまでのおよそ二十年に亘って爆弾事件を起こし、三人を死亡させたアメリカの犯罪者。

ユナボマーという呼び名の由来は、カジンスキーが主に狙った施設に大学や航空機メーカーなどが含まれていたことから、University and Airline Bomber の頭文字を取って名付けられたものだ。

「犯人のカジンスキーは幼い頃から神童と呼ばれ、数学の博士号を持っていました。実際に大学で教えていたこともありましたが、その生活は長くは続きませんでした。大学を辞めた後は、森の中で自給自足の生活を送っていました」

「そんな男がなぜ爆弾魔になったんですか」

木幡の疑問はもっともだった。

事件は司法取引で決着したため、カジンスキー自身の口から正確な動機は語られていない。一般的な説として、自然を破壊するテクノロジー社会への復讐ではないかと言われていた。

「カジンスキーが標的としたのは主に、理工系の大学教授や航空会社を始め、カジンスキーの理屈で自然破壊に手を貸したとみなされた者たちとなっています。さらにカジンスキーは、『産業社会とその未来』と題した論文を書き、産業社会がもたらす人類への影響について警鐘を鳴らしました」

その時、大浦が会議室に入ってきた。一瞬沢村と視線が交差する。

〈それならお前に一つ頼みがある〉

二日前、特命捜査を継続させて欲しいと頼んだ時、大浦からもう一つ極秘の命令が下されたことを沢村は思い返した。

それは五係にいるスパイを探せというものだった。

初めは意味がわからなかった。

誰が何のためにスパイを働くんですか？　と疑問を呈した沢村に、大浦は「公安」という名前を口にした。

沢村がショックだったのは、公安がこちらの捜査状況をスパイしているということよりも、五係の中に公安のスパイがいるということだった。

しかし沢村たちの行動が見張られていることは、既に松山が察知していることからも確かだった。考えてみれば、沢村たちがいつどこを訪れるかという情報をあらかじめ掴んでいなければ、複数の車を使って監視することは難しい。誰かが沢村たちの行動を、公安に漏らしたのだ。

ただそれでも、沢村にはいまここにいる五係のメンバーの中に、スパイがいるというのは考えたくないことだった。

沢村は内心の動揺を押し隠しながら、部下たちに説明を続けた。

「カジンスキーのこうした思想はともかく、ここで注目すべきなのは、彼の最初の犯行の手口です」

カジンスキーの最初の標的は、ある大学教授だった。その大学教授が差出人となった荷物が、別の大学の駐車場で見つかった。そのため荷物は大学教授に送り返されたのだが、教授本人は荷物に心当たりがなかったため警備員が開封、爆発した。

「似てるな……」

そう呟いたのは大浦だ。

「そう、似てるんです、今回の事件に。だからこそ手紙に書かれたユナボマーは、このアメリカの爆弾魔のことを指していると考えられます」

「最後に書かれたバードっていうのはなんのことですか」

松山だった。

「それはまだわかりません」

「バードってことは鳥か？　そのカジンスキーってのは、森で自給自足だったんだろう。野鳥でも育ててたのか」

木幡が漏らした疑問は沢村もずっと考えていた。

バード、鳥、囀(さえず)るもの？　何かを伝えたいということか。

しかし今のところその意味を知る手がかりは見つかっていない。

「三島教授も数学者ですよね。自給自足とは違いますが、庭を手入れしたり、珍しい植物を育てたり、自然ともまんざら縁がないわけじゃない。それをカジンスキーとの共通点と見ることもできるわけだ」

松山が独り言のように言った。

「そして三島教授なら、沢村さん宛てに手紙を送ってきたことも不思議じゃない。彼は最初の現場に残した手紙に、警察が反応しないことを不満に思っていた。まさか公安が隠し持っていたとは夢にも思わずに。そこで今度は訪ねてきた沢村さん宛てに手紙を送ることにした、ってことじゃないですかね」

「そりゃまた随分と自己顕示欲の強い先生だな」

木幡が呆れたような声を上げた。

「懐中時計を残したり、手紙を送りつけてきたり、何がしたいんだこいつは」

「犯人の不可解な行動という点では、もう一つ報告があります」

沢村は別の資料をホワイトボードに掲示した。

「これは犯人の最初と思われる手紙について、科警研からの分析結果をまとめたものです」

その資料によると、最初の手紙が入っていた金属製の容器の中に、僅かに土が残っていた。分析の結果、それは現場周辺のものとは一致しなかったことがわかっている。

「この土には化学肥料が混じっていて、科警研の分析では庭土ではないかということまでは判明しています」

「庭土って、一般家庭の花壇とか畑の土ということですか」

高坂の質問に沢村は頷いた。

「実はさっき、うちの鑑識から教えてもらったばかりなんですが、今回、私宛てに送られてきた手紙にも、封筒の中からごく微量ながら土が見つかったそうです。詳しい分析はこれからですが、私は恐らく最初の手紙のものと同じ土じゃないかと思います」

「つまり、犯人はわざと土を混入させたってことか？」

「でも庭土じゃ、犯人を特定するヒントとしてはどうにもならないんじゃないか」

「そこなんです」

沢村は木幡と高坂の会話に割って入った。

「この犯人は何一つ、直接的な証拠は残していません。大学構内の防犯カメラ映像にそれらしい姿が映っていないことからも、彼は間違いなく事前に設置場所を調べ、死角になる場所も把握していたはずです。そこまで周到に準備をし、細部にまで注意を払っていたような犯人が、うっかり懐中時計を落としていったり、うっかり庭土を手紙に混入させてしまったり、そんなケアレスミスをするなんてことがあるでしょうか」

「じゃあ、なんですか。犯人はわざと証拠を残して、俺たち警察へ挑戦でもしてるって言うんですか」

榊が懐疑的に口を挟んだ。

「その可能性は高いと思います。懐中時計が三島教授の物だと証明されたとしても、事件当日にあの場所にいたということも、爆弾を仕掛けたことも証明するものではありません。手紙もそうです。今のところ、これを三島教授が書いたという証拠はないし、仮に見つかった庭土が三島邸の庭土だという疑いが生じても、我々には令状なしにその土を採取して照合することはできません」

「令状が取れるほどの証拠は見つけられないだろうと、犯人はそう踏んでるってことですか」

またしても独り言のように呟いた松山が、椅子の背もたれに上体を預けたまま天井を睨みつけた。

「随分と舐めてくれるじゃないか」

「全くだな。何が何でも証拠を見つけてやろうぜ」

松山の言葉に木幡が同調する。

沢村はふと、あの二人がスパイという可能性はあるだろうか、と考えた。

最初に監視に気が付いたのは松山だ。しかし自分が疑われないために、敢えて監視の存在を口にしたとも考えられないだろうか。なぜなら今のところ、他の捜査員たちは監視の影を感じ取っていないのだ。

それと木幡。彼は沢村が捜査班長を務めると聞いた瞬間から、不服そうな態度を隠そうともしていなかった。

わからない。疑い始めると誰もが怪しく見えてきてしまった。

沢村はそっと部屋の中を見回した。

高坂と榊も絶対にスパイでないとは言いきれない。

特に榊は、家庭の事情があったとはいえ、捜査班長を外されたことで、内心、沢村に含むところがあるはずだ。

そして花城。ドアに近いところでいつも静かに全員の話に耳を傾けているあの若い刑事は、一番あり得ないと思う人物だ。しかし絶対にスパイではないと言いきれるほど、彼のことを知っているわけではない。

するとその花城がおずおずと手を上げた。

「ちょっとだけよろしいですか」

沢村は頷いた。

「我々が三島教授を怪しいと睨んだのは、そもそも現場から懐中時計が見つかったからですよね。でもいま沢村さんが言ったように、懐中時計があったことと、三島教授が事件当時、あの場所にいたことの間に因果関係は薄いと思います。そもそも三島教授には事件当日、家にいたという家政婦の証言もあります。そうだとすれば、三島教授にばかり捜査の目を集中させるというのは……」

花城が口ごもった。

「構わないから続けて」

「桐生学長に対する怨恨の線を追うにしても、他に被疑者はいないんでしょうか。それに、大学という組織そのものに対する怨恨という線も、まだ残されてるんじゃないかと思うんですが……」

その場にいる全員の視線を浴びたからなのか、花城は再び語尾を濁した。

会議の後、花城が台車を押して特命捜査室に入ってきた。台車の上には段ボールが三つ載っている。いずれも公安側から開示された捜査資料だ。

「これで最後です」

メンバーたちがそれぞれの捜査に散っていった中、花城には残ってもらって、沢村は捜査資料を分析する作業を進めようとしていた。

部屋の壁側には既に、多くの段ボール箱が積まれている。

「今どきアナログ資料とか嫌がらせかよ」

木幡が見たら、そんな悪態を吐きそうだった。

だが本当の嫌がらせは、資料がほとんど分類されておらず、無造作に段ボールに突っ込まれた状態で送られてきたことだった。そのため、ひと箱ひと箱中身を確認していくしかない。

資料の半分以上は、こちらでも既知の情報だった。そうしたファイルは段ボールに戻し、一ヵ所に集めて後でまとめて保管庫に回す予定だ。

「こっちは防犯カメラの映像みたいです」

花城が開いた段ボールには録画メディアが詰まっていた。それぞれに防犯カメラの設置場所がラベルでついている。

防犯カメラリレーと呼ばれる捜査には、前足と後足と呼ばれる手法があった。前足は被疑者の犯行前の足取りを、後足は犯行後の足取りを追いかけるものだ。

今回、特捜本部でもこの捜査に大幅な人員を割いていた。彼らが集めた膨大な映像を、公安は顔認証システムにかけた。顔認証システムでは、前科者や公安が日頃からマークしている者たちの情報はもちろん、一般人の運転免許情報も登録されているという。プライバシーの保護といった観点からは、今後様々に物議を呼びそうなシステムだが、今回の事件では頼みの綱でもあった。

しかし大学内の防犯カメラ映像に、誰が爆弾を持ちこんだのかを示す決定的な映像が残っていなかったこともあり、顕著な結果は現れていない。

捜査会議でも触れたが、犯人は事前の下調べによって、防犯カメラの位置も死角の場所も把握していたのだ。そしてそれは、大学関係者であればいっそう容易な作業であったはずだ。

他に開示された資料として、これまで公安側で有力な被疑者としてマークしてきた、複数の人物の情報も入っていた。七〇年代に左翼系過激派組織に所属していた元活動家、インターネットの通販履歴で、爆弾の材料を購入していたことが判明した三十代の派遣社員、そして化学を専攻する二十歳の大学生などだった。特にその二十歳の大学生に対しては、日頃の言動などから、海外のテロ活動に興味を抱いていたこともわかっている。公安も何度か任意で聴取を行ったようだが、犯人とするには決定打に欠けたようだった。

「あの、さっきは出過ぎた真似をしてすみませんでした」

「会議の発言のことだったら気にしなくていい。花城さんの指摘はもっともだったと思う」

沢村は手を振った。

「それより、高坂さんになんて言われたの」

捜査会議の後、高坂に呼ばれた花城が俯（うつむ）いて、小さく「すみませんでした」と言うのが沢村にも聞こえていた。

「既に捜査方針が決まった事件について、会議の最中に意見を挟むなと叱られました。もし言いたいことがあるなら、今度からは事前に相談しろとも……」

花城は落ち込んだように答えた。

高坂の言うことは正しかった。これがもし本格的な捜査本部の席で行われたことだったら、花城は呼び出されてもっと強い叱責を受けてもおかしくなかった。老獪な捜査員であれば、捜査方針に異議があっても会議の場では発言を慎み、捜査班長や課長補佐を通じて意見を上に上げてもらおうとする。

だが今回に関して言えば、沢村は捜査員たちの意見を抑えつけるような真似はしたくなかった。事実、沢村の中には迷いがあった。できればそれを打ち明けて、捜査員たちの意見を聞いてみたい。しかし班長として、そうした迷いをどこまで彼らに打ち明けるべきなのか。そこにも躊躇いがあった。

「花城さんが指摘した通り、懐中時計はなんの証拠にもならない。日頃から大学内を行き来する三島教授なら、どこで懐中時計を落としてもおかしくないわけだしね。でも……完全に捜査線上から三島教授を外してしまうことも、正直恐いと思ってる」

気心の知れてきた花城には、ついガードが下がって本音が漏れてしまった。

「だから、はっきりと三島教授がシロだという確信が持てるまで、とりあえずは彼を追いかけておきたい」

「それって要するに、保険をかけておきたいという風に聞こえるんですが」

口調は控えめだが、花城の眼差しには非難めいた色が覗いていた。正直、痛いところを衝かれた。何も反論できなかった。

「公安側のリストの中に、犯人がいるとは思いませんか」

「もしいるなら、向こうは情報を開示しなかったはず」

「開示していない他の被疑者リストがあると思いますか？」

「それは否定しない」

相変わらず情報の蛇口は公安が握っている。まだ何か隠していることがあったとしても驚かなかった。

「でもいまそれを探ってみても仕方ない。まさか相手をスパイするわけにもいかないでしょう。こっちはこっちでやれることをやるしかない」

花城に答えながら、沢村は資料のファイルを段ボールに戻し、強い疲労感を覚えながら脇に除(よ)けた。


午後になって松山と合流した沢村は、少し遅めの昼食を取るため、定食屋に入った。個人経営の店内にはテレビが点けっぱなしとなっていた。情報番組だ。

重体だった被害者の岩田朝日が息を引き取ってから、テレビでは岩田の生前の人となりを特集で報じていた。

高校時代のクラスメートの話。近所のおばさんの話。大学時代アルバイトをしていたパン屋の店長の話。

誰もが口を揃えて言う。

優しくて可愛(かわい)くて誰に対しても親切な人だった。亡くなったなんて信じられない。

最初の被害者だった山根の時と一緒だ。山根の場合、結婚してまだ一年にも満たないということもあって、より悲劇的にその人となりは伝えられていた。それがようやく落ち着いてきた頃だった。

「亡くなられた岩田朝日さんは、大学を卒業していったん会社でお勤めされてから大学院に戻られたんですよね。勉強熱心な本当に素晴らしいお嬢さんだったのに——」

テレビのコメンテーターが神妙な顔で語っていた。

番組は入れ替わり立ち替わり、何かの専門家だという人物が一通り事件の見解を発表して、それにアナウンサーやコメンテーターと称するタレントが、もっともらしい意見を述べるというありきたりのパターンで進行していた。

「——犯人はもしかすると女性恐怖症かもしれません。そして被害者の中に女性が多いのも偶然ではないかもしれません。そもそも女性である学長を狙ったということから考えても、頭のいい女性や社会的地位の高い女性に対し、なんらかのコンプレックスがあると考えてもいいんじゃないでしょうか」

最近のテレビの流行り(はや)は、何かにつけてジェンダー論と結び付けて事件を論じることのようだった。桐生学長は女性だが、亡くなった二人の女性は偶然そこに居合わせただけで、他の大勢の被害者の中には男性も含まれているのに、女性を狙った犯行というのは極論が過ぎるというものだ。

他にも客がいる中で、チャンネルを変えてくれとも言えず、沢村は気が重くなっていた。ただでさえ食欲が失(う)せているのに、音声は勝手に耳に飛び込んでくる。

「この手の人物は、自分の人生がうまくいかないのは女性たちのせいだとか、非常に他責的な人間性を持ち合わせていることが多いんですね。社会不適合者とでも言えばいいんでしょうか」

いま発言しているのは、大学で心理学を専門にしているという四十代半ばくらいの准教授だった。

「はあ、はあ、社会不適合者ですか。もう少し具体的な話ということになると、例えばどんな人物が該当すると思われますか」

アナウンサーに促されて、准教授がさらに持論を展開した。

「周囲になじめず、協調性にも乏しいといった人物である可能性が高いです。学校や会社などでも人間関係を築けず、社会からも孤立し、自分の価値観とその周囲の世界との乖離に気づくことができない人間です」

「つまりそれは、自分のルールと世間のルールを合わせられないということですか」

「そうなります。自分のルール通りに周囲の物事が動かないということに感情の抑えが利かなくなって、それが人によっては犯罪に走る動機となると言えるでしょう」

「適当なことばかり言いやがって」

松山が周囲の客には聞こえないような声で呟いた。珍しく気分を害したようだった。

「――なんかあ、人が亡くなっちゃうような事件が起きてえ、ほんと許せないなあって。それなのにこんな、日本って世界的に見ても安全な国って言われてるじゃないですかあ。私もちっちゃい子供がいるのでえ、警察には早く犯人捕まえて欲しいなあって心から思いますう」

発言者が女性に代わっていた。一時期、全国放送のバラエティ番組でも活躍した元グラビアアイドルだ。結婚と出産を経て、現在は生まれ故郷である札幌に戻り、地元テレビ局の番組で食レポなどの仕事をこなしている。

彼女の発言自体は、一度聞けば右から左に流れてしまうような、ほとんど中身のないものだった。

「本当だよねえ、マミちゃん。このままじゃ女性はおちおち外を歩けないよねえ」

その場を適当にまとめようとする男性司会者の言葉に、沢村はこれ以上聞いていられなくなった。食事はまだ途中だが食欲はすっかりなくなっていた。松山を残して沢村はレジに立った。

沢村とは対照的にぺろりと平らげてしまった松山が、コップの水を飲み干して、沢村を追いかけてきた。

だがこのテレビ番組が、事件に意外な進展をもたらすことになる。

*

「テレビが低俗であることは今さら言うまでもない。とりわけ、無意味に肌を露出し、男たちに向かって媚（こ）びへつらう軽薄な女どもの存在は、世界にとって一番の害悪なのだ。

弱者のままでいるならば、女は滅ぶべきである。なぜその力を見せつけないのか。無力なふりを装うのはもうお終いにしなくてはならない。
世界は今こそ欺瞞の報いを受けることになるだろう。新札幌の事件はまだ終わりではない。
私がこれからそれを証明してみせる」

沢村たちが定食屋で見ていた番組。それを放送した北海道の地元テレビ局宛てに昨日、こんな手紙が届けられた。そして同じ日、そのテレビ局の幹部宅に爆弾を仕掛けたという電話が、局宛てにかかってきたのだ。

この事態に慌てたテレビ局は警察に通報する。道警の爆発物対応専門部隊が出動したが、結局、幹部宅から爆弾は発見されなかった。

そのため道警内では、テレビ局宛ての手紙も含めて、愉快犯による犯行ではないかと見る向きもあった。

そもそもこの手紙には「バード」の署名がなかった。
ユナボマーへの手紙は、マスコミには公表していない。だから「バード」の署名は、真犯人しか知りえない事実ということだ。

しかし、本当に愉快犯としてこの手紙を無視していいものかどうか。沢村は迷っていた。
脅迫状や犯行声明文の書き方が途中で変わるといったケースは聞いたことがない。
もしかして何か共通点が隠されているということはないだろうかと、沢村は何度もユナボマーへの手紙と、テレビ局宛ての手紙を読み返した。

そのうち漠然と、テレビ局宛ての手紙の文章の一部に何か引っかかりを覚えた。沢村は蛍光ペンで、その箇所に線を引いた。

「なぜその力を見せつけないのか。無力なふりを装うのはもうお終いにしなくてはならない」

それから「誰？」とメモを書きこんだ。

ノックの音がして、沢村は顔を上げた。

花城が入ってきた。時計を確認する。夜の十一時になろうとしていた。夜の捜査会議が終わってからずっと夢中で、犯人の手紙と格闘していたことになる。

「他のみんなと帰れば良かったのに」

「コーヒーを入れました。どうぞ」

花城が落としたてのコーヒーと、チョコレートを持ってきてくれた。どちらも今の沢村には必要なものだった。

「ありがとう。相変わらずいいタイミング」

このところ、一人で残っている沢村に、花城はここだろう、という絶妙なタイミングで、飲み物などを持ってきてくれるのが定番になっていた。

沢村はチョコレートの包みを剝(む)いて、一つ口に放り込んだ。ダークチョコレートではない。ミルクチョコレートというのがまたいい。

舌の上で転がすと、強烈な甘さが疲れた脳に麻薬のように広がっていくのがわかる。

「何か手伝いましょうか」

花城が沢村の手元を覗き込んだ。

「この手紙とこの手紙、本当に同一人物が書いた可能性はないのかなって」

「テレビ局の方は愉快犯ですよね。内容がまるで違うと思うんですけど」

沢村はパソコンを引き寄せ、ユナボマーへの手紙からの一文を検索エンジンに打ち込んだ。

「院生だった頃、学部生たちのレポートを採点していて、よくこうやってコピペを見つけていたの。このユナボマーへの手紙のように、やたらと大仰な表現ばかりが目に付いて、でも具体的なことは何もない文章がレポートに見つかると、大抵はネットの文章を丸写ししたものだった」

アメリカならコピペが見つかった時点で一発アウトということもあるようだが、沢村がいた大学では、一度目は注意、二度目で教授に呼び出され、レポートの再提出をさせるという対応を取っていたことを思い出した。

エンターキーを押すと、目的のサイトはすぐに見つかった。

「これは……このサイトって……『なろう系』ってやつですか」

花城が驚いたように瞬きをした。

「知ってるの？」

「高校の頃よく読んでました」

「いま表示されてるのは、異世界ファンタジーというものらしいけど、この物語の登場人物の一人である吟遊詩人が、主人公に対してこの世の終わりを告げる場面がある。そのセリフがこれ。『しかし無知蒙昧な為政者たちは耳を貸さず、邪見なる魂に毒された愚民たちもあなたを糾弾しました』」

「……全く同じだ」

花城が呆然としたように呟いた。

「これだけじゃない。他の部分も同じ」

沢村が同様に他の一文を検索すると、今度は別のテキストサイトがひっかかった。

「もう少し時間をかければ、恐らくほとんどの文章がオリジナルじゃないということが証明できるはず。そこで問題は、犯人はどうして犯行声明文をコピペで作ったのか」

「身元を隠すためじゃないですか。それこそユナボマーは、マスコミに公開した論文と他の論文が似てることで、親族から犯人じゃないかと疑われたわけですから。犯人もそのことは当然知っていたと思います」

「身元を誤魔化したかったなら、なぜテレビ局宛ての手紙もそうしなかったと思う？」

沢村はテレビ局宛ての手紙を取り出した。

「今の手順と同様にこっちの手紙も検索をかけてみたけど、一致した文章は一つもなかった。で、考えたの。もしかしてこちらの手紙こそが、犯人が真に伝えたかったことなんじゃないかって」

花城が怪訝な顔で沢村を見つめていた。

沢村はもう一つチョコレートを手に取って、それを食べようかどうしようか少し迷いながら話を続けた。

「ただ、これこそが本物の犯行声明文だとすると、一つ疑問が残る。これは誰が誰に対して書いたものなのか」

二つ目のチョコレートの甘さが、沢村の舌を滑らかにした。

「特にひっかかったのはここ。『なぜその力を見せつけないのか。無力なふりを装うのはもうお終いにしなくてはならない』無力なふりというけど、三島教授が無力だとは思えない。誰か別の人間の立場を表明しているのか……」

沢村は花城に問いかけながら、同時に自分自身へも問いかけていた。だが、考えれば考えるほど、答えの見えない迷宮にはまり込んでいくようだった。さっき何かが閃いたように思ったのも、気のせいに思えてきた。

花城も沢村の向かいに座って手紙を読み始めた。

そんな花城を、沢村はじっと見つめていた。誰よりも努力家で、一日も早く成果を上げたいと望んでいる若手捜査員は、手紙からどんな答えを導き出すだろうか。

やがて花城は顔を上げた。その目には申し訳なさが浮かんでいた。

「すみません。やっぱりこの手紙は、愉快犯の仕業としか俺には思えません」

「そうね。少し論理が飛躍し過ぎたかも……」

沢村はコーヒーを口に運んだ。舌の上に残っていたチョコレートの欠片が、切ないほどゆっくり溶けていった。

「あの」

花城が遠慮がちに声をかけてきた。

「どうしてそんなに三島教授にこだわるんですか。以前、完全にシロだとわかるまでは三島教授を追いかけると言ってましたけど、地位も名誉もお金もあって、家庭にも恵まれているような人物が、こんな犯罪に走るなんて、俺は割に合わないと思います。それこそ彼がシロだという根拠にはなりませんか」

「地位も名誉もお金もあって、端から見れば何もかも手に入れた人物。そういう人物だからこそ、自分は警察に捕まらないと己惚れているのかも」

花城が納得できないというように顔を歪めた。

「全てを警察への挑戦と結論付けるのは、少し乱暴な気がしますけど……」

その意見には沢村も同意せざるを得なかった。

「確かにね。三島教授の犯行動機がまるで見えてこない。現在でも彼の地位は大学のナンバーツー。しかも他の副学長の大半は、彼の息のかかった人物だとも聞く。今さら学長の地位なんか狙ってもメリットはないでしょう。そうなると誰かを庇っているのか……」

「でも誰を庇うんですか。以前名前の挙がった息子の雄大さんも、アリバイが証明されたじゃないですか」

榊たちが調べたところでは、雄大は十代の頃に一度、桐生学長と面識があったことはわかっている。しかし以降は接点もなく、この五年ほど日本に入国したという記録もなかった。

「三島教授が息子を庇ったという説も、これで崩れたわけですよね。そうなると、教授が事件に関係しているという可能性自体が消えたことになりませんか」

「じゃあ花城さんは他に誰が犯人だと思うの」

「やっぱり過激派の仕業なんじゃないでしょうか。最初に出頭した香田という元過激派がいましたよね。あの男の様に、現代科学と軍事研究の結びつきを嫌う者たちが企てた可能性はどうですか。ユナボマーにも似てる感じがしますし、それで犯行声明文に彼の名前を使ったのかも

――」

花城が出て行ったあと、沢村は窓の外の暗闇を見つめた。

最近LEDに換えられたばかりの灯が冷たく窓ガラスに反射し、頰杖(ほおづえ)をついた沢村の姿を幻の様に浮かび上がらせていた。

沢村は急に孤独感と疲労感を覚えた。

〈どうしてそんなに三島教授にこだわるんですか〉

花城の言葉が思い返された。

どうしてなんだろう。

沢村は自分でもわからなくなっていた。


「おう、沢村、ちょっと、ちょっと」

そろそろ帰ろうかと刑事部屋に戻った直後、沢村は奈良に手招きされた。

「まだ残ってたんですか。大浦さんからも、無茶はするなって言われてるじゃないですか」

呆れる沢村に叱られても、奈良はまるで意に介する様子がなかった。

最低でも一週間は入院が必要と言われていながら、奈良は三日で退院し、その足で出勤してきたのだ。

リハビリ、リハビリとおどける彼を、大浦でさえ止めることはできなかった。仕方なく大浦は当面、奈良にデスク担当を命じた。日頃は一課の刑事は激務が当たり前だ、と容赦ない大浦でも、奈良の戦線離脱は応えたようだ。

ここで放っておいたら勝手に現場に出て行きかねないので、沢村はなるべく負担のかからない範囲で、奈良にも捜査を手伝ってもらうことにした。

頼んだのは、全部で七個ある懐中時計の持ち主探しだった。これなら内勤のまま捜査することができる。

奈良に引き継いでもらう時点で、五味元教授と三島教授、そして情報を提供してくれたブログ主の安芸については除外した。それから末延照夫（すえのぶてるお）というアメリカ在住の大学教授も、所持していることだけは確認が取れていた。

奈良は残る三つの懐中時計の所在を求めて方々へ電話を掛け、全国に散らばっている五味研究室の卒業生と連絡を取った。あっという間に二つの懐中時計の所在を突きとめ、いよいよ最後の一個となっていた。持ち主は長野県の精密機械メーカーの役員だった。

「ついさっき、現物確認が済んだと長野県警から連絡があった」

奈良が意気揚々といった感じで、沢村に報告した。

「これから写真もデータで送ってくれるそうだ」

「わかりました。後は私が対応しますから、奈良さんはもう帰ってください」

「お前まで病人扱いするなよ」

「でも実際病人だったじゃないですか。いいんですか、また娘さんに心配かけて」

「それを言われると弱い」

一瞬苦笑いした奈良が、すぐに真剣な目つきになった。

「亡くなった岩田朝日さんのな、お父さんに俺は会ってるんだ、病院で。同じ娘を持つ親として、もしうちの娘があんな目にあったらと思うと、俺は絶対にこの犯人だけは許せねえんだよ。だから残らせてくれ」

そんなことを言われてしまうと、駄目だとは言えなかった。

「その代わり、明日からはちゃんと休養してくださいね」

「お前こそ大丈夫か。いろいろしょいこんで大変だろう」

「上が駄目でもなんとかなるものです」

沢村は自嘲気味に答えた。奈良の前だとつい、弱い自分が出てきてしまうのだった。

「愚痴か。聞くぞ」

奈良がペットボトルのミネラルウォーターに口をつけた。エビアンなのか。六甲のおいしい水とかじゃないんだ。そんなことを思うと少し心が軽くなった。

「愚痴じゃありませんけど、人の上に立つというのは難しいですね」

「連中だってまだ、お前とどう接すりゃいいのかわからないんだよ。現場の刑事たちから見れば、お前はキャリアの連中と一緒なんだ。現場の経験は次のステップに進むための単なる箔付で、本気で自分たちと一緒に現場で汗を流す気はないってな。だから連中は表立って反発も反抗もしない。それどころか経歴に瑕がつかないよう、自分たちと一緒にいる間は大事に大事に扱って、本来いるべき場所へ送り返そうと考える」

沢村は反論しようとして奈良に目で制された。

「前にも言ったと思うが、俺も瀧さんも中南署の刑事一課時代、お前を預かってくれと上から言われた時は同じようなことを思った。だがお前はいい意味で俺たちの予想を裏切った」

奈良が何か思い出したように小さく笑った。

「前に言ったかどうか忘れたが、俺が買ってるお前の一番の長所はここだ」

奈良は自分の胸の辺りを人差し指で示した。

「お前は心根がいい。きっと持って生まれたものなんだろう。そしてお前が上に立った時、それは必ず武器になる。心根のいい上司に部下は絶対についてくるからだ。お前が困難に陥った時、自分の命を投げ出してでも助けてくれるような部下がな。だがそれにはもう少し時間がかかる。だから近道を教えてやる」

再びエビアンに口をつけた奈良がにっと笑った。

「手っ取り早くチームに溶け込むコツは、そのチームのキーマンに気に入られることだ」

「高坂さんですか」

「松山だ」

沢村は首を捻った。彼と木幡がチームのムードメーカーなのは認めるが、キーマンというならやはり、チーム最年長の高坂ではないのだろうか。

「いまのチームで捜査を引っ張ってるのは、間違いなくあいつだ」

沢村はしばらく考えていた。確かに三島の捜査を本格的に行うかどうか沢村が迷っていた時、真っ先にそうすべきだと言ったのは松山だった。他にも三島教授への聴取の時は、一歩も二歩も先回りして、沢村が気づかないような情報を拾い上げていた。

三島邸の庭に温室があることを見つけたのも松山だったし、三島教授が神戸時代に懇意にしていた造園業者の名前を聞いたのも松山だった。

「あいつの閃きと直感力は間違いなく天才的だ。上の人間としちゃああいうのが一人、参謀役としていてくれたらこれほど楽なことはない。こっちが何も指示しなくても勝手に動いてくれるからな。そして松山に気に入られれば、他の連中の見る目はおのずと変わる」

「だから私を松山さんと組ませたんですか」

「おうよ。名人は常に何手も先を読むってな」

奈良はご機嫌に将棋を指す真似をした。

そこに、長野県警からの写真のデータが届いた。はっきりと例の懐中時計が写っている。

「よし、確認終了、と」

奈良がリストの名前を線で消した。

「これで後は末延教授だけだな」

事件捜査では、遺留品が間違いなく被疑者、つまり今回の場合は三島の物であると証明するためには、残る全ての懐中時計の現物を、警察官が直接目で確認する必要があった。

アメリカ在住の末延については、四月の末頃、日本に一時帰国する予定があり、その際北海道にも立ち寄るということから、現物の確認はそれまで保留することになっていた。

「だが俺は、現場の遺留品は、三島哲也の懐中時計で間違いないと思う」

「そうですね……」

沢村はぼんやりと答えた。まだ疑問は残っていた。

「なぜ懐中時計だったんでしょう」

現代において懐中時計は、普段から身に着けて時間を確認するものというより、ほとんどファッションの一部のようなものだ。爆破時刻を確認するためなら腕時計で十分だし、実際三島の腕には、最新のスマートウォッチが嵌められていた。

仮に警察への挑戦だったとして、なぜ懐中時計でなくてはならなかったのだろう。

問題の懐中時計の持ち主たちのほとんどは、この懐中時計を日頃から身に着けることはなく、それどころか、警察から問い合わせを受けるまでほとんど忘れていたと答えている。

懐中時計の写真をブログに上げた安芸にしても、趣味で始めたブログのネタに困って、記憶の片隅から懐中時計を引っ張り出してきたという程度の代物だった。

だが三島だけは、この懐中時計に対して何か特別な思いでもあったのだろうか。

「普通やらないのか。卒業の時に記念品を作るようなことは？」

奈良が尋ねた。

「学部生ならともかく、研究室単位で記念品というのはあまり聞いたことはないですね。もっとも文系と理系の違いとか、個々の研究室によって文化も違いますから一概には……」

そう答えながら、沢村は何気なく捜査ファイルを捲っていた。一枚の封筒があり、「安芸氏より拝借」とメモが付いている。

開けてみると、中には一枚の写真が入っていた。以前、花城が京都まで安芸に会いに行った時、参考までに借り受けていたものだった。

時代を物語るやや黄ばんだカラー写真には、黒板を背にし、五味セブンと呼ばれた教授とその教え子たちが写っている。

真ん中にいる壮年の男性が恐らく五味元教授だろう。彼のすぐ隣にいるのが、若い頃の三島だとすぐにわかった。だが今よりもずっとアクの少ない顔立ちをして、当時流行したであろうファッションに身を包んだ姿から、さぞ女性にモテたのではないかと思われた。

他の研究生たちも随分とあか抜けている。三島を始めとして、当時この研究室にはかなり裕福な家庭の子息が集まっていたようだ。

だからこそ、懐中時計の記念品という発想が生まれたのかもしれない。

そんな風に考えた時だった。沢村は写真の端に写る一人の若い女性の姿に目を留めた。その女性は一番左端で、にこりともせずに立っている。髪型も服装も地味で、顔立ちにもこれと言って目立つ特徴はなかった。他のお洒落(しゃれ)な男子学生たちと比較すると、かなり浮き上がっている印象がある。

彼女は誰だろう。沢村は何気なく写真を裏返した。すると鉛筆で、写真に写っている順番に名前が書いてあった。

右から安芸(DⅠ)、梅田(うめだ)(MⅡ)、酒井(さかい)(MⅡ)、五味教授、その隣が三島(DⅢ)、末延(DⅢ)、木下(きのした)(DⅡ)、そして最後に相馬(DⅢ)とある。Dはドクター、つまり博士であり、Mはマスターで修士を意味する。となるとこの相馬という女性もDⅢということなら、三島と同じ博士課程の三年目だったということだ。

相馬――。どこかで聞き覚えがあった。

果たして記憶のどの引き出しにしまったのか。

沢村は手がかりを求めて、懐中時計のリストを自分の方へ引き寄せた。

五味弘道、三島哲也、末延照夫、安芸寿郎、梅田順平、酒井紀夫、木下修――。やっぱり相馬という名前はない。

もう一度、相馬という名前について考えた。

しばらくして、もしや、と沢村は再び捜査ファイルを開いた。思った通りだった。三島個人に関する資料の中にその名前はあった。

相馬は三島の妻、涼子の旧姓だった。

そして二人は大学院の同級生――。

あ、と沢村はもう少しで大きな声を上げるところだった。

「奈良さん、私、とんでもない見落としをしていたかもしれません」

「どうした」

「写真の左端に写る女性は三島教授の妻の涼子さんです。これが当時の五味研究室で作った懐中時計なら、どうしてリストに彼女の名前がないんでしょう」

奈良も慌ててリストを確認した。

「本当だ。リストを作る際に漏れたのか……」

「それか敢えて入れなかったか」

「ん?」

「この写真には五味教授を入れて八名が写っています」

「一、二、三……本当だな」

奈良は念を入れるように写真に写ったメンバーを数え直した。

「じゃあ、時計は八個だったってことか」

「いいえ、恐らく彼女は懐中時計を持っていないんだと思います」

「なぜだ」

沢村はもう一度写真を手に取った。

「私たちは初め五味セブンと言われて、五味教授を含めた七名だと思いました。でも実際は五味教授と七名の研究生だったんです。でもそれだと八名になってしまって、彼らには都合が悪かったんじゃないでしょうか」

奈良はまだ怪訝な顔をしていた。

「七は素数だけど八は違います」

「まさか、そんな理由で三島涼子は外されたって言うのか」

奈良が半信半疑に聞き返す。

奈良や沢村にとっては、素数かどうかなどどうでもいい問題だ。しかしブログ主の安芸によれば、それは当時の彼らには特別なことであり、懐中時計の裏に数字を彫って残そうと考えるくらいには重要なことだったのだ。

「八名のうちで誰を抜かすかとなれば、女性だった彼女を、と考えたとしても不思議はありません。未だにリケジョなんて言葉があるくらいですからね。女性が理系の分野に進むことは、今でも異質なことなんだと思います。三島涼子が大学に進学した頃ならなおさらでしょう」

沢村の脳裏に、桐生のインタビュー記事が蘇った。四大に進学するだけでも婚期が遅れると猛反対された時代、大学院の数学科に進んだ桐生に両親は匙を投げた。そう桐生は語っていた。三島涼子にしても状況は似たようなものだったかもしれない。

「つまり涼子さんは、この研究室内でも極めて異質な存在だったと言えるんじゃないでしょうか」

「男女差別があったってことか」

「はっきり断言できるわけではありませんが、今以上に男女の間には、見えない壁が存在していたとしてもおかしくないでしょう。男子学生たちがどうしても素数にこだわるなら、五味教授を抜いて学生だけで七名と考えても良かったはずです。それでも五味セブンとは名乗れるわけですから。でもそうしなかった。涼子さんには厳しい環境だったと思います」

笑顔の男性たちとは対照的に、にこりともせず写真の端に居心地悪そうに立っている涼子の姿から、沢村はそう推測した。仏頂面というのとも違う。表情がないのだ。それは彼女だけが、この研究室内に居場所がなかったことの証であるかのようだった。

沢村は小さなため息を漏らした。

「どうした、急に落ち込んだ顔をして」

「偉そうに言いましたけど、私も結局ジェンダーバイアスに陥っていたことがわかったからです」

「ジェンダーバイアス?」

「簡単に言うと、男女の性差による役割を無意識に決めてしまうことです。例えば男性は外で働いて家計を支えるべきだとか、女性は家で家事と育児に専念すべきだとか、こういう考え方は全てジェンダーバイアスだと言われます。他にも組織のリーダーには男性の方が相応しいとか、女性の方が細やかな気遣いができる、というのもそうです。三島教授の個人情報を確認していて、教授と涼子さんが大学院の同級生だったという事実を知りながら、彼女も同じ研究室に所属していたかもしれない、ということを少しも考えませんでした。つまり私の中で、女性が数学を勉強するという可能性を、無意識に排除していたせいだと思います」

さらに沢村がショックだったのは、これが二度目だということだ。

一度目は、桐生真を学長だからという理由で男性と思い込んでいたこと。あの時、もう二度とジェンダーバイアスの罠には引っ掛かるまいと決めたはずなのに。

沢村は思いきり顔を顰めた。

「だが涼子さんが懐中時計を持っていないとして、それが事件になんの関係がある？」

「それ自体は何も関係ないかもしれません。でも学生時代の涼子さんが置かれていた状況は、現在の彼女の立場を象徴しているようにも思えるんです。涼子さんは体調が悪いと言って、一度も私たちの前に姿を現していません。もし三島教授が犯行にかかわっているとしたら、妻である彼女は何か知っている可能性がありますよね。そうなると三島教授は、妻が証言することを阻むでしょう」

「教授が涼子さんを監禁してるとでもいうのか」

「そこまでではないとしても……」

沢村は少し考えこんだ。

「思い出したんですが、以前、花城さんが嵐山の五味元教授を訪ねて行った時も、涼子さんの名前は出ませんでしたよね。三島教授の話題で行ったのに、五味元教授はなぜ触れなかったたんでしょう」

「そこは花城の経験の浅さから、聞き方のまずさもあったんじゃないか。俺の指示の出し方も悪かったかもしれん」

「たとえそうだったとしても、私にはなんとなく誰も彼もが、涼子さんの存在を消し去ろうとしているような、そんな感じがするんです」

沢村は机の上に積み重ねられた書類の束を除けて、一番下に埋もれていた本を取り出した。

『ギフテッドの我が子の育て方』だ。

「これは三島教授が、息子の雄大さんの子育てを中心に、三島家の日常を綴った最初のエッセイです」

出版されたのは、雄大が二十歳でカリフォルニア工科大を卒業した年だ。今から十年以上前のベストセラーだが、未だに市内の書店でも平積みで置かれるほど根強い人気を誇っていた。

「それだけ天才の子育てに世間の親は関心があるってことか」

「そうかもしれませんね。ただこの本には、特別な天才の教育方法が書いてあるわけじゃないんです。むしろそちらは付け足しで、ごく普通の三島家の日常が描かれています。本によると、どんなにＩＱが高くても、子供に一番大事なのは子供らしい生活を送らせてやることだと説いています。そのため三島教授は、雄大さんがやりたいと望んだことは何でもチャレンジさせていました。小学生の頃は近所の少年野球団に入れたり、夏休みは六甲山の麓で乗馬教室に通わせたり、花火やキャンプ、運動会の思い出、学芸会での雄大さんの失敗など、雄大さんの日常は本当に普通の子供と変わらないものでした。そしてこの頃の三島教授はむしろ、飛び級などの早期教育には反対の立場でした。子供にとって大切なのは、同じ年頃の子供たちと時間を共有させて、年相応の情緒を育ませ、想像力を養ってやることだ、と本にもはっきり書いてあります」

「うん、そりゃ確かにその通りだ」

「ところが雄大さんが中学に上がる年、三島教授はその方針をがらりと変えて、彼をアメリカの友人の元へ預けます。これが末延教授です。末延教授の自宅から地元の学校へ通い、雄大さんはそこの飛び級制度を利用して、たった三年間で日本の中高にあたる教育課程を修了させると、その後カリフォルニア工科大学に進学しました」

「天才の子は親が何もしなくても天才ということか」

奈良が口をへの字にしながら顎の下を搔(か)いた。

「教授はなぜ途中から自分の教育方針を変更したんでしょう」

沢村は自問自答するように呟いた。

「それともう一つ、このエッセイに妻の涼子さんがほぼ登場しないことも不思議です」

「それは父親から見た子育てエッセイだからじゃないのか」

「そうかもしれませんが……、涼子さんの名前はエッセイの冒頭、三島家の家族構成を紹介するページに僅かに登場するだけです」

沢村はあらかじめ付箋をつけておいたその部分を、声に出して読んでみた。

「『――我が家の家族構成は父である私、三島哲也、そして母である三島涼子、息子の雄大、愛犬のパスカル（ミニチュアシュナウザー）、それともう一人忘れてならないのが、我が家の大事な家政婦さんの田島香苗さんである』ここだけです。名前だけなんです、母親の存在を示すところは。これって少し異常だと思いませんか」

　奈良が唸った。

「それに対して家政婦の田島さんの名前は頻繁に登場します」

　目次だけでも「運動会と田島さんの太巻き弁当」「パスカル田島さんに吠える」「田島さん、家を出る」と田島と雄大のかかわりをエピソードの中心に置いたエッセイが目立つ。

「まるで田島さんの方が雄大さんの母親みたいです」

「彼女と三島教授は男女の仲ということか」

「このエッセイだけではなんとも……。ただ田島さんにも息子が一人いるんですが、その就職を世話したのも三島教授のようです。愛人とまではいかなくても、教授から見た田島さんの存在は、奥さんの涼子さん以上のものなのかもしれません。それはまた、田島さんからも同様だと思います。だからこそ涼子さんの三島家における立場とか、何かあの家には秘密があるような気がするんです。事件には直接関係しないかもしれませんが、大学院時代の二人のことを含めて、もう少し調べてみてもいいですか」

　奈良がにやっと笑った。

「好きなようにやってみろ、と言ってやりたいところだが、あいにく俺は責任者を外されたからな。だが大浦さんに許可を取るなら口添えしてやるぞ」

「お願いします」

　沢村が三島教授にこだわる理由。それがようやく見えてきたような気がした。

五

沢村は朝一番の飛行機に乗り、神戸空港へは定刻の五分前に到着した。そこからタクシーで神戸市内のホテルへ移動し、道が空いていたこともあって約束の時間までは少し余裕ができた。

瀟洒(しょうしゃ)ながら、西洋の古城を模した様なエントランスをくぐってホテルのロビーへと向かう。昼時が近づいて、ロビーは明るい日差しに包まれ、従業員たちはこれからランチの客を迎える準備に忙しそうだった。

沢村はソファに腰を下ろし、今日の質問内容などを確認した。

しばらくして約束の相手がロビーに姿を現した。沢村は立ち上がった。

「末延教授、お忙しいところ、お時間をいただいてありがとうございます」

「捜査に協力することはやぶさかではありませんが、来週でもよかったんじゃないですか」

昨日帰国したばかりという末延は、若干の戸惑いを隠せない様子だった。今回の帰国の目的は五月の初旬に予定されている、かつての恩師、五味弘道の米寿祝いに出席するためだった。前年に紫綬褒章(しじゅほうしょう)も贈られ、今回はそれと合わせての祝いになるという。計画されたのは前回の喜寿の時だ。三島が音頭を取り、五味研究室にいた教え子たちが十一年ぶりに一堂に会する計画だった。

沢村たちはホテルの喫茶店に移動した。隣のレストランと違って、ここはまだ静かだった。

注文を済ませると、沢村はまず、懐中時計の現物確認を行った。

「ありがとうございました」

懐中時計を末延に返しながら、沢村はふと気になっていたことを思い出した。

「五味元教授はかなりご高齢ですが、北海道で米寿祝いを行うというのは、何か特別な理由でもあるんでしょうか」

「いいえ、そういうわけではありません。ただ前回、喜寿の時に、北海道に旅行に行きたいというようなことを五味元教授がおっしゃったことや、幹事役だった元教え子が札幌へ引っ越したこともあって、札幌の定山渓（じょうざんけい）温泉を会場に決めました」

「その元教え子の方というのは、三島哲也教授のことですね」

「ええ」

やや困惑したような末延の視線を無視して、沢村は質問を続けた。

「五味元教授はご家族と北海道へ行かれるんですか」

「いいえ、今回は米寿の祝いと言っても、同窓会に近いものですから私が付き添います」

神戸出身の末延は、先祖の墓参りなどを兼ねて神戸に数日滞在する予定だった。その後車で嵐山へ五味を迎えに行き、体調を考えて神戸市内に一泊した後、一緒に北海道へ移動する予定だと答えた。

「五味元教授は大変お元気な方ではありますが、近頃は風邪を引きやすかったりして、体力の衰えを考えると心配は心配なんですが、何より今回の北海道行きは本人が一番乗り気でしてね」

それに年齢を考えれば、これが最後の旅行になるかもしれませんし……、と最後に末延は俯き加減に付け加えた。

沢村は念のため、会場となるホテルの名前を控えて、いよいよ本題に移った。

「実は本日、教授にこうしてお時間を割いていただいたのは、三島教授と奥様についてお話を伺いたかったからなんです」

懐中時計を確認するだけなら、末延が北海道に来るまで待っても良かった。しかし沢村は今回の事件解決にはどうしても、三島と妻の涼子の大学院時代にまで話を遡らなければならないだろうという気がしていた。だからこそ一日でも早く、末延に会わなければならなかったのだ。

「教授、今回の事件は犯人の動機がなんであれ、テロ行為とみなすべき凶悪な犯罪であることは間違いありません。このような犯罪を行う者に大義はありませんし、理解できるような動機も存在しません。教授にとっては一見無関係と思われるかもしれませんが、今の我々にはどんな情報も事件解決のための重要な手がかりとなるかもしれないのです。どうかお力をお貸し願えないでしょうか」

沢村は奈良に伝授されたやや大げさな表現で、これから三島や涼子のプライベートを聞き出そうとすることに、末延が警戒心を抱かないようにした。

アメリカにはスクールシューティングと呼ばれて、学校を標的にした銃犯罪が非常に多い。末延はそうした現実を目の当たりにしているからなのか、テロ行為という言葉を聞くと、ただ事ではないという顔つきになった。

それから一時間程、三島と涼子の学生時代を中心に末延から話を聞いた。二人の人となりや当時の研究室の雰囲気、その後の進路など、末延は率直に語ってくれた。

数学者としては三島も将来有望だったが、涼子の方が優秀だったという話。それどころか彼女は天才だったと末延ははっきり言いきった。だが五味研究室に残ったのは三島の方だった。その理由を末延は、「三島は五味教授のお気に入りでしたからね」と答えた。

その答えを沢村は特に不審には思わなかった。本来であれば、優秀な人間こそが相応しいポストを与えられるべきだが、アカデミアの世界では、時に教授の好き嫌いなどで人事が決まってしまうことは珍しくないからだ。

「涼子の方はいったん郷里に戻って、それからアメリカの大学のポスドク職へ挑戦したんじゃなかったかな。確か最終選考まで残ったはずでしたがね」

「なんという大学ですか」

「バークレイ……いや、もっと東だったか……ミシガン、そうミシガン大学です」

ミシガン大学――。どこかで聞いたことがあったがすぐには思い出せなかった。沢村は大学名をメモに書き留めると、強調するために丸で囲った。

末延と別れた沢村は次にホテルの駐車場で、芦屋(あしや)中央署刑事一課の女性巡査長と落ち合った。

「ご依頼のありました調査の結果ですが、詳細はこちらにまとめてあります」

二十代後半のポニーテールが凛々(りり)しい女性巡査長は、きびきびした動作で、沢村にA４判の書類が入る大きさのクラフト封筒を渡してきた。

「神戸緑苑サービスという会社の登記住所にも行ってみましたが、事務所には誰もいませんでした。郵便受けから名前も消えていましたので、かなり以前に営業を停止したものと思われます。また経営者である中国人男性も、既に出国したのか現在の居所などはわかりませんでした」

巡査長が申し訳なさそうに報告した。

「ありがとう。十分です」

沢村は礼を言って巡査長と別れようとした。

「沢村さん、これからどちらへ行かれますか。よろしければお送りします」

刑事一課長から、今日一日沢村の運転手を務めるよう申し付かってきたという。芦屋中央署刑事一課の課長と大浦はかねてから懇意の間柄ということで、融通を利かせてくれたようだ。

沢村はありがたくその申し出を受けることにした。

「それではまず神南大学へ向かってもらえますか」

「わかりました」

巡査長は力強く頷いて、スズキのキザシのアクセルを踏み込んだ。

高校卒業後に巡査を拝命し、去年まで高速隊にいたという彼女は、神戸市内の道に精通しており、運転技術も卓越していた。渋滞に捕まりそうになると素早く抜け道を探し、お陰で沢村は神戸での予定を順調に終えようとしていた。

神戸空港発、新千歳空港行きの便は最終が早いため、帰りは関空を利用する予定だった。そのため、巡査長とは神戸駅で別れることになった。

「今日は本当にありがとう。札幌に来ることがあったら連絡して」

沢村は礼を言って巡査長と別れた。

沢村にはもう一人、会っておきたい人物がいた。

その人物への聞き取りを終えて関空へ到着したのは、出発時刻ぎりぎりだった。


神戸へは日帰りの強行軍だったが疲れは残っていなかった。十分な成果があったからだ。

沢村は大浦への報告を終えて、特命捜査室である会議室に戻った。

「お疲れ様です。どうでした、収穫は？」

沢村を出迎えたのは松山だった。

「いろいろ面白いことがわかった」

そう言って、松山の座るテーブルに沢村はお土産を置いた。関空の出発ゲートにあったキオスクで買ったものだ。

「おたべですか。木幡が喜びそうだ」と松山は笑って、「こっちもいい報告があります。例の三課に頼んであったあの地区の防犯カメラ映像です」

沢村は松山と一緒に、パソコンに映し出された映像を確認した。

「これは三島邸の隣の家の防犯カメラ映像です。タイムスタンプを見てください」

松山が指差した画面に表示された日付は事件のあった四月十一日。時刻は午後三時一分を指していた。

二人が三島邸に続く坂を上るのは、これで三回目となった。急いでも三十分以上かかる道のりを使って、沢村は神戸での成果を含めて、これまでにわかったことを松山に説明した。

「え、三島教授の論文がなんですって？　もう一回言ってください」

沢村の話の途中で、松山が戸惑ったような声を上げた。

「一本の論文が査読付きじゃなかったの」

「査読っていうのは確か、論文審査のことでしたっけ」

「そう。普通、研究者の業績になるものは全て査読付き論文のはずだから、そもそも査読を受けていない論文を研究実績と呼ぶことはない」

「それなのに三島教授のプロフィール欄には、その論文が挙げられていたと？」

沢村は頷いた。それは沢村が大学のホームページで、三島のプロフィールを確認していて見つけたものだ。大学教授など研究者のプロフィールには、これまでの実績を示す論文名を掲載することが一般的だった。

「それ以外の論文は査読付きだった。実績が不足しているわけでもないのに、なぜそんな論文をわざわざ掲載していたのか。しかもその論文が発表されたのは今から三十年以上も前。どうにも腑に落ちないのよね」

沢村は自分の考えを整理するように呟いた。

「特別な理由はないのかもしれない。例えばその論文のテーマこそが、三島教授が一番研究したかったことだったとか、査読は通らなかったものの、三島教授自身はその内容に納得しているからだったとか……」

「その論文というのはどんな内容なんですか」

「それがさっぱり」

沢村はため息をつきながら首を横に振った。論文自体はオープンアーカイブといって、誰でも見られるように公開されていたが、数学者でもない沢村が読んでも理解不能なものだった。かろうじてわかったことは、「フェルマーの最終定理」に関するテーマらしいということだ。

「『フェルマーの最終定理』って確か有名な未解決問題ってやつじゃなかったですか」

「でもこの問題自体は、一九九五年に証明する論文が発表されて、既に未解決ではなくなっている。そんな論文をどうして……」

三島について、調べれば調べるほど謎が現れてくる。

二人は十字路まで来て一休みした。松山が腰に手を置いた。

「痛むんですか」

「ええ、ちょっと。でも変な話なんですよ。医者は痛みがある時は安静にと言うくせに、腰痛予防には運動が大事だから歩けと言うし。どうしろって言うんですかね」

「少し歩くペースを落としましょうか」

「いや、大丈夫。少し休めば痛みは治まります」

松山はとんとんと腰を叩いた。

「そういや沢村さん、さっきからちょいちょいため口になってますよね」

「え……」

松山に指摘されて沢村は初めて気が付いた。

「あれは独り言みたいなものだから、つい──」

「いや、その方がいいですよ。ようやく調子、出てきたんじゃないですか」

調子、か。

沢村は思わず笑った。

「正直なところ、手ごたえは感じている」

犯人に結び付く具体的な証拠が見つかったわけではないが、沢村の中には、自分の追いかける方向が間違っていないという自信が芽生え始めていた。

二人は再び歩き始めた。

「以前は三島教授が怪しいと思っても、この線で捜査を進めていいのかどうか確信が持てなかった。でも今は間違っていない気がする。松山さんはどう思う？」

「俺も間違ってないと思います。三島教授の大学時代について、末延教授はなんて言ってたんですか」

「初対面の三島教授は学生の身分で高級外車を乗り回していて、末延教授から見れば鼻持ちならないボンボンだったそうなの。ところが同じ研究室で過ごすようになって、三島教授がそんな派手な見た目とは違って、人好きのする青年であることがわかった。後輩の面倒見も良く、数学への情熱も人一倍あった。以来、二人は親友になったそうよ」

末延教授に会った後、沢村は三島教授の教え子で、いまは神南大学で准教授を務めている男性にも会ってきた。

「その人の話も私にはとても意外だったんだけど、三島教授の評判は悪くなかった」

「それは元の指導教官だったからじゃないですか。これまでの沢村さんの話を聞く限り、アカデミアの世界では未だに、徒弟制度みたいなものが幅を利かせてるんでしょう。そういう関係性は永遠なんじゃないですか」

「私も最初はそう思った。でも昨日最後に会った人も三島教授の元教え子だったんだけど、その人は民間のＩＴ企業に勤めていて、既に教授との利害関係は解消されている。それなのに研究室時代の三島教授に嫌な思い出はないと答えたの。特に印象的だったのは、三島教授は学生にタダ働きをさせなかった、ということ」

「タダ働きとは？」

沢村は自分の経験を振り返った。

修士の頃は研究室の掃除や書類整理、学部生の指導などが上から割り振られる形で下りてきた。博士課程に進むと今度はそれらを下に割り振り、彼らを管理し、うまくいかなければ教授に怒られるという役目も担う。

「他には予算を申請するために研究室全体の業績をまとめたり、予算配分そのものを行ったりすることもあった。本来、そういうことは教授の仕事だけど、私がいた研究室では、教授の下に助教とポスドクが一人ずつしかいなくて、とても手が回らない状態だった。だから学生にも雑用を振るしかなかったというわけ」

本来、論文執筆や学会発表、大学の講義と研究指導だけでも手一杯なところに、教授会などの会議へ出席したり、学生の就職を世話したり、外部からの研究費確保のための広報活動など、大学教授は傍(はた)から見るよりずっと忙しい。

沢村も大学院に入るまでは、大学教授と言えば難しい顔で専門書を読みふけり、ひたすら研究に没頭する浮世離れした人種を想像していた。例えば沢村の父のように――。だがそれは誤りだった。沢村の父が家庭で見せていた姿は、彼のほんの一面にしか過ぎなかったのだ。不器用な学者バカだと思っていた父親は、恐らく家にいる間の数時間くらいしか、真に研究に没頭できる時間はなかったのだろう。

「中には、自分の論文の手伝いをさせたり、学会での発表資料を作らせたりする教授も少なくなかったから、うちはそういうことをさせられないだけマシだったのかもね……」

教授の中には手伝った見返りとして、食事をご馳走(ちそう)してくれたり、小学生のお小遣い程度のアルバイト代を払ってくれたりする者もいる。だが多くの場合、それは学生たちの将来のためと称し、ボランティアという耳あたりの良い言葉に置き替えられたタダ働きだった。

「三島教授はそういうことを学生にはやらせずに、個人秘書を雇っていた。もちろんそれは三島教授が裕福だからできたことではあるんだけど、そのことを差し引いても、三島教授が学生をタダ働きさせなかったというのは、私にとっては意外だった」

あの三島なら、研究室の学生たちを自分の奴隷のようにこき使って当然。いつしか沢村の中には、そんな偏見が生まれてしまっていた。だからこそ彼の元教え子たちの証言は驚きだったのだ。

二人の頭上を雲がゆっくり流れて行き、どこからか野鳥の鳴く声が聞こえた。さっきから車の一台も通らず、人一人すれ違わなかった。静かで平和な高級住宅街の光景だ。

大きな庭に見事な枝ぶりの松の木を植えた家の前を通り過ぎようとした時、小型犬の微かな鳴き声が聞こえた。角を曲がってポメラニアンを連れた老婦人が、二人の側を通り過ぎていった。上品な微笑みを浮かべた彼女は、二人に向かって軽く頭を下げたように見えた。

沢村は何気なく老婦人を振り返ってから、

「もしかすると三島教授という人は、私が考えているような人とは正反対の人物なのかもね……」

「じゃあ、なんですか。かつての同級生からも指導した学生たちからも評判の良かった、言うなれば好人物である三島教授が、ある日突然爆弾犯になったってことですか。それってまるでサイコパスじゃないですか」

「問題はそこ。学生時代、人好きのする青年という評判だった三島教授とは対照的に、妻の涼子さんの方は研究室内では浮いた存在だった。そんな涼子さんの面倒を、三島教授はよく見ていたそうよ。よく彼女のアパートに行って、ご飯を作ったりもしていたみたい。末延教授の言葉を借りるなら、まるで女王のごとく崇（あが）めていた、と」

「女王……」

「涼子さんの数論の才能は、研究室内でもずば抜けていたという話だった。指導教官だった五味教授でさえ敵わないことがあったって」

「それなのに彼女は専業主婦の道を選んだ？　時代、ですかね」

「いいえ。一応、研究者の道を志そうとはしたみたい。ただポストはもらえなかったということだった」

「優秀だからといって誰もがポスドクになれるわけじゃない。確か、沢村さんも前に言ってましたね」

「彼女が最後に応募したポスドク職はミシガン大学。昨日は思い出せなかったけど、調べてみたら桐生学長と同じ大学だった。それも同じ年に応募してる」

「それって……」

松山の顔に驚きが走った。

「いや、いや、二人が同じポストを争うライバルだったことは間違いないとして、もう三十年以上も昔の話で、今さら妻のライバルだった女性を殺そうとしますかね」

「後に妻となる女性を女王のごとく崇めていたという話が真実なら、三島教授は妻のためには犯罪すら厭わない人物とも言えるんじゃない?」

沢村が顔を上げると、ようやく三島邸の白い外観が見えてきた。

「それはともかく、あの家族に秘密が多いことは間違いない。三島教授のエッセイによれば、それまで頑(かたく)なに飛び級制度を否定し、普通の子供のように育てるべきだと主張していた彼が、どういう心境の変化なのか、息子の雄大さんをアメリカへ留学させている。その後の雄大さんは知っての通り、二十歳で大学を卒業し、現在はアメリカの名門大学の教授になった。しかも専攻を数学から物理に変えて」

松山は黙って沢村の話に耳を傾けていた。

「もしかするとその時、三島家に何か、三島教授の考えを変えるような大きな出来事があって、それが今回の事件とも関係しているんじゃないかって、そんな気もするんだけど……」

そこで沢村は松山の沈黙に気づき、自分だけが一方的に話していたことが恥ずかしくなった。

「まだ何も言ってませんが」

松山が笑った。

「わかってる。飛躍し過ぎよね」

沢村は少し落ち着こうと思って黙り込んだ。

しばらく二人の間に沈黙が流れて、松山が口を開いた。

「そういや、片桐管理官と知り合いですよね」

「知り合いというほどじゃ……」

突然片桐の名前が出て沢村は戸惑った。

「片桐とは大学の同級生なんですよ。前に俺がアイスホッケーをやってたって話はしたと思いますが、大学三年の秋季リーグで怪我をして、続けられなくなりましてね。まあ、それでアイスホッケーで飯を食っていこうという夢が儚く散って、就職をどうしようかってことになった時、あいつが道警を受けるっていうんで、じゃ俺も、とそんな軽いノリでなったわけです」

松山が人懐っこい笑みを見せた。

「実は、沢村さんと組むよう奈良さんから言われた時、少し調べさせてもらいました」

驚いて見つめ返した沢村に、松山は申し訳なさそうに顔を掻いた。

「捜査資料の漏洩の件で、監察官室からは大分しつこく調べられてたでしょう。それで気になって」

「あの件は――」

沢村の言葉を松山が手で制した。

「大体のことは片桐から聞きました。もう疑ってませんよ」

沢村は以前、松山が浮かべていた不信感と警戒心の入り交じった眼差しを思い出した。そうか、疑われていたのか。

だがショックではなかった。それは一つにあの片桐なら、きっと松山がきちんと納得するように説明しただろうと、そんな信頼の気持ちを抱いたからだ。

そしてもう一つ、これで松山との間にはわだかまりがないことを、はっきりと確認することができたからだった。

沢村はもうこの話は終わり、という具合に頷いて、三島邸のインターホンへ手を伸ばした。

家政婦の田島が、三島も妻の涼子も出かけていると応えた。

「お二人揃って出かけられたんですか」

「いいえ……」

三島の方は来週予定されている五味元教授の米寿祝いの打ち合わせで、会場となる定山渓温泉へ行ったと答えた。

「奥様の方は教会です」

「教会？」

沢村は思わず聞き返した。

「奥様はクリスチャンなんですか」

「ああ、ええっと、それはよくわかりません」

田島がまごつく様に答えた。

「少しお話があるので中に入れてもらえませんか」

「教授がご不在の時に、家の中にお入れすることはできません」

家政婦の鑑（かがみ）ともいうべき答えだった。

「家の中に入れていただく必要はありません。田島さんに外まで出てきていただきたいんです」

「私にですか……」

田島は戸惑った声を漏らしながらも、家から出て沢村たちに近づいてきた。

「門を開けるくらいは構わないんじゃないですか」

沢村が微笑みかけると、田島はちらっと門の外の様子を気にしてから、二人を門の中に通した。

「それでなんのお話でしょう？」

田島がエプロンの裾を握りしめながら、上目遣いに聞いてきた。

沢村は前置き無しで切り出した。

「あなたは三島教授のアリバイで嘘をつきましたよね」

「な、何を言うんですか。私、嘘なんて――」

「教授に頼まれたんですよね。事件の日はずっと家にいたことにして欲しいと」

田島の反論を無視して沢村は畳みかけた。

「いいえ、本当です。本当にあの日教授は家にいらっしゃいました」

「教授はあなたの雇い主で、しかも息子さんの就職の世話までしてもらったという恩がある。断れなかったんじゃないですか」

田島が俯いてしまった。エプロンの裾を握りしめる指が白くなっている。

田島はあの日、三時に三島教授にコーヒーを入れたと言っていた。しかし沢村たちが確認した防犯カメラ映像には、その頃一台のランドクルーザーが映っていたのだ。それが三島教授の車だという証拠は現時点でまだない。しかし田島を揺さぶるには十分な材料だ。

「事件のあった日、近所の防犯カメラに、教授の車が映っていることが確認されました。それでもまだ、教授は出かけなかったと言い張るんですか」

田島の顔が強張った。

沢村は一転、声を穏やかにして田島を諭した。

「大丈夫です。ここで正しいことを証言してもらえれば、あなたは罪には問われません」

エプロンを握る田島の手が震えた。そして「……すみませんでした」と田島は頭を下げた。

「教授に頼まれたんです。アリバイがないと警察からいろいろ聞かれて面倒だから、家にいたことにしてくれと。教授には大変お世話になっていて断れませんでした」

「やはり教授はあの日、出かけたんですね」

「それがわからないんです。あの日は私、お休みをいただいて朝から札幌駅に買い物に出かけていたんです。夜には戻る予定でしたが、爆破事件のせいで地下鉄もバスも停まって、帰宅が遅くなりました。教授の携帯に連絡を入れると、落ち着いてから戻ってくればいい、と言われましたので、映画を見て夜ご飯を食べて、帰ったのは夜の十時頃でした。その時は間違いなく教授は、家にいらっしゃいました」

　それは嘘じゃありません、と田島は最後に強調した。

　沢村はその夜の捜査会議で、三島教授のアリバイが崩れたことを報告した。

「爆発が起こったのが六時十一分。家政婦の証言通りならば、その後車で自宅に戻れば、夜の十時には間違いなく帰宅できる」

　事件当日の大学の防犯カメラ映像には、三島の車は確認されなかった。

「そのことから三島教授は、どこか別の駐車場に車を停めて、四時二十八分、厚別区役所の近くにある公衆電話から、学長秘書の山根さんに鳥羽大学の小林教授の秘書を騙(かた)って電話をかけた。その後、爆弾を大学の中庭へ運び、たまたま訪れた一般の来場者が見つけて防災センターに連絡する」

　この時一般の来場者が見つけていなくても、三島は再び秘書を騙るなりして、最終的に学長室へ荷物が運ばれるよう仕向けたはずだ。

「ここまでは計画通りだった。しかし学長室にいるのが山根さんだとは気づかず、三島教授はスマートフォンから電話をかけて、爆弾を起動させる。その後は大混乱となった大勢の人々に紛れて逃走し、あらかじめどこかに停めておいた車に乗って帰宅した」

五係のメンバーが一様に頷いた。

「それで、これからどうするんですか」

高坂が尋ねた時、大浦が会議室に入ってきた。

立ち上がった沢村は、そこにいるメンバー全員の顔を眺め渡した。榊、高坂、松山、木幡、花城。五人全員が固唾を呑んで見守っている。

沢村には三島教授のアリバイが崩れたとわかった瞬間から、心に決めていたことがあった。

「明日の朝一番で、三島教授を任意で引っ張りましょう」

その時五人が浮かべた表情を、沢村は見逃さなかった。

*

朝八時、予定どおり三島邸に到着した沢村たちは、現れた田島に三島教授への取次を求めた。だがここで、予期せぬことが起きた。

「教授は今朝早く外出されました。急な出張ということでしばらくお戻りにはなりません」

「急な出張……？　どこへ行くと言ったんですか」

「それは特にはおっしゃりませんでした。本当に急に決まったらしくて、迎えにいらした大学の関係者の方の車で急いでお出かけになったんです」

「大学の関係者……」

沢村と松山は咄嗟に顔を見合わせた。

「奥様はご在宅ですか」

「はい。ただご気分が優れないとおっしゃって、ずっとお部屋に閉じこもってらっしゃいます」

「お話しできませんか」

聞いてくると言って田島は一度奥へ引っ込んだ。

「急な出張、ときましたか」

「しかも大学の関係者」

あり得ない、と沢村はゆっくりと頭を横に振った。

そこへ田島が戻ってきた。

「お会いしたくないそうです。今日のところはお引き取りください」

「そうですか。それではまた後日伺いますとお伝えください」

二人が敷地の外に出ると、田島が静かに門を閉めた。沢村は捜査車両に戻る途中で、三島邸の二階を見上げた。以前レースのカーテンが揺れていた窓は、ぴったりと厚いカーテンで覆われていた。


本部に戻った沢村たちは、作戦を練り直す必要に迫られた。それと同時に、三島教授の行方を追う手がかりを見つけなくてはならない。

「念のため大学に確認したけど、三島教授を迎えに行った職員はいなかった。そもそも連休中の急な出張の予定など、大学は聞いていていない」

大学側の話では今日の早朝、三島から親戚に不幸があり、しばらく大学を休むという連絡があったとのことだった。

これで三島の出張は嘘であることがはっきりした。

「じゃあ、どこへ行ったんだ？」

「まさか高飛びしたわけじゃないよな」

顔を見合わせた榊と木幡の声にも狼狽(ろうばい)が滲む。

だがそれが演技ではないと、沢村にははっきり断言することはできなかった。

三島への任意同行を決めたのは、昨日の夜遅くのことだった。そしてそれを知っていたのは、ごく僅かな幹部たちの他は、五係の彼らしかいない。そんなタイミングで三島が消えたとなれば、公安と、彼らに情報を漏らした者の存在を無視することはできなかった。

沢村は三島に任意同行を求めると告げた時の、彼ら一人一人の顔を思い浮かべていた。

誰もが疑わしいと同時に、スパイであるという確証も得られなかった。沢村は内心の動揺を悟られないよう、彼らに指示を出した。

「ともかく心当たりを片っ端から探してみましょう。高坂さんと花城さんは、三島教授を迎えに来たという男たちの素性を探ってください。榊さんと木幡さんは三島邸周辺の防犯カメラ映像のチェックをお願いします」

わかりました、とそれぞれが答えて出て行った。

そして一人残った松山にはあることを頼んで、沢村も外出した。

向かったのは桐生学長の元だった。

サウスキャンパスの建物は未だ封鎖されているため、桐生や他の職員たちは相変わらずノースキャンパスでの執務を余儀なくされていた。

あくまで仮住まいということではあったが、専用の部屋もなかった前回とは違い、学長室という名前の部屋が用意されていた。

壁には風景画が飾られ、背の高いキャビネットの中には、桐生のこれまでの業績に関する盾や写真なども見えた。以前からここが学長室だったと言われてもわからないほどに整えられていた。

「少しずつ学生たちの表情も明るくなってきて、やっと日常が戻ってきているような気がします」

そう笑みを浮かべつつ語りながらも、学生たちの、とりわけ数学研究室の学生たちには、まだまだ心のケアが課題だと桐生は付け加えた。

爆発で破壊されたサウスキャンパスの建物はいったん全て取り壊し、新たに作り直される予定だった。しかし具体的な工事の日程や、国からの予算などもはっきりせず、いつになったら再建されるのか不明確な状況だった。

「学長にはご不便をおかけして申し訳ありません」

沢村は状況を直接桐生に説明した。三島のことは明かせなかったが、未だ犯人が桐生の命を狙っている可能性に言及した。その上で警備が厳重になることを詫(わ)びた。桐生は自宅を離れて、いまは道警が用意したホテルに移ってもらっている。

「いいえ。こちらこそご迷惑をおかけします」

桐生が頭を下げた。

「ところで先日ご依頼のあった三島教授の論文の件ですが——」

大学職員が沢村の前にお茶を出して下がった後、桐生の方から切り出してきた。

三島がプロフィールに掲載していた論文に違和感を覚えた沢村は、その内容について桐生に助けを求めた。しかしその後、お互いの予定が合わず、今日まで確認することができなかったのだ。

「あれが発表された当時、私は既にアメリカにいたんですが、向こうでも大変話題になりました」

「何が凄かったんでしょうか」

「あの論文はフェルマーの最終定理の解決に関するものでした」

フェルマーの最終定理について、桐生が簡単に説明してくれた。nを3以上の自然数とした時に、$x^n+y^n=z^n$となる整数の組み合わせは存在しないとするものだ。

一見すると単純な問題に見えるこの難問は、一九九五年にアンドリュー・ワイルズというイギリスの数学者に証明されるまで、実に三百年以上も謎とされてきたのだった。

「三島教授があの論文を発表したのが一九八八年でしたから、実際に証明されることになる七年も前のことで、数学界が久々に興奮したことを覚えています」

「でも結局証明には至らなかったんですね」

「ええ、残念ながら」

桐生は僅かに目を伏せた。

「論文というのは、発表されただけでは認められないということはご存知かしら」

「はい」

沢村はそう答えてから、実は社会科学の博士号を持っているということを初めて桐生に打ち明けた。

「そうなの」

桐生は一瞬驚いて見せながらすぐににっこりと笑った。

「そういうことなら簡単にお話ししますね。要するに査読を受ける過程で、その論文にはある致命的な欠陥が見つかったため、最終的にはリジェクトされてしまったのよ」

沢村は論文が投稿され、承認されるまでの流れを思い返した。

執筆された論文はまず、そのテーマに合ったジャーナルと呼ばれる学術雑誌に投稿される。一般によく名前が知られている『ネイチャー』や『サイエンス』は科学分野のジャーナルであり、ここに掲載される論文は価値が高いとされている。そうしたジャーナルへ投稿された論文は、次に査読者による審査が行われる。

桐生の説明によれば、三島教授の論文は世界中に公開されたことで、査読者以外にも、著名な数学者たちがこぞって内容を議論し始めることとなった。その中から、イギリスの大学チームによって、証明に関する致命的な欠陥を発見したという発表がされたのだった。それを受けて、査読についても「major revision」という結果が下された。「major revision」とは「大幅な修正を要する」ということだ。ただし著者によって修正がなされれば、再び査読を受けることができた。

「結局、三島教授からは修正の論文は投稿されませんでした。その結果、論文は自動削除となってしまったんです」

「三島教授はなぜ修正の論文を出さなかったんでしょうか」

「簡単に言ってしまえば証明できなかったからでしょう」

「できなかった……」

「数学と一口に言っても分野は様々に分かれています。大きく分類すると、私の専門である解析学、三島教授がご専門の代数学、そして幾何学です。長年、フェルマーの最終定理の証明には、代数学の中でも数論の極めて高度な知識が必要とされてきたんです。三島教授のアプローチも当然、数論によるものでしたが、アンドリュー・ワイルズはそれまでの常識を覆して、幾何学的アプローチを用いて証明を成功させました。数学者ですから自分の専門分野以外の知識も当然ありますが、未解決問題のような難問の解決には、分野を超えて非常に高度な知識が必要です。でもそれ以上に、例えばワイルズのように、数論では証明できないと気が付いた時に、幾何学からアプローチしようとする柔軟性に加えて、閃きや直観、そして運といったものも重要になってくるように思います」

だからこそ数学の未解決問題の解明は、数学者たちにとっても最難関と呼ばれる問題なのだ、と桐生は付け加えて、部屋の時計を見やった。

「ごめんなさい。もうすぐ会議があって。お話の続きは支度をしながらさせてもらっていいかしら。今どきはタブレット端末で手軽に資料も持ち出せるのに、どうも会議の資料だけは紙で見ないと落ち着かなくて」

恥ずかしそうに笑って、桐生が会議に使う資料をまとめている間、沢村は壁の絵画や桐生の業績に関する賞状や盾などを見て回った。

その中に、古い少し黄ばんだ写真が混じっていた。まだ若い桐生と両親と思しき男女の三人が写っている。桐生と母親らしき女性は笑顔だが、父親はむっつりしているのが印象的だ。背景には「鳥羽大学博士学位記授与式」の看板が見える。

学位記授与式は、大学院時代の苦労がまさに報われる瞬間でもあった。だが沢村は授与式には出席しなかった。その前に大学を辞めていたからだ。後日、大学の名前が印字された紫の立派なフォルダに納められ、学位記が送られてきた。あれはどこにいったんだろう。

そんなことをぼんやり思い出していると、

「うちの両親は――」

と学長の声で沢村は現実に引き戻された。いつの間にかファイルを抱えた桐生が側に立っていた。

「大学院へ進学することは猛反対だった。それでも私が博士号を取ったと連絡するとわざわざ授与式に来てくれて……父のこの顔……」

写真を見つめながら、桐生が懐かしそうに微笑んだ。

「沢村さんは……」

桐生が沢村を振り返った。

「はい？」

「もし差し支えなかったら、なぜ大学院を辞めたのか教えてもらっていいかしら」

桐生の人柄と教育に対する情熱とが、沢村の封印してきた過去に優しくノックしてきたようだった。

気が付けば沢村は理由を打ち明けていた。笠原との関係性については若干ぼかしたが、桐生は沢村の少ない言葉の中に何か察したような表情になった。

「お友達のことは残念でしたね」

「最近はあまり思い出さなくなりました。でもそれが薄情なような気もして――」

後ろめたい気持ちになることがある、という言葉を沢村は呑み込んだ。ついこの間まで、笠原の名前を口にするだけで耐え難いほどの痛みに襲われていたのに、いま桐生に語る間も心が騒ぎだすこともなかった。

やっぱり自分は薄情なのだろうか。

薄情――。そう、この気持ちがあるから笠原の母と話したくないのだ。息子が自殺した部屋に彼女を一人残してきてしまったこと、そして恋人だった彼女の息子の存在を過去のものとして消化し始めてしまっていること。そのことを笠原の母から指摘されるのを恐れて、彼女と会話することを避けてしまっている。

だがこのまま放っておいていいとは思っていない。いつかは笠原の母親と話をしなくてはならなかった。でも今は目の前の事件に集中しなければ――。

沢村は気持ちを落ち着かせようと、視線を桐生から逸らした。その時、サイドボードに飾られていた別の写真に気が付いた。

その写真には様々な人種の子供たちが写っていた。端にいる大人たちの中に桐生の姿が見える。そしてあと二人、沢村には見覚えのある人物が写っていた。

「学長、この写真は？」

「ああ、これはギフテッドの子供たちのために開かれたサマーキャンプの時ね。もう二十年くらい前になるかしら。大学の主催で一度だけ講師を務めたことがあるの。全世界から数学の才能を持った子供たちを集めて、十日間のサマーキャンプが開かれたのよ」

「ここに写っているこの女性、覚えてらっしゃいませんか」

桐生は写真を手に取って、沢村が示した一人の女性の顔を確認した。

「誰だったかしら……。多分ここに写っている子供たちの保護者の方だとは思うけど……」

「ではこちらの男の子についてはご記憶ありますか」

「ええ、もちろん」

次に沢村が示した写真前列の男の子について、今度はすぐに反応があった。

「雄大くんね。そう、三島教授の息子さん」

「確か以前、うちの捜査員が尋ねた時は、三島教授と面識はなかったというお話だったはずですが？」

「ええ。三島教授とは、この大学に来て初めてお会いしたのは本当です。この時のサマーキャンプに付き添いで来られたのは、確かお母様の方……そう言えば、この女性がそうだったかしら」

桐生は最初に沢村が指摘した女性を指差した。

繋がった――。

「三島教授の奥様の旧姓は相馬と言います。相馬涼子。ご記憶ありませんか」

「え、ええ、覚えています」

沢村の勢いに気圧されたように、桐生は面食らった表情を見せた。

「数学の女性研究者が、いまよりもずっと少ない時代のことでしたから、学術誌に女性の名前で論文が載ると真っ先に目を通していました。中でも相馬さんのことは本当に良く覚えています」

当時はSNSなどもなく、学会などに参加する以外に、研究者同士が対面で交流する機会は少なかった。二人も、涼子は神戸の神南大学、桐生は愛知の鳥羽大学と、距離的にも離れていたこともあり、とうとう顔を合わせる機会には恵まれなかったという。

「相馬さんのことは同じ女性として、すごく刺激になったこともあって、勝手に仲間意識を覚えていました。ずっとどうしているのかと思っていたけれど、三島教授とご結婚されてたのね……」

「それでは涼子さんが桐生学長と同じ年に、ミシガン大学のポスドク職に応募していたことはご存知でしたか」

「え？　それは初めて聞きました」

桐生は本当に知らなかったようだ。

沢村にはどうしても桐生に尋ねなければならないことがあったが、本当にそうすべきか一瞬躊躇った。

「学長、失礼は重々承知で伺います。アメリカのポスドクに選ばれた時、名前のせいで男性に間違われたことが選考に影響したとは思いませんでしたか」

気分を害したかと思ったが、桐生の顔色は変わらなかった。

「真という名前のため、確かに男性と誤解されることはありました。でもこの時は最終選考時に面接が行われたんです。選考を担当した教授が香港に出張してきた時に東京に立ち寄ってくれて、帝国ホテルのラウンジで面接してもらいました。その時、教授は私の論文をとても褒めてくださって、選考は正当に評価してもらった結果だと信じています」

仕事とはいえ、沢村は桐生に不快な質問をしたことを申し訳なく思った。

その後、沢村は学長と一緒に部屋を出て、エレベーターホールへと歩き始めた。

「なぜ相馬さんが落ちて私が採用されたのか。その理由ははっきりわかりませんが、多分当時の大学側は数論より、解析学の研究者が必要だったとか、そういう理由だったんでしょう」

桐生はあくまで控え目にそう語った。

だがこうして桐生と接した沢村の意見は違った。

大学側は、応募者の研究実績の他に、その人間性や研究にかける情熱なども含めて総合的に判断したはずだ。二人の選考を行った教授も、当時の涼子より桐生の方が、総合力で優れていると判断したに違いなかった。

「海外の大学を志望したのは何か理由があったんですか」

「当時は本当に日本でのポストは限られていて、特に女性には厳しかった……。雇う側も女性より男性の方が長く継続的に結果を残せるんじゃないかと、そう判断していたようなところもあって、公募には性別を問わずと謳ってはあっても、やはり選考の過程で女性は不利だと感じることも多かったから……」

そこでもっと自由な世界を求めて、海外の大学へ挑戦することを桐生は決める。

「採用が決まってしばらくはすっかり舞い上がってしまって、当時は女性初のフィールズ賞も夢じゃないとまで思っていたのよ」

フィールズ賞とは、数学の分野で偉大な功績を収めた四十歳以下の若い数学者に贈られる、数学のノーベル賞とも呼ばれる賞だ。

「身の程知らずだったのね」

そう笑った桐生は、世界に出て初めて、世の中には本物の天才がいることを知ったと話した。

「それにアメリカだからって、全てが手に入るわけじゃないこともわかった。時には日本以上に厳しいこともあって……」

桐生ははっきりと語らなかったが、アメリカでも女性であることのハンデは相変わらずつきまとった上に、アジア人であることも大きな障害となって彼女の前に立ちふさがったようだった。

「でもそのお陰で、若い研究者を育てる方が自分の性には合っていると気づくことができたんだから、今はアメリカに行って良かったと思ってるんです」

二人はようやく到着したエレベーターに乗り込んだ。

「サマーキャンプ以降、雄大さんとはお会いになりましたか」

「いいえ、サマーキャンプの一度だけでした。でも評判は聞いていました。いまは確か物理学者ですね。数学と物理、二つの学位をそれもトップレベルで取るなんて、世界でもそうはいないでしょう。でも三島教授と相馬さんの血を引いたお子さんなら当然でしょうね」

エレベーターが一階に到着し、沢村はそこで桐生と別れることになった。

わざわざ出入り口のところまで見送ってくれた桐生に、沢村は初めて会った時から、彼女の中に見え隠れしていた暗い影の存在に言及した。

事件が起こってから、桐生は繰り返しこう自問自答していたに違いない。爆弾で命を狙われるほど他人から恨まれるようなそんな酷いことを自分はしてきたのだろうか、と。そして彼女を苦しめているのは、その恨みによって亡くなったのが自分ではなく、関係ない二人の女性だったことだろう。

「学長、この世の中にはどんなに善意で接しても、悪意しか返してこない人も大勢います。どうか事件のことでご自身を責めないでください」

桐生の悲しそうな表情の中に、ほんの少し安らぎのようなものが浮かんだ。そして桐生は感謝するように、深くお辞儀をして、沢村を見送ってくれた。

*

三島教授の行方が摑めないまま丸一日が経った。

いったい誰が、何のために三島教授を連れ去ったのか。それがわからなければ探しようもない。

沢村の中に焦燥感が募っていった。

「沢村さん、警務部の片桐管理官から内線です」

庶務担当が伝えに来た。

片桐管理官から？

「はい、沢村です」

「以前、頼まれていた資料が準備できた。いつでも取りに来てくれて構わない」

「資料……」

資料など沢村は頼んだ覚えがない。だが片桐のことだ。何かきっと別の意図があるのだろう。

「すぐに伺います」

電話を切って沢村は警務部のフロアへ向かった。ここへ来るとどうしても、岡本の影が気になってしまう。今の気分で絡まれでもしたら、爆発してしまいそうだった。

そうならないことを祈りながら、片桐の席へ歩み寄った。

「これだ。例のワークライフバランス施策の最新版」

片桐が差し出したのは、表紙に「北海道警察　令和二年度　ワークライフバランス施策の概要」と印字された資料だった。

「ちょうど昨夜届いたばかりだ」

そう告げた片桐の表情からは何も読み取れない。だがそれは敢えてこちらに、というより周囲の者たちに、意図を悟らせないように装っているのだとわかった。

だから沢村も、ことさら事務的に見えるように書類を受け取った。

「ありがとうございます」

沢村がフロアを出て行こうとした時、岡本がこちらを窺っていることに気が付いた。沢村はそれを無視して警務部を後にし、エレベーターの中で一人になると、早速資料を開いた。数ページ捲って、その余白に片桐の走り書きを見つけた。

警視庁公安部外事二課――。

「なるほど、そういうこと……」

何もかも納得した沢村は、エレベーターの壁にもたれかかった。


刑事部のフロアに到着して、沢村はまっすぐ大浦の元に向かった。

それから大浦との話し合いは、一時間近くにも及んだ。

ようやく話し合いが終わり、五係のメンバーを部屋に集めて、沢村は重い口を開いた。

「三島教授の拘束は断念することになりました」

「はあ？　それはどういう意味ですか」

「文字通りの意味。三島教授を逮捕はしない。それが上層部の決定」

「そんな――」

「意見は聞かない。もう決まったことなの」

すかさず抗議の気配を見せた木幡の言葉を、沢村は鋭く封じ込めた。

「冗談じゃありませんよ」

声を発したのは松山だった。

「何の説明もなく断念しろと言われて諦められますか」

「これは決定事項なの。大人しく従って」

「それはないでしょう、沢村さん」

憤るように抗議したのは榊だった。沢村に捜査班長を取られてから、彼がずっと何かわだかまりを持っていたことには気づいていた。

「榊さん、もしあなたが私と同じ立場だったら、あなただってきっと私と同じことを言ったはずです」

「俺たちの信頼はどうなるんですか」

榊が続ける。さっきよりは幾分冷静になっていた。

「確かに俺は、あなたに捜査班長の座を奪われて悔しかったですよ。あなたの能力に懐疑的なメンバーだっていたはずです。それでも事件を解決するため、あなたを信頼してついていこうって決めたんです。そういう我々の思いを踏みにじるんですか。ちゃんと理由を説明してください」

沢村はしばらく黙り込んだ。榊の言うことももっともだった。

「わかりました。でもこれから話すことは、決して外には漏らさないでください」

そして沢村はこの会議が始まる直前に、大浦との間に交わされた話の内容を打ち明けた。

＊

「察庁から三島哲也の逮捕は認められないと連絡があった」

大浦からそう告げられた時、沢村に驚きはなかった。

片桐の情報によって、沢村たちを監視していたのが警視庁公安部外事二課、通称外二(ソトニ)だとわかった時、これまで断片的だった情報が全て一つに繋がったからだ。

三島を自宅から連れだしたのも彼らだろう。

外事二課の仕事は、中国を中心とした東アジアのスパイ活動を取り締まることだ。

「三島教授は恐らく、植物などの買い付けで頻繁に中国を訪問する中で、中国側に目を付けられたんだと思います」

沢村が芦屋中央署の女性巡査長からもらった資料にも、三島が神戸時代に付き合っていた造園会社の実態が記されていた。ただし公安ではない刑事一課の調べでは、その造園会社が本当に中国政府に関係のある組織かどうかまでは突きとめられなかった。しかし既に会社を畳み、経営者だった中国人も行方不明となれば、十分に可能性のある話だ。

「外二は三島教授をマークしていたと思います。そのため我々が三島教授の周りをうろつくことは、彼らにとって都合が悪かったんでしょう」

「だからこちらの動きを監視していたというわけだな。三島教授は中国のスパイということか」

「どこまで協力しているかはわかりません。しかし三島教授は政、官、財、全てに顔が広い人物です。古くからＮＳＵの誘致に携わり、いずれは学長に就任するだろうと噂されてきました。大学院では最先端の理工系分野を扱うことも、中国側は摑んでいたでしょう」

「三島教授を使って情報を盗もうとしたということか」

「それもあるでしょう。でも一番は人材ではないでしょうか。三島教授を通じて、日本の研究者を中国の大学や研究室へ招聘することができれば、いちいち情報を盗むより簡単でしょうから。いわば合法的なスパイ活動と呼べるかもしれません」

大浦が大きく唸った。

「三島教授は学長にこそ就任できませんでしたが、副学長として、幹部職員を彼の息のかかった人材で固めるなど、事実上人事は彼の思うままにすることができます。これは中国にとってはまだ利用価値があるということになりますし、恐らく外二は、三島教授を餌にして、スパイが接触してくるのを待っているんじゃないでしょうか」

日本ではスパイ行為が行われたとしても、行為を働いた外国人を裁く法律はない。仮に情報漏洩があった場合は、漏洩側の日本人だけが罪に問われて終わる。そのため外二にできることは、スパイ行為の確固たる証拠を摑み、相手を国外に追放することだ。それだけに、慎重に相手の尻尾を摑みたいと考えているはずだ。

だからこそ察庁は、三島を逮捕するなと指示してきたのだ。

「テロじゃないなら、国家の大事の方が大切だというわけだろう。くそ、忌々しい話だ」

「刑事局長はどうお考えなんでしょうか」

「わからん。だが納得はしていないはずだ」

「それでしたら刑事局長の力で、三島教授の解放を外二に要求するわけにはいかないでしょうか」

「難しいだろうな」

大浦は苛立ちを隠すこともなく、指で机を叩いた。

「たとえ察庁の公安を説得できたとしても、警視庁の公安部までコントロールすることはできんだろう」

「でも人が二人も亡くなっているんです。それなのに――」

「やめろ。もう決まったことだ」

沢村の抗議の声を遮って、大浦は正式に捜査の打ち切りを通告した。

以上が、沢村が五係のメンバーに打ち明けたことだった。

しばらく誰も何も言わなかった。

「国家の大事？」

やがて言葉を振り絞ったのは松山だった。

「二人の女性が亡くなって、それが中国のスパイ事案と比べて重要じゃないって言うんですか」

「松山さん、落ち着いて」

沢村が慌てて松山を宥めようとした。

「私だってまだ完全に諦めたわけじゃない」

「なんですって？」

榊がびっくりして沢村の顔を見つめた。

「三島教授を逮捕できないなら、代わりに一つ条件を出した。それは一度だけ、三島教授に事情聴取を行うということ」

沢村は榊に頷いた。

「事情聴取だけってことですか」

「今回の事件、どうしてもわからないことが一つだけあった。それは三島教授がなぜ桐生学長を狙ったのかということ。三島教授を逮捕できないならせめて、動機だけでも知っておきたい。だから三島教授の事情聴取だけを公安に呑んでもらうよう、大浦管理官から上に掛け合ってもらうことにした」

「本当に事情聴取だけで、三島教授は逮捕しないんですか」

そう念を押すように言ったのは花城だった。

「逮捕はしない」

沢村は花城の目を見ながらはっきりと断言した。

「冗談じゃない。やってられるか！」

松山が椅子を蹴って立ち上がった。

「動機が知りたい？　あんた、沢村さん。大学でお勉強してた時ならその理屈でも構わないだろうけど、俺たち刑事は犯人を逮捕してなんぼなんだよ。三島が中国の手先だろうがなんだろうが、知ったこっちゃない」

「松山巡査部長。命令に従う気がないなら、あなたをこの捜査からは外します。今すぐ部屋を出て行きなさい」

松山の激しい眼差しが沢村を捉え、一歩前に踏み出す素振りを見せた。沢村は咄嗟に後ろへ下がろうとした。

「松山さん、駄目です」

花城が慌てて二人の間に割って入った。

「上の顔色ばかり窺って、そんなに自分のキャリアが大事か？」

「あなたの方こそ、いい加減大人になってください」

「くそっ。ああ、出てってやるよ。やってられねえ」

松山は荒々しい足音を響かせて部屋を出て行くと、乱暴にドアを閉めた。

室内に白けたような空気が漂った。

沢村は力なく椅子に座ると、手が僅かに震えていることに気が付いた。

六

一課長から刑事部長へ上がり、その後刑事局長から警察庁警備局公安課を経由して、警視庁公安部へと落とされたこちら側の要求は、予想よりも早いスピードで許可が下りてきた。刑事局長を始めとした刑事局幹部たちと警備局幹部たちとの間で、どのような攻防が展開されたかはわからない。それでも最終的に、警視庁公安部にこちらの妥協案を呑ませたのだから、刑事局長たちの尽力に沢村は感謝した。

外二からは札幌市内のホテルの一室が、三島への聴取場所に指定された。ただし聴取は一日だけという条件だった。しかも三島や担当捜査員が部屋を出たり、あるいは外から他の捜査員が中に入ったりした時点で強制的に終了させられる。

つまり三島が聴取を拒絶して席を立ってしまうか、他の捜査員が捜査情報を中の捜査員に伝えたりすればそこで聴取は終了だった。

聴取は沢村が担当する。他には二人の補佐官の同席が許された。その一人に沢村は花城を指名した。

「正式な聴取じゃないのが残念だけど、いい経験になると思う」

「ありがとうございます」

花城の顔には喜びと緊張が交錯していた。

「でも、もう一人が松山さんで大丈夫なんですか」

「松山さんからは正式に謝罪してもらった。彼も反省してるようだし、チャンスをあげようと思って」

そう答えた沢村に、花城は不安そうな眼差しを覗かせた。


そのフロアは公安によって貸し切りとなっていた。不気味なほど静まり返っている。

室内の窓には厚いカーテンが引かれ、本来ベッドが置かれている場所には、聴取用のテーブルと椅子が既に用意されていた。

「少なくとも公安は、俺たちより潤沢に予算が使えることだけは間違いないようですね」

相変わらず呑気(のんき)な顔つきでホテルの調度品を眺めながら、松山がそんな軽口を叩く。

「コーヒーも用意されてますよ。飲みますか、沢村さん」

沢村は黙って首を横に振った。

「花城は？」

「自分もいりません」

「あんまり緊張するなよ」

「は、はい」

花城は落ち着かない様子で、水を一杯飲んだ。

部屋がノックされた。

松山がドアを開ける。

公安の捜査員に挟まれる格好で三島が姿を現した。

「教授、どうぞ」

松山に促され、三島が沢村たちと向かい合わせに腰を下ろした。

三島は疲れて、焦燥の色も隠せない様子だった。それでも彼はまだ虚勢を張った。

「さっきの連中にも言ったが、私は警察に何も話すつもりはないからな」

「まあ、そう構えずに」

松山がコーヒーを差し出した。

「コーヒーでも飲んでリラックスしてください」

三島はコーヒーの注がれた白いカップに口をつけ、ビロード張りの椅子の背もたれに体を預けることで、なんとか自分の優位性を保とうとしているようだった。

「さっきの連中というのは、あなたをこのホテルに連れてきた警察官たちのことですね。彼らに何を聞かれたんですか」

沢村は静かに尋ねた。

「例の大学の爆破事件のことだ。私が犯人かと聞いてきたんだ」

公安の連中はそんなストレートな聞き方をしたのか。恐らく彼らはこうも言ったのだろう。教授、あなたが犯人だったとしても、我々はその罪をあなたに問うことはしません。ただしこちらの提示する条件を呑んでいただければの話ですが……。

公安は弱みとなる情報を搦手（からめて）に使って相手を追い詰めるのは得意だが、取り調べのスペシャリストではないことが、改めて証明された格好だ。

「教授、我々は捜査一課の刑事です。あなたを逮捕するつもりはありません」

三島は探るように沢村を見つめ返した。

「それなら私に聞くこともないはずだ」

「いいえ、あなたにも関係あることです。我々はあなたが犯人じゃないことは、ずっと前からわかっていました」

「えっ？」

と声を上げたのは花城だった。松山が花城に向かって、しいっと唇に指を当てた。

「犯人はあなたの奥さん、三島涼子さんですよね」

「馬鹿なことを言うな。妻が犯人なわけ――」

「教授。もう奥さんを庇うのはやめてください」

沢村は三島の言葉を遮った。

「我々が彼女を逮捕するのも時間の問題です。もしこのまま庇い続けるというなら、あなたも共犯ということになりますよ」

沢村たちは捜査が始まった頃、三島が誰かを庇う可能性があるとすれば、それは息子の雄大だろうと考えた。だがもう一人、三島には庇うべき相手がいた。それが涼子だった。

それは単純に、夫婦だからということではない。妻が爆弾犯だとなれば、夫である三島も現在の地位を失ってしまう。だから涼子の犯行と気づいていても、三島はそれを隠すしかなかったはずだ。

目の前の三島は、腕組をしたまま無言を貫いていた。そうしていれば、涼子の犯行は暴かれないだろうと考えているようにも見えた。

確かに、涼子を逮捕するための物証はまだない。だからこそ沢村たちは、今日のこの三島哲也への聴取を求めたのだ。

「教授、率直にお聞きします。あなたがこれまで発表された論文の中に、ご自身で執筆されなかったものがありますよね」

沢村は鎌をかけてみた。三島の顔に驚愕(きょうがく)の色が浮かんだ。

「特に、最終的にはリジェクトされたフェルマーの定理に関する論文。あれは涼子さんが執筆されたもの。そうですね」

沢村はさらに具体的に追及した。涼子は天才だったという末延の証言からも、恐らく間違いないだろうと踏んだのだ。

三島は両手を強く握りしめたまま、しばらく無言だった。

だが彼は、もう自分がいくら隠していても、自分のキャリアは破綻することを理解したようだった。

長い沈黙の末、ついに全てを語り始めた。

「妻とは大学院の五味研究室で初めて会いました。内部進学だった私と違い、妻は北海道の大学から一人でやってきて、初めて会った時は、とても心細そうだったことを覚えています。当時の数学科では今よりももっと女性の院生は珍しくて、私も最初はそんな興味しか持っていませんでした。でもすぐに彼女を見る目が変わりました。涼子は私が出会った中で、本当の天才だったんです。いずれ数学の未解決問題の一つを解明し、女性初のフィールズ賞を受賞するに違いないとさえ思いました」

「お付き合いはその頃から始めたんですか」

「いいえ、当時は恋愛感情ではありませんでした。私はただ彼女の数学の才能に惚れたんです。初めはもちろん、女性に負けられるかという思いもありましたが、能力の差は歴然としていました」

「涼子さんは天才だったとおっしゃいましたけど、五味教授からの評価はどうだったんですか」

「当初は五味教授も涼子を気に入っていました。涼子は本当に凄かったんです。数論の才能だけで言えば、五味教授を軽く凌駕していました」

「それで五味教授から嫌われたんですか」

「……そういうことはあったと思います。しかし教授の指摘も間違っていたわけではありません」

「どんな指摘だったんですか？」

「涼子はこだわりが強すぎるところがありました。例えばある証明を行う際、一つのやり方に固執しました。そうなると他人のアドバイスは決して聞かなくなるんです。五味教授はその点を批判しました。問題の解決に行き詰まった時は、広く他の人の意見も聞いた方がいいと。しかし涼子は凡人の意見など聞いても役に立たない、と五味教授の助言を拒絶しました。そしてとうとう、一人で未解決問題に手を出すようになりました」

三島曰く、未解決問題の証明は数学者の夢であると同時に、人生そのものを壊す危険を持った諸刃の剣だった。解決できれば数学者としては世間に認められるが、多くの場合は実績を残せないまま年老いていくだけだ。だからこそ未解決問題に取り組むことは、それ相応の覚悟が必要であり、若いうちから人生を賭けるような選択はすべきではない。

五味も涼子にそう説いたという。

「それでも涼子は頑なで、やがて教授もすっかり彼女を見放すようになりました」

「だから教授は、奥さんの将来について妨害するようなことをしたんですか」

「妨害……？」

「例えばポスドクに応募するにあたり、推薦状を書かなかったとか、そういうことがあったんじゃないですか」

「ああ」

三島の陰鬱な声が部屋に響いた。

「あれは本当にひどい仕打ちだと思いました」

「あなたは教授のお気に入りだったそうですが、口添えしようと思わなかったんですか」

「口添え？　自分の指導教官にですか」

三島が困ったような目を沢村に向けた。

沢村も一瞬唇を噛んだ。そうだった。どんなに教授のお気に入りだろうと、一介の大学院生が指導教官に口添えすることなどできるはずもなかったのだ。

「五味教授からの推薦状をもらえないまま、奥さんはアメリカのポスドク職に応募しましたね。その推薦状はどうしたんでしょう」

アカデミアの世界で推薦状は重要だ。中でも欧米は日本人が想像する以上に紹介文化が強い。特に海外から学生を受け入れる時、その分野で信頼のおける教授からの推薦状というのは、一番の判断基準にもなった。

涼子がミシガン大学のポスドク職に応募した時、五味とは決定的に関係が切れていた。それなら涼子は誰に推薦状を書いてもらったのだろうか。

導き出された答えは一つだった。

「推薦状はあなたが偽造した。そうですね」

「ええ、その通りです」

三島は既に何も隠す気がないのか、沢村の指摘をあっさり認めた。

「当時私は、五味教授の推薦状の英訳をしていました。ですから涼子のために推薦状を偽造することも難しいことではありませんでした。万一先方から問い合わせがあっても、私が窓口になって応対することでバレることはないと考えたんです。実際、推薦状について先方から問い合わせはありませんでした」

「なぜ彼女のためにそこまでしたんですか。バレない自信があったとはいえ、普通は他人のために偽造までしようとは思わないでしょう」

「それは……涼子が気の毒だったからです。院を修了後、彼女はいったん、教授の推薦である大学のポスドクの職に就きました。しかし長くは続かず、完全に教授の顔を潰すことにもなって、仕方なく郷里の登別(のぼりべつ)に戻りました。そんな彼女に高校時代の恩師が伝手(つて)を探して、札幌の大学の非常勤講師の職を紹介したんです。しかしそこでの仕事も、半年も続きませんでした。学生に教えることは、涼子にとってはストレスでしかありませんでした。次第に仕事に行かなくなり、実家に引きこもるようになった彼女から、ある日連絡が来たんです。助けて欲しい、と。私はすぐに登別まで会いに行きました。涼子の精神状態は限界だったように見えました。私は彼女に相応しい環境で働けるようにしてやりたかった。彼女と同じような才能を持った人々の間で、開花させる道を作ってやりたかったんです」

「推薦状を偽造してそれからどうしたんですか」

「涼子は最終選考まで残りました。最後は向こうからわざわざ数学科の教授が、帝国ホテルまで涼子に会いに来てくれたんです。私はもう涼子は採用されると思いました。しかし結果は不採用でした。その時の涼子の落胆ぶりは、とても言葉では言い表せませんでした。彼女は不採用となった怒りを私にぶつけてきました。そして自分が男なら採用されていたはずだ。落ちたのは自分が女性だからだと訴えたんです」

「それは、採用されたのが桐生真だと知ったからですか」

三島は頷いた。

「私もなぜ涼子が落ちたのか納得いかなかったので、伝手を頼って調べたところ、MAKOTO KIRYUという名前だけわかりました」

「男性だと思ったんですね」

「その時私から論文の件を提案しました」

「あなたの名前で論文を発表してはどうかということですね」

「彼女には私の名前で発表した後、論文が認められたら正体を明かせばいい、そうすれば世間はもう君を女だからと無視することはできなくなると言いました」

「つまり彼女のためを思って、ということですか。本当にそれだけが理由ですか」

沢村が鋭く切り込むと三島の目が泳いだ。

「当時私は助教という立場でした。神南大学の方針として、助教授になるためには、著名なジャーナルに最低でも五本の論文を掲載してもらう必要がありました。でもその頃スランプに陥って論文が一本も書けなくなってしまった私には、その条件はハードルが高すぎた……」

「そこで奥さんの才能を利用したんですね」

「打算的だったと言われればそれまでですが、涼子にとっても悪い条件ではなかったはずです。私は彼女の生活の面倒を全て見てきました。結婚してからも彼女には家のことは一切させず、百パーセント数学にだけ集中できる環境を整えてきました。その証拠に結婚した最初の数年間は、彼女本来の性格に戻って、生き生きと研究に取り組んでいたんです」

少なくとも、一緒になって最初の数年間は、普通の夫婦のような時もあったのだと三島は続けたが、沢村から見ると、夫婦の間に純粋な愛情があったかどうかは疑わしかった。

「それから涼子はフェルマーの最終定理に取り組んで、あれは本当に惜しいところまで行ったんです……」

「証明に致命的な欠点があることを見つけたイギリスのオックスフォードのチームが、あなた宛てに、何回か質問状を送ってきましたね」

「そうです。妻は一人で抱え込み、夜も眠れないほどその問題を考え続けました。力になりたかったが、私の能力ではどうすることもできませんでした。解決法が見つからないまま、ある時、彼女は雄大の妊娠を知りました。最初は産まないと言いました。でも私は子供が欲しかった。説得を続けました。研究なら子供が生れてからもできる。子育てはしなくていい、と。するとある日突然気が変わって、産むと彼女は言ったんです。私は彼女の心境の変化に驚きましたが、子供が生れるということに舞い上がって、あまり深いことは考えませんでした」

そして論文はリジェクトされた。

だがあの論文は涼子の勲章だった。結果は残念だったが、世界中の数学者たちを興奮させたことは事実だった。だからこの時点で、論文は涼子が書いたものだと明かしても良かったはずだ。

だが夫婦はそうはしなかった。

そこには三島の打算と涼子の心境の変化があった。

涼子は研究者より、母親となることを選択したのだ。

「雄大さんが誕生してからのことをお聞きします。先ほどの教授のお話だと、彼女に家のことはさせなかったということですが、雄大さんとの関係はどうだったんですか」

雄大が生れてからというもの、涼子の息子への溺愛ぶりはすごかった。まるで自分が果たせなかった夢を、息子に託しているようにさえ見えたという。

「これまで長年涼子を見てきましたが、あの頃が一番穏やかな表情をしていたと思います。でもその幸せは長く続きませんでした。きっかけは一九九五年にアンドリュー・ワイルズが、フェルマーの最終定理を証明したことです。涼子は明らかにショックを受けていました」

若い頃、涼子がもっとも解決に近いところにいると思われていた数学の未解決問題。衝撃的だったのは、涼子が子育てに熱中している間、ワイルズが実に七年もかけてこの問題の解決に取り組んでいたということだった。涼子はその時思ったことだろう。ワイルズが証明と格闘していた同じ頃、自分は何をしていたのか、と。

涼子はその頃から再び、彼女だけの世界に没入する時間が増えていき、あれだけ可愛がっていた雄大への関心も徐々に薄れていくようになった。三島のエッセイから涼子の存在が消えたのもこれが理由だった。

三島は雄大への悪影響を恐れ、息子をアメリカへ留学させることにした。そして二〇〇二年の夏を迎える。その年、三島は涼子へアメリカ行きを勧めた。雄大の学校が休みに入り、その年は日本へ戻らずアメリカでサマーキャンプに参加する予定になっていた。そのサマーキャンプへの付き添い役を涼子に任せたのだ。三島にしてみれば、久しぶりに母子水入らずで過ごさせることで、消えかけていた二人の絆（きずな）を取り戻させようという意図があったようだ。

だが三島は知らなかった。母子関係を修復させようと勧めたそのサマーキャンプで、涼子はかつて彼女とポストを争った桐生真と出会ったことを。

その名前から桐生を男性だと思い込んでいた涼子は、そこで初めて真実を知る。それまで自分の人生の不遇を女性だったせいだと信じ、そのことが彼女のプライドを支えていた。だがそれがこのサマーキャンプを境に崩壊してしまったのだ。

「アメリカから戻った涼子は、突然リーマン予想の解明に取り組むと宣言し、私と別居すると言い出しました。私と一緒にいると集中できないからだと言って。私はなんとかしてそれをやめさせようとしました。でも涼子は聞き入れず、そこで妥協策として六甲山の近くのコテージを借りて、そこに週末だけ涼子を滞在させることにしたんです」

「だから札幌に移ってからも、藻岩山にコテージを買ったんですね」

三島が頷いた。

「あれは涼子の自分自身への挑戦だったんだと思います。自分は誰よりも優秀だ、まだ衰えてはいないという……。リーマン予想を選んだのは、あれの証明には極めて高度な数論の知識が必要とされていたからでしょう。でも能力を証明するだけならリーマン予想にこだわる必要はなかった。彼女なら未解決問題にこだわらなくても、能力を証明することはできたはずなのに……」

三島の声にはその時止めてやっていればといった、深い悔恨が滲んでいた。

未解決問題の証明は数学者の夢であると同時に、人生そのものを壊す危険を持った諸刃の剣。

さっきの三島の言葉が思い返された。

「神戸から札幌へ移ると伝えた時も、自分は絶対に行かないと抵抗されたんですが、六甲山のコテージと同じ環境を整えるからと約束して説得しました」

ひょっとすると涼子はその頃から既に、爆弾作りに着手していたのかもしれない。ゆっくりと煮詰めた殺意と共に。

涼子がコテージへ籠る時は、一ヵ月以上に及ぶこともあった。その間、三島が食糧や水、必要なものを運んだ。

「人を雇って頼まなかったんですか」

「妻を一番理解しているのは私ですから」

三島は悲しい笑みを浮かべた。

涼子のことを一番よく知る人物。そしてただ一人、涼子の天才的な数学の才能を崇めていた人物。それは三島哲也しかいない。

愛情と打算、そして彼女を守らなければという使命感。三島の中には、複雑な感情が入り交じっているように見えた。

コテージへは週に一度、決められた時だけ三島は足を運んだ。涼子は放っておくと何日も風呂に入らなかったり、食事も取らなかったりするので心配だったと言う。

「犯行があった日、本当はどこにいたんですか」

沢村はいよいよ事件の核心に迫った。

「コテージにいました。その日、妻に急に来て欲しいと呼び出されたんです。でもコテージのことが警察にバレて、もしいろいろ調べられるようなことになったら妻が嫌がるだろうと思ったので、田島さんに嘘のアリバイを証言してもらうことにしたんです」

その日、涼子が三島を呼び出した理由は、彼のアリバイを無くすためだろう。そして涼子は三島が保身のために、嘘のアリバイを用意することも見越していたに違いない。

「本当はコテージの存在や、奥さんがそこで研究していることがバレたら、論文を書いたのが自分じゃないこともバレてしまうかもしれない。そう思ったんじゃないですか」

沢村は敢えて、三島の自己保身に走る心理を指摘した。

「そうなればもう、あなたは大学教授ではいられませんよね」

三島は唇を震わしたが、反論しなかった。

「その日、奥さんの方から呼び出されたにもかかわらず、彼女はコテージにいなかったんですね。おかしいとは思わなかったんですか」

沢村の追及に、涼子が不在だったことはこれまでにもあったので、特に不思議には思わなかったと三島は答えた。

「ある時は山を散策していたからといって、泥だらけで帰ってきたこともありましたし、彼女の行動をいちいち詮索するような真似はしたくなかったんです」

「彼女を怒らせたくなかった？」

三島は力なく頷いた。

だからその日も三島は、ベッドのシーツを換え、炊事場に溜まった洗い物を片付け、部屋を掃除して帰った。

「我々が懐中時計の写真を見せた時、どんな心境だったんですか」

「懐中時計なんて、もう何年もその存在すら忘れていました。だから最初はなんの話をしているのか……」

そもそも懐中時計は、仲間内のほんの思い付きだったのだ。

「アメリカのフラタニティという男子学生クラブを気取ったんです。当時、理系の大学院に女性はほとんどいませんでしたから、そんなノリでした」

「では、涼子さんに懐中時計を渡さないと決めた時、誰もそのことをおかしいとは思わなかったんですか」

三島がうなだれた。

「涼子さんを入れたら、八名になってしまいますものね。八は素数じゃない。だから涼子さんには渡さなかったんですね」

「渡しませんでした。でもそれは女性だから差別したわけじゃない。そもそも差別があったら、五味教授は女性を研究室には入れませんよ。確かに懐中時計の件では彼女を仲間外れにしましたが、他のことでは研究室のメンバーに男女の差はありませんでした」

恐らくそう思っているのは三島だけで、当の涼子は研究室で疎外感を覚えていたはずだ。それが懐中時計の件で頂点に達したのだろう。

三島の供述が続いた。

「――ある日、いつものように妻の様子を見に行くと、室内がきれいに片付けられていました。その時、机の上に爆弾の設計図を見つけたんです」

驚いた三島は、コテージの中に爆弾の痕跡を探し求めた。

恐らくそれも涼子の計算だろう。自分の痕跡はあらかじめ綺麗に片付けて、指紋や汗、髪の毛など、三島の物証だけが残るようにした。そのためにわざと、三島の目につくよう設計図を残したのだと考えられた。

「しばらくして、流し場の下から不審な段ボールを発見しました。中には起爆装置が取り付けられる前の爆弾が入ってたんです。その時初めて、大学の爆破は涼子の仕業ではないかと……」

本当はその時が初めてではないだろう、と沢村は思った。

三島の妻への愛情に偽りがないことは沢村も認めていた。だが三島には自分の名誉も大事だったはずだ。だからこそ嘘をつき、今日まで何も気づかないふりを続けてきたのだ。

「爆弾について涼子さんには尋ねましたか」

「……いいえ。恐ろしくて……、それに次に訪れた時には爆弾はもう無くなっていましたし……」

三島が慌てて言い繕う様子を見せた。

「次に訪れた時というのはいつのことですか」

「四月十六日です」

沢村は咄嗟に息を呑んだ。

「その日付で間違いありませんね」

沢村は念を押した。

涼子は大学院を爆破した後も、新しい爆弾を作っていた。いや初めから複数の爆弾を用意していたと考えるべきか。

そうなると彼女はまだ、桐生学長殺しを諦めていない。

松山がそのことを知らせるために、大慌てで部屋の外に飛び出していった。

それからすぐに、公安の捜査員たちが入ってきた。

三島はテーブルに突っ伏して肩を大きく震わせている。そんな三島を両脇から抱えるようにして、彼らは部屋を出て行った。

沢村は用意してあった水差しからコップに水を注いだ。

一口喉を潤してから、まだ悄然と椅子に座ったままの花城に声をかけた。

「どうしてだったの」

花城がぼんやり顔を上げた。

「どうして公安に情報を流したの」

「いったいなんの話をしてるんですか」

花城が物憂く笑った。

今日の三島への聴取の真の目的を知る者は、大浦の他は松山しかいなかった。

そう、松山は初めからこの作戦を知る一人だったのだ。三島を逮捕しないと報告した会議の席で、沢村を激しく詰ったのは演技だった。それはある人物の存在を炙り出すためだった。

あの時沢村も五係のメンバーを騙すというプレッシャーから、体が震えたほどだった。

実は沢村が五係のメンバーに語った大浦との会話には、続きがあった。


「もう誰がスパイか、見当はついたのか」

「大体は」

沢村はわざと曖昧に答えた。彼女の中ではほぼ確信があったが、ここではまだその名前を口にしたくなかった。

「誰だ」

「その前にもう一度だけ、彼がスパイかどうかテストさせてください」

「方法は？」

「公安を交渉のテーブルに引きずりだすには、こちらが本気で、三島を逮捕する気はないということを向こうに信じさせる必要があります。ですから、スパイの口を通じてその情報を流したいと思います」

そしてスパイにも、情報が真実だと信じさせなければならなかった。

そこで松山と示し合わせて、一芝居打つことにしたのだ。

松山の名演技が冴えわたったのか、その人物はまんまとこちらの思惑通りに動いて、公安にこちらの意図した通りの情報を流してくれた。

すなわち、特命捜査チームは三島を逮捕する気はない、という情報を。


「大浦管理官からスパイがいるかもしれないと言われた時、私は信じたくなかった。だけど三島教授の任意同行を決めたのはあの日の深夜。知っていたのは一課長と大浦管理官の他は、私たち五係のメンバーだけだった。そうなれば五係の中に、公安に情報を流したものがいるということになる」

花城の顔には笑みが張り付いたままだった。だがそれはどこか作りものめいていて、虚勢を張っているようにしか見えなかった。

「全員がそれぞれに怪しかったけど、消去法で考えていけば残ったのは一人しかいなかった」

「他のメンバーではあり得なかったと？」

沢村は頷いた。

「まず高坂さんのように三十年近く刑事畑一筋の人が、今さら水の合わない公安に協力する可能性はないと考えた。木幡さんはあの通り、思ってることがすぐ態度に出る人でスパイ向きじゃない。それから松山さん、そもそもスパイの存在を疑ったのは、彼が監視者に気づいたことがきっかけだった。仮に自分が疑われないためだったとしても、他に誰も監視者の存在を気づいていない時点で、そんなことを言うメリットはない。だから彼も除外できた。そして榊さんは、ずっと捜査一課で働くことが夢だった人。家庭が大変な時でも辞退しなかったくらいにね。だから公安のために動くなんてあり得ない。そうなると残ったのは私とあなた。私がスパイじゃないとなれば花城さん、もうあなたしかいないの」

花城の口元が強く引き締められた。この場をどう言い逃れようかと試行錯誤するように、緊張と葛藤が見え隠れする。

「俺が公安のスパイなんかして、なんのメリットがあるって言うんですか」

「思い出したの。前にこう言っていたでしょう。生安か交通か、いずれにしろ父親と同じ刑事でさえなければ、ここまで比較されることもなかったのにって」

花城は他人の疲労をタイミングよく察知するだけでなく、その場の空気を読み過ぎるくらいに読んでしまう。だからいろいろ悩んで疲れてしまうのだろう。

父親の偉大な影に怯(おび)えてしまうのも、他人からの聞こえもしない評価の声を勝手に想像して、ありもしない重圧を作り出してしまっているからに違いなかった。

ずっとそんな風に自分を追い込んで刑事になった花城は、もし沢村がこう言ったとしても耳を貸すことはなかっただろう。

あなたはちゃんと自分の実力で刑事になった人。

花城は自ら耳を塞いでしまった。その結果最悪な選択をしてしまったのだ。

「誰よりも勤勉で素直で、そしてみんなに可愛がられていたあなたのような人が、スパイを働いたとしても誰も疑わないでしょう。その点で公安の人選は全く見事だったという他はない。それにスパイであるからには、我々の捜査状況を逐一把握していなければならなかったはず。だからその人物は誰よりも捜査に熱心で、しかも協力的な人物でなくてはならなかった」

沢村は自分の感情を抑えて、淡々と話を続けた。

「あなたは私のところによくコーヒーを持ってきてくれたけど、それは単に私が心配だったからじゃない。私が何を調べているのか、定期的に様子を探る必要があったからよね。そしてその度にあなたは、捜査に協力的な態度を示し続けた。でも時に、こちらをミスリードするかのように、三島教授に我々の目が向かうのを阻止しようともしていた。そこにはあなたの葛藤があったんだと思う。あなたは心のどこかで、公安のスパイであることに負い目があった。そもそも外二の目的は、こちらの捜査から三島教授を外させることだった。だから私たちの目が三島教授から逸れてくれればいいと、あなたは願ったんじゃない？」

「へえ」

花城がぎこちなく笑い、少し茶化すように明るい声を出した。

「さすがですね。やっぱり瀧本さんに見込まれただけのことはある」

沢村はそんな花城を可哀(かわい)そうな人だと思った。

「あなたにだってチャンスはあったのに」

「どんな?」

「私はあなたに捜査状況は隠さなかった。あなたがスパイかもしれないと疑ってからも、あなたには私と同じものを見て欲しいと思っていた。犯人の手紙もよく読んでみれば、あなたが私と同じことに気づくのは難しくなかったはず。だってあなたは、他のメンバーが女性である私の能力に懐疑的だった時でも、そうした先入観なしに私に接してくれた人だったから」

花城の唇が微かに震えたように見えた。

「でもあなたはそうしなかった。敢えて目を瞑ったの。なぜなら涼子が犯人でも、公安にとってはまずいことになると知っていたから。だけどあなたには、全ての証拠が三島涼子の犯行を裏付けていると気づくチャンスがあったし、あなたなら気づけたはずだった。でも、自らその可能性を手放してしまったの」

花城の顔が歪み始め、ついには泣きそうになった。

「残念ながらあなたの推理には一つだけ誤りがありますよ」

「誤り?」

沢村は怪訝に聞き返した。

「確かに俺はあなたをスパイするため、しょっちゅう様子を窺いに行きましたけど、あなたは他の人と違って親父の名前に囚(とら)われず、俺の能力をちゃんと見てくれた。そういう人と話すのが楽しかったのも本当です」

沢村の胸に虚しさと悲しみが交錯した。

「こんな結果は残念……」

沢村は部屋を出て行こうとした。その背に花城の声が響いた。

「俺は親父の名前の通用しないところで能力を試してみたかった。それだけです」

沢村は振り返らずに部屋を後にした。

＊

一夜明け、三島の証言を受けて、三島の自宅と藻岩山にあるコテージの両方に、家宅捜索の令状を取る準備が始まった。あらかじめ庶務担当が準備していた書類を再度不備がないか確認し、奈良が札幌地方検察庁へ向かった。早ければ一時間程で許可が下りるはずだ。

「そ、それでいつから、三島涼子の犯行だと気づいてたんですか」

「落ち着けよ、木幡」

「これが落ち着いてられるかよ。というか松山、お前も知ってたのか」

令状が下りるのを待つ間、沢村は木幡や他の捜査員たちから質問攻めにあった。

「皆さんに隠していてすみませんでした。ただこちらの捜査状況を公安にはできるだけ知られたくなかったんです」

もし事前に外事二課が、特命捜査チームの真の狙いが涼子だと気づいてしまえば、三島の地位を守るため、彼女も匿（かくま）われてしまう可能性があった。それだけは絶対に避けなければならなかったのだ。

沢村は花城の名前を出さずに事情を説明した。花城は体調が悪くて欠勤したとメンバーには話してある。

沢村はまず、テレビ局に送られた手紙に触れた。

「最初に違和感を覚えたのはこの手紙の内容です。問題にされた番組を私もたまたま見ていたんですが、犯人を挑発するようなコメントをしていたのは男性の出演者でした。彼はその時、犯人像を女性恐怖症の社会不適合者と評していたんです。これは明らかに犯人を挑発する意図で発言された言葉のようでした。それが番組側の意向でもあったんでしょう。お陰でまんまと犯人はその挑発に乗って、この手紙を送りつけてきたように見えました。でも何度か読み返すうちに、この文面は少しおかしいことに気づいたんです」

松山を除いた全員が手元の資料に目を落とした。

「私もこの手紙を最初、男性視点で読んでいました。でも女性視点で読むこともできると考えると、手紙全体の意味は全く違ってくることに気が付いたんです」

「女性視点……」

木幡たちは懐疑的に沢村を見つめていた。

「『とりわけ、無意味に肌を露出し、男たちに向かって媚びへつらう軽薄な女どもの存在は、世界にとって一番の害悪なのだ』この部分は同じく番組に出演していた元グラビアアイドルに対してのものでしょう。確かに彼女は以前、そういう仕事で雑誌に引っ張りだこでした。彼女のような存在を軽薄だとして忌み嫌う人たちもいたかもしれません。続いて『弱者のままでいるならば、女は滅ぶべきである』という部分。この表現も一見、女性蔑視と取れる言葉ですが、反語的な表現として考えてみたらどうでしょうか」

反語とは本来、言いたい内容を強調するため、反対のことを述べることだ。通常は疑問形で書かれるが、この場合はそれを省いたのではないかと沢村は考えたのだ。

「その次の言葉はこうです。『なぜその力を見せつけないのか。無力なふりを装うのはもうお終いにしなくてはならない』これと前の言葉とを合わせると、女性に対して、弱者のままでいるなら滅ぶしかないが、そうならないために立ち上がって戦え、と訴えているようにも読めませんか？」

「女……」

榊が眉間に皺を寄せる。

「この手紙の前半に表れているのは紛れもなく、女性たちへの敵意です。そのため読んだ者は、手紙の書き手は男性だと思い込んでしまいます。しかし元グラビアアイドルへの怒りは、ああいう女がいるから女性は軽く見られてしまうんだ、という同性としての怒りと考えたらどうでしょうか。犯人である彼女は、何度もそういう経験をしてきたのかもしれません。あるいは自分がいま望む立場に就けないでいるのは、自分が女性であるがゆえに周囲から軽んじられてきたせいだと。そして周囲の男性たちの偏見に一役買っているのが、この元グラビアアイドルのような女性たちなのだと」

沢村の説明を聞いて、榊はしばらく手紙の文面を眺めていた。だがその顔つきには、沢村の説明が腑に落ちた様子が窺える。

「恐らく涼子は、こんな手紙を書く予定はなかったんでしょう。彼女の計画では、最後まで自分の正体を明かすような真似はするつもりもなかったはずです。でも、恐らく偶然でしょうが、あの番組を目にした彼女は抑えようのない怒りに駆られ、つい正体のヒントとなるような手紙を書いてしまったのだと思います」

高坂が手を上げた。

「ユナボマーへの手紙はどうなんですか」

「あれも涼子が書いたものです。ただしあれは、初めからフェイクとして用意していたものでしょう。懐中時計、ユナボマーへの手紙、庭土、こうした証拠は自分の身元を隠し、我々警察の捜査を攪乱(かくらん)させるためだけではなく、ある人物を嵌めるために巧妙に仕組まれた罠だと思います」

「ある人物とは三島哲也ですか」

沢村は頷いた。

「涼子の歪んだ思考回路は、自分の味方であったはずの夫でさえ、恨みの対象としてしまったのかもしれません」

「でもそれでも、どうして三島涼子に辿り着いたんですか」

高坂が首を捻った。

「きっかけはジェンダーバイアスです」

沢村は簡単にジェンダーバイアスについて説明した後、まず桐生真の名前を挙げた。

「真という名前は男女どちらにも使えるものですが、私は学長という役職のせいで、端から男だと決めつけてしまっていました。同じように、懐中時計のリストに涼子の名前がないと気づくまで、彼女が数学の学位を持っているとは考えもしませんでした。結局、二回もジェンダーバイアスの罠に嵌まったことで、それからは徹底的に偏見を捨てて物事を見ることを意識しました。そして思ったんです。男性にできることは女性にもできるんじゃないだろうかと。犯罪においても例外ではありません。つまり、三島哲也に可能であることなら、三島涼子にも可能だということです」

もし沢村がジェンダーバイアスに囚われず、涼子が三島と同じ研究室に所属していたことにもっと早く気づいていたら、彼女が真犯人だという結論にも、もっと早く辿り着けたかもしれなかった。

「ただ問題だったのは、三島教授同様、涼子にもあの日のアリバイがあったことです」

事件の日、三島は妻と家政婦と一日中家にいたことになっていた。だが三島のアリバイの嘘がバレたことで、同時に、妻の涼子のアリバイも崩れた。そしてその時、沢村の疑念は確信に変わったのだ。

「ジェンダー何とかとはいっても、爆弾犯はほぼ男じゃないですか」

木幡が口を窄めた。

「統計上はその通りです。でもゼロではない。例えば粗暴犯は男性の方が多いですが、女性であっても、自分より体力の劣る老人や子供を殴って殺してしまった例はあります。そして今回ですが、涼子は小柄で、年齢的にも刃物を使って相手を襲うというのは難しかったでしょう。毒殺しようにも毒薬を入手する方が、彼女にとっては難しかったのかもしれません。そもそもターゲットに怪しまれずに飲ませることは、かなりハードルが高いでしょう。そうなると爆弾を使うという選択肢は、涼子の中では難しいことではなかったんだと思います」

「動機はなんなんですか」

「三島涼子と桐生学長は昔、海外の大学のポストを巡って争った仲でした。三島教授の話から、その選考に落ちた時、涼子は自分の人生が狂ったと思うようになったのだと思います。ターゲットとされた桐生学長も、そこがまさに人生のターニングポイントだったと、新聞のインタビューで語っていましたから」

　そこが二人の明暗を分けたのだ。

「しかしそれで殺意が芽生えたわけではないと思います。涼子の中では、自分がポスト争いに負けたのは女性だったからと思うこと。それだけが、彼女の心の拠り所だったはずです。学長の名前は桐生真。名前だけなら男性と間違う人もいたでしょう。ところが息子の雄大が十三歳になった時、ギフテッドの子供たちのためのサマーキャンプに、たまたま息子の付き添いで参加し、そこで初めて桐生真が男性ではなく、女性であったことを知ります。涼子は長年、自分が女性だから負けたと思い込むことで、心の平安を保っていたはずです。しかしそれが根底から崩れてしまった。恐らくその時初めて、桐生真という人物に対しての殺意が芽生えたんじゃないでしょうか」

　木幡が絶句するような顔になった。

「涼子という人物についてですが、高校時代は成績優秀で、特に数学と化学と物理の能力に秀でていたそうです」

　涼子については、三島が公安に連れ去られた後、松山に頼んで生まれ故郷の登別市まで、調べてもらってきていた。両親は亡くなり、経営していた旅館も既に廃業していたが、高校時代、涼子と仲の良かったという女性に話を聞くことができた。

「高校では化学部に入り、大人しくて引っ込み思案な生徒だったけど、親友である彼女の前では、おしゃべりだったという証言もあります。そんな涼子が、大学院ではほとんど他の学生たちと交流もなく、一人で過ごす時間が増えていった。五味研究室での五年間は、彼女の人格を歪めるには十分だったと思われます」

そんな涼子は恩師の五味とも衝突し、将来の道が閉ざされてしまう。その理由を全ては自分が女性であったから、と彼女は間違った方向へ結論づけてしまった。だがそれは、涼子が自分を守るための最後の砦（とりで）でもあったのだ。


一時間後、三島邸の家宅捜索の令状が出された。

既に捜査員たちの多くが三島邸の周辺に待機し、令状の到着を待っている状況だった。

三島邸の正面に沢村たちは到着した。裏口には高坂と木幡が待機している。

インターホンに手を伸ばしかけた沢村に、松山が珍しく動揺も露わに声をかけた。

「沢村さん、ガレージから車が消えてます」

開けっ放しのままのガレージの中には、黒いレクサスが一台しか停まっていなかった。

一人家に残っていた家政婦の田島の話では、涼子は昨晩、家を出てから戻ってきていないという。

「涼子の方も、公安が連れて行ったということはないですか」

榊が青ざめた顔で聞いた。

「いいえ、それはないでしょう。昨夜の時点では、涼子が真犯人であることを公安も知らなかったはずですから」

時間的に涼子を連れ去るのは難しいはずだ。

「本当に困るんです。断りもなく皆さんを入れたことがバレたら私が怒られます」

令状を見せたにもかかわらず、田島はまだ三島教授の反応を気にしていた。無理もない。彼女はまだ事の重大さを認識していないのだ。

「失礼します」

沢村がそう断って家に入ったのを先頭に、松山たち捜査員たちも家宅捜索のため後に続いた。

同じくコテージに家宅捜索に入ったチームから、中はもぬけの殻だと報告が入った。そのコテージ以外に、沢村たちが知らない隠れ家でもあるのだろうか。三島教授に聞けば何かわかるかもしれないが、公安との約束で、もう彼に聴取することはできない。

「どうしましょう、どうしましょう……」

おろおろする田島を落ち着かせ、沢村は改めて涼子の居所に心当たりはないか尋ねた。

「わ、わかりません」

「奥さんはいつ家を出たんですか」

「昨日の七時……いえ、八時頃だったかも」

「車で？」

「はい」

「何か大きな荷物は持って出て行きましたか」

「大きな……あ、いいえ、いつもお使いの小さなバッグだけ――」

「沢村さん、ちょっと」

田島の話の途中で、居間の入り口に松山が姿を見せた。

「二階に一ヵ所、鍵のかかった部屋がありました」

沢村が誰の部屋かと田島に尋ねたところ、涼子の部屋だという答えが返ってきた。

「鍵はどこですか」

「わかりません」

「三島教授の部屋を探して」

沢村の指示に頷いて松山が出て行った。

「奥さんが出て行く前、何か変わったことはありませんでしたか。何か話していたとか、どこかに電話をしていたとか」

「電話……あ、そう言えば、家に電話がありました。教授宛てに」

「誰からです」

「末延さんです。教授はお留守だと伝えると、奥様に代わって欲しいとおっしゃって」

「用件はなんだったか聞いていませんか」

「わかりません」

そこへ涼子の部屋の鍵が開いたと松山が呼びに来た。

「どうかした?」

松山の顔つきが妙なことに沢村は気づいた。

「いや、それが……まあ、見てください」

松山について二階へ上がった沢村は、涼子の部屋に入って思わずぞっとした。

部屋には机とタンスとベッド、そして書棚があった。だが机の上には何もない。ベッドは整えられていて、眠ったような形跡もなかった。唯一書棚の中には数冊の本が残っていた。数学の本に混じって、化学と物理、そして法律の本もあった。だが沢村が驚いたのはこうした綺麗に片付けられた部屋に対してではない。

壁一面に書き殴られた無数の数式の存在だ。

「ちょっと、異常でしょう」

松山が言った通り、中にいると部屋中の狂気に呑み込まれてしまいそうになった。恐らく涼子以外には誰も理解することのできない無数の数式は、涼子の頭から湧き出してきて、行き場を失ったかのように壁一面を覆いつくしていた。

「この壁、何度も塗り直されてるみたい」

沢村が触った壁の表面は、ざらついて重ね塗りされた跡があった。

誰も涼子の狂気を止められなかったということか。

ここで怒りを醸成させ、執念深く桐生真を殺害する計画を練っていた涼子はいったいどこへ向かったというのか。

沢村は涼子の部屋を出て、次に三島の部屋へ向かった。

涼子の部屋と比べるとそこはいかにも大学教授の部屋だった。机の上には多くの書物が積み重ねられて、書類が散乱している。少し沢村の父の書斎に似ていなくもなかった。

そしてこの部屋には、涼子の部屋にはなかった家族の写真が多く飾られていた。三島、涼子、雄大の三人が写っている家族写真もあった。キャンプ場らしき場所でテントをバックにして、まだ小学生くらいの雄大が真ん中にいた。彼が抱いているミニチュアシュナウザーは、当時の愛犬だったパスカルだろう。そして傍らにサマードレスを着て座る涼子は、写真の中で微笑んでいた。

二つの部屋の対比が物語るものは明白だった。三島にとって一番は家族だった。しかし涼子にはそうではなかった。彼女には数学しかなかったのだ。

確かに傲慢な面はあっただろうが、もし彼女が男だったら、それはこう言い換えられたのではないだろうか。

「彼はいささか自信過剰ではあるが、天才であることは疑いの余地がない」と。

誰かがもっと早く、彼女の数学者としての才能を認めてあげていたら――。

三島哲也は確かに涼子の理解者ではあったが打算もあった。結局彼は涼子にとっての、真の理解者にはなれなかったということか――。

その時沢村の視線は、吸い寄せられるように三島の机の上に釘付け（くぎづ）けになった。そこには卓上式のカレンダーが置いてあり、赤く丸で囲われた日付があった。

「違う……」

沢村は自分たちが勘違いしていたことに気が付いた。

「涼子の真のターゲットは桐生学長じゃない」

「え？」

傍らの松山が聞き返した。

「カレンダーのこの日付。この日は涼子たちの恩師だった五味元教授の米寿の祝いの会が開かれる日──」

その時、沢村の携帯が振動した。電話は末延からだった。涼子の部屋に入る前、末延に電話していたのだが、留守電になっていたため折り返してもらうようメッセージを残しておいたのだ。

「お忙しいところありがとうございます、教授──」

だが末延が発した衝撃的な内容に、沢村はそれっきり言葉を失った。

「そうですか……、わかりました。ありがとうございました」

末延との電話を終えて、沢村の焦りの色が濃くなった。

「なんです？」

「五味元教授が亡くなった。昨夜」

五味は先週の末頃から体調を崩していて、米寿の祝いが開催できるかどうか状況が危ぶまれていたが、昨日の夕方肺炎で息を引き取ったと末延は話した。

「涼子もそのことを？」

沢村は頷いた。

「昨日の末延教授からの電話は、そのことを伝えるためのものだった」

涼子の本当のターゲットは、五味元教授で間違いない。だがそれならば、ターゲットの死を知って、涼子はいったいどこへ行ったというのだろう。涼子は車にまだ爆弾を積んでいる可能性がある。五味を殺害する目的で作られたのなら、その破壊力はNSUに仕掛けられたものと同じか、あるいはもっと強力な爆弾かもしれない。

そのため札幌市内とその近郊に配備された警察官たちには、涼子の車両を見つけても制止せず、報告だけに留めるよう指示が出されていた。

今どき携帯の電波の届かないところはほとんどない。涼子はその気になれば、いつでも爆弾を起爆させることができる。

沢村たちは涼子の行方の手がかりを求めて、三島邸の捜索を続けた。

これといった収穫も得られないまま、松山と共に居間に戻ってきた沢村は、ステレオの上のCDケースに気が付いた。

『イル・トロヴァトーレ』だった。

「バード……」

「え？」

傍らの松山に説明した。

「イル・トロヴァトーレはイタリア語で吟遊詩人。それを表す英語はバード。BARD。鳥じゃなかった」

沢村たちが最初にここを訪れた時から、涼子はヒントを残していたのだ。

「沢村さん」

高坂が声を潜めて呼びに来た。

普段は使われていないという部屋の一つから、不審な段ボールの箱が見つかったのだ。

田島を呼んで尋ねる。

「この段ボールは？」

「し、知りません」

沢村の背筋に緊張が走った。

まさかここに爆弾を？

テロリストのとある手口が頭を過(よぎ)った。

最初の爆発で駆け付けた警察や救急の人間を、二つめの爆弾で吹き飛ばす。

開けようかどうしようか迷っていると、突如、沢村の携帯が音を立てた。沢村の体がびくっと震えた。

沢村は携帯を取り出した。

番号に見覚えはない。

「もしもし？」

相手は何も言わなかった。

「どちら様ですか」

沢村は辛抱強く尋ねた。そしてようやく、

「私と話がしたいと言ってたでしょう」

陰鬱そうな女性の声が聞こえた。

三島涼子だ。咄嗟に悟った沢村は、傍らの松山に合図を送り、携帯をスピーカーにした。

「三島涼子さんですか」

「ええ」

「いまどちらにいらっしゃるんですか」

「そんなこと……」

涼子が小さく笑ったような気がした。

「警察なら携帯から辿れるでしょう」

涼子の口調には特に挑発的な響きは感じられなかった。単純になぜそうしないのか、と不思議がっているようだ。

「おっしゃる通りこちらでも辿れますが、それには時間が掛かります。どこにいるか教えてくれませんか」

涼子は再び黙り込んだ。

沢村が呼びかけようとした時、涼子の声がした。

「三島さ――」

「八十八まで生きてきた人間を、あとたった数日生かしておくこともできない神なんて、なんの役に立つのかしらね」

唐突に涼子が問いかけた。まるで謎かけのような言葉に、沢村は戸惑って聞き返した。

「どういう意味ですか……？」

なぜ急に神の話になったのか。沢村がまごついている間に、電話は切れてしまった。

「もしもし？」

失敗した――。

沢村が涼子と会話している間に、松山は大浦に連絡して、携帯の位置情報をキャリアから公開してもらえるよう段取りをつけていた。あとは番号を伝え、キャリアを突きとめて位置情報をもらうだけだ。

本部から位置情報の連絡を待つ間に、先ほど見つけた段ボールを開けた。涼子がこれを爆破させる気ならとっくにやっているはずだ。だからこれには爆弾は入っていない。そう踏んだ。

沢村の勘は当たった。中身はノートだった。全て同じメーカー、同じ規格、同じ色のノートがびっしりと詰まっていた。

「松山さん、これを」

沢村は開いたノートを松山に見せた。

「犯行計画ですか」

「そのようね」

「こっちには爆弾の詳細が書いてあります」

松山が開いた別のノートには、魔法瓶爆弾の図入りの詳細、花火から黒色火薬を取り出す方法、トバシのスマホの入手方法、導火線の作り方、さらには実験の回数と結果の詳細なども、微に入り細を穿つとはまさにこのことだった。

去年の十二月、藻岩山での爆発事件についても書いてある。

このノートの裏取を進めれば、涼子の犯行は全て立証できることは間違いなかった。

沢村がノートの日付を遡っていくと、一番古い日付は十年前、平成になっていた。

十年。凄い執念によって、練られた犯行計画ということだ。

もう一つの箱には本が入っていた。洋書が目立つ。化学兵器、生物兵器、ＩＥＤ（即席爆発装置）の製造方法を含めたテロ活動など、日本では発売が難しい内容も、海外なら普通に入手することができた。セオドア・カジンスキーに関するノンフィクションが一冊と、カジンスキーがマスコミを通じて公開させたという、論文の全文コピーまである。

論文のコピーには、涼子が何度も読み返したような跡が残っていた。

ユナボマーへのオマージュ文は、文章こそ借り物だったが、同じ数学者ということもあり、涼子は多少のシンパシーも覚えていたのかもしれない。

それならば、カジンスキーが自身をテロリストだと自認していなかったように、涼子もまたそうは思っていないのではないだろうか。つまり、涼子が無差別に他人を狙うことはあり得ないと考えることはできないだろうか。

それでは五味の通夜や葬儀の場で、教授の遺体もろとも自爆するという選択はどうだろう。

涼子は執拗な性格ではあるが、いくら五味に対する憎しみが強くても、遺体を爆破することに意味を見出すとは思えなかった。

沢村は電話での彼女との会話を思い返しながら、必死に頭を働かせた。

神——。そうだ。突然神の話をして、彼女は沢村に何を伝えたかったのか。

伝えたい。だからこそのバード。中世において吟遊詩人の役割は、単なる音楽家ではなかった。町から町、国から国へと情報を伝える役割も担っていた。

涼子は間違いなく、何かを沢村に伝えたくて電話をかけてきたのだ。

＊

「おかけになった電話は電波の届かないところにあるか、電源が入って——」

三島涼子は電話を切った。何度かけても同じメッセージしか流れない。

正面に祭壇があり、その上に大きな十字架が掲げられていた。

もし本当に神というものが存在するならば、どうかあの男を一日でも長くこの世に引き留めておいてください。私がこの手であの男の息の根を止めるその日まで——。

たった、たったそれだけの祈りだった。

それなのに神はその祈りに応えなかった。

そうか。やっぱりそうなのだ。

神などこの世には存在しない。神は死んだ、死んだのだ。

〈君が数学の道を断念したお陰で、雄大という優秀な遺伝子がこの世に誕生することになったんだ。君はそのことを誇りに思った方がいい〉

あの男の声が聞こえた。

「断念した？　ふざけないで。私は続けたかった。続けたかったのにいっ！」

涼子の悲鳴のような叫びが礼拝堂に響き渡った。

「はあ、はあ、はあ」

涼子は胸を押さえ、目を瞑って呼吸を鎮めようとした。

〈人生は直線で生きるより、線分で生きた方が楽だと思うよ〉

彼の声が聞こえた。

〈どういう意味？〉

〈直線のように無限に走り続ける人生は苦しいだろう。線分なら端まで来た時に一息つける。そしてまた別の線分の上を歩めばいい〉


〈どうして私は懐中時計をもらえないの〉

〈だってわかるだろう。これはフラタニティなんだよ〉

〈なんなのそれ〉

〈アメリカの男子学生クラブのことさ。女子ならソロリティを作ればいいじゃないか〉

〈嫌よ。あんなバカな女たちと一緒にしないで〉

〈わかった、わかった、いいよ。じゃあ俺の懐中時計をプレゼントしよう。考えたらこれは君が持ってる方がずっといい。本物の五味セブンは君だからね〉

〈三島くん、助けて。ここにはもういたくない。みんな私を苦しめてばかりいる〉

〈助けに来たよ、涼子。俺と一緒に神戸に戻ろう。君の居場所は俺が作ってあげるから〉

〈結婚しよう、涼子。君は家事も子育ても何もしなくていい。これからはずっと数学のことだけを考えて暮らせばいいよ〉

〈三島くん、三島くん――〉


「助けて……」

涼子が呟いた時、礼拝堂のドアが開いた。

来てくれた。

涼子は期待に満ちて顔を上げた。だがその目に映ったのは、背の高い一人の女性だった。


本部経由で涼子の携帯の位置情報が送られてきた。GPSは切ってあったため、それは基地局の情報だった。

タブレットに表示された地図には、地下鉄の円山公園駅を中心として円が描かれていた。

「この地域の誤差は半径約五百メートルだそうです」

松山が説明する。

その範囲内で涼子が行きそうな場所――。

焦る気持ちを抑えて地図に目を凝らしながら、沢村はふと、涼子が最後に漏らした言葉を思い出した。

〈八十八まで生きてきた人間を、あとたった数日生かしておくこともできない神なんて、なんの役に立つのかしらね〉

あれはどういう意味だったのだろう。八十八まで生きてきた――。

「涼子はなぜ、五味元教授の米寿祝いまで待とうとしたんだろう。どんなに元気な人だったとしても、高齢になればいつ体調を崩してもおかしくないとは考えなかったんだろうか」

沢村は自問するように呟いた。これまで犯行の機会がなかったのか。それとも――。

「どうしても、米寿祝いの席で実行しなくてはならない理由があったのか……」

「まさか五味セブンもろともと、企んだと思いますか？」

松山が驚愕を露わにした。

米寿祝いには、三島や末延を始めとした五味セブンの面々はもちろん、歴代の主だった門下生が勢揃いする予定だったという。涼子が彼らも巻き込んで爆殺しようと企んでいたとしても、沢村は驚かなかった。

「はっきり断言はできないけど、そう考えると涼子は、米寿祝いまではどんなことをしてでも、五味元教授には生きていてもらわなければならなかったはず……」

その時、沢村の視線は吸い寄せられるように地図の一点を捉えた。そこには「教会」の二文字があった。

「多分、涼子はここにいる」

サイレンを鳴らし、教会へと急ぐ途中、無線連絡が入った。

教会に確認したところ、涼子らしき女性が朝から礼拝堂に座っているという情報だった。

沢村たちは途中からサイレンを消して、教会の近くで車から降りた。

一足先に到着していた木幡が駆け寄ってくる。

「涼子はまだ中です。ただし付近に彼女の車は見当たりませんでした。荷物も女性用の小さなバッグだけだそうです」

「人質は？」

「いいえ、ただ礼拝堂の椅子に座っているだけです」

涼子に気づかれないよう、地域課などのパトカーは教会から離れた場所に停車させ、近隣住民の避難誘導にあたらせていた。警察官たちには、いまのところ爆弾という言葉は使わず、ガス爆発の恐れとだけ伝えるよう指示が出ている。

「爆発物対応専門部隊の車も、涼子に見つからないようにしてください」

沢村が指示を出した。今は何が彼女を刺激するかわからなかった。

「特殊部隊の要請はどうしますか」

単なる立てこもり犯への対応なら、当然特殊部隊の応援は必要だった。だが彼らを突入させるには一つ大きな問題がある。

涼子がこれまでに作った爆弾は、いずれも遠隔起爆が可能なタイプだ。携帯の電波を遮断しない限り、教会の中からでも彼女の好きなタイミングで爆弾を起爆させられる。

涼子の車はまだ見つかっていない。

今日はゴールデンウィークの最終日。どこも人で賑わっている。もし特殊部隊が突入したタイミングで涼子が爆弾を起爆させれば、大惨事が起こることは避けられなかった。

そこへ黒塗りの捜査車両が到着し、中から大浦が現れた。

沢村はこれまでの状況を説明した。

「ジャミングは無理ですか」

松山が尋ねた。

「察庁経由で総務省と協議中だ。もう少し時間がかかる」

ジャミングとは携帯の電波を抑止することだ。恐らく抑止するには専用の装置の他に、総務省の許可も必要だろう。こういう場合、特例が認められるのか。沢村の不安が膨らんでいった。

そこへ近隣住民の退避が完了した、と報告が上がってきた。だが入れ違いに、「神父がどうしても教会に残ると言って聞きません」と木幡が弱り切った顔で報告に来た。

「信者を残して逃げることはできないと言うんです」

「中にいるのは信者なんかじゃないと言え」

大浦が吠えた。

「言いましたけど聞きゃしないんですよ」

亀のように首を竦めた木幡が、救いを求めるように沢村を窺った。

「わかった。ただし、教会の外には出るように言って」

木幡が教会へ戻っていった。

その時、上空にヘリの姿が現れた。報道ヘリなら厄介だが、頭上を旋回することもなく通り過ぎて行った。ほっとする。

空は雲一つなく澄み渡っていた。沢村は覚悟を決めた。

「大浦管理官、涼子はここで自爆することはないと思います」

「なぜそう言いきれる」

「彼女は五味元教授の殺害計画を練るにあたって、巧妙に夫の三島教授に疑いがかかるよう細工をしてきました。恐らく五味元教授を殺害する時も、現場に夫の仕業と見せかけるような仕掛けを用意したはずです。彼女は五味元教授を憎んでいましたが、彼と刺し違えるつもりはありませんでした。教授を殺した後も、平然と生き延びることを考えていたんです」

「だがいまはそのターゲットを失って、自暴自棄になってるんじゃないのか」

「いえ、恐らくいまは途方に暮れているだけだと思います。彼女はきっと、高齢の五味元教授が亡くならないように神に祈ってきたんでしょう。ところがその願いは叶えられなかった。だからまだ、どうしていいかわからないでいるんです」

「仮に自爆しないとして、他の場所に仕掛けた爆弾はどうなる。涼子を刺激すればいつ起爆させるかわからないんだぞ」

「涼子は無差別殺人を企てているわけではありません。確かに大学院での爆発は関係のない二人の女性の命を奪い、大勢の人に怪我を負わせました。でもそれは涼子にとって、アクシデントだったはずです。私は三島教授の聴取から、涼子は、自分の不幸の原点は五味元教授にあると考えていたと思っています。ですから、本命の復讐相手を失ったいま、これ以上爆弾で誰かを傷つける真似はしないと思います」

「だからってどうする」

「私が中に入って涼子と話をします」

「そんなことは許可できん」

「でも彼女は私に電話をかけてきました。何か話したいんだと思います」

「そうだとしてもお前には行かせられん。部下に行かせるべきだ」

「そうですよ、沢村さん。俺が行きますよ」

名乗り出たのは松山だった。

「悪いけど家族持ちの部下を危険に曝すわけにはいかないの」

沢村は内心の動揺を隠して微笑んだ。

「事件が解決したらコツメカワウソを見せに行くんでしょう」

「しかし――」

その時、女性の興奮した絶叫のような声が教会の中から聞こえた。

「管理官。行かせてください」

沢村は大浦に向き直った。

「自信はあるのか。涼子が起爆しないという」

「あります」

沢村は大きく頷いた。

いまは自分の直感を信じるしかなかった。

礼拝堂のドアを開けた時、涼子が僅かに頭を上げるような仕草をした。沢村が中に入ってきたことには気づいているはずだ。

涼子は膝の上でゴブラン織りの小さなバッグを抱えていた。小さな魔法瓶なら優に納まる大きさだ。左手にはスマートフォンを握りしめている。

沢村の脳裏に爆発の犠牲となった、桐生学長の秘書の無残な姿が過った。自分もああなってしまうのか。想像すると足が竦む。

礼拝堂の中に人工の灯はなく、高い位置にあるステンドグラスの窓から差す陽の光りだけが頼りだった。

普段であれば神秘的とも呼べただろうが、いまの沢村の心理状況からすれば、この薄暗さは恐怖を増幅させる効果しかなかった。

それでも沢村は自分を奮い立たせ、足音を殺して祭壇の近くへ歩み寄った。

ここなら確実に涼子の視界には沢村が入るはずだ。

沢村はゆっくり涼子の方へ向き直った。涼子はバッグを抱えたまま、身じろぎもせず沢村を見つめていた。そこに敵意のようなものは感じられなかった。

木製の信者席の間を、一歩一歩進むごとに心拍数が上がっていく。

沢村は覚悟を決めて涼子の元へ近寄って行った。

「三島涼子さんですね」

涼子の座る位置から座席一列分離れた場所で立ち止まり、そっと声をかけた。涼子はぞっとするほど暗い目をしていた。

「三島の携帯に電話が繋がらないの」

その声音には戸惑いが表れていた。

「三島教授はこちらで確保しています」

「それは逮捕したということ？」

「まだ逮捕はしていません。でもいずれ逮捕することになると思います」

あなたの共犯として、という言葉は今はまだ言うべきではなかった。

「そう……」

涼子は沢村から顔を逸らした。

涼子の心が読めなかった。得体の知れなさだけが蓄積されていく。

「あなたがそう仕組んだんじゃないんですか。わざと現場に証拠を残して、我々の疑いが三島教授に向かうように仕向けましたよね」

再び涼子が沢村の方へ注意を戻した。暗い目の奥に何か彼女の心情を表すヒントが隠されてはいないかと、沢村は最大限の注意を向けた。

「後悔してるんですか」

「なにを」

「ご主人に罪を被せようとしたことについて」

涼子は黙り込んだ。押すべきか引くべきか。少し悩んで、沢村は話題を変えることにした。

「近くに座ってもいいですか」

沢村は通路を挟んで涼子の左手の席を示した。ステンドグラスを通した色付きの光が揺れていた。

「左の耳は少し聞こえづらいの」

涼子が左耳を自分の手で覆う真似をした。

「爆発の影響で鼓膜に損傷を負ったんですね」

涼子は否定しなかった。これは事件のあった時、涼子があの場所にいたことを肯定するものだった。

爆発の現場に居合わせた者たちの多くが、外傷性鼓膜穿孔（せんこう）を発症した。これは一般には鼓膜が破れた状態であり、激しい痛みのほか、耳鳴りや難聴などの症状を伴った。重症であれば手術などで治療を行う必要があるが、軽症であれば数週間程度で鼓膜は再生する。涼子の耳はまだ再生の途中なのだろう。

「それでは右側に移動します」

沢村は涼子の顔から視線を逸らさずに、信者席の間を通って彼女の右手へ移動して、木製の椅子に腰を下ろした。

「少し質問をさせてもらっていいですか」

涼子が首を回して沢村を見つめた。これは肯定と考えていいのだろう。

「五味元教授を殺害しようと考えたのはいつですか」

少し間が空いた。沢村の質問に答えるか答えないかは涼子の気分次第だ。答えたくなければ黙って無視するはずだった。

だが涼子は話し始めた。

「十一年前……あの男の喜寿のお祝いがあった。私は参加なんかしたくなかったけど、三島がどうしてもって言うから仕方なく顔を出した。その時あの男がなんと言ったかわかる？　君が数学の道を断念したお陰で、雄大という優秀な遺伝子がこの世に誕生することになったんだ。君はそのことを誇りに思った方がいい。そう言ったのよ。断念した？　ふざけないで。私は続けたかった。それなのにあの男は、私の才能に嫉妬してその芽を潰したのよ」

涼子は指が白くなるほど強く、スマートフォンを握りしめた。

沢村の体が緊張に包まれた。

「あの男が安らかに死の床につくなんて、そんなこと絶対に許せなかった。でも生まれて初めて神とやらに祈ってみた結果がこれだった……。つくづく時間を浪費したわ」

涼子が薄っすらと笑った。それは初めて見せた涼子の表情らしい表情だった。

「桐生学長を狙ったのはどうしてですか」

「桐生……？　ああ、あの女」

涼子の顔には、侮蔑とも取れるような笑みが浮かんだ。

「性能を知りたかったから。藻岩山の山中で何度か小規模な実験を繰り返した後、実際にあれで人が死ぬのかどうか知りたかった」

「大学院に仕掛けた爆弾は、実験のためだったということですか」

「ターゲットを探していた時、偶然、あの女が学長に就任するというニュースを見たの。まさか三島と同じ大学だとはね。チャンスだと思った。あの男の前に、あの女も葬れる……」

「あなたが大学院生だった頃は……四十年近くも前ですけど、理系の女性は珍しかったんでしょうね」

「珍しい……。そんなレベルじゃなかった。当時の田舎では変人扱いされたのよ。しかも親は私を早く結婚させたがった。婿を取って旅館の女将（おかみ）になれって。女将には愛想さえあれば学歴は必要ないというのが父の口癖だった」

「それでも札幌の大学に進学されましたね」

「高校の時の恩師が親を説得してくれたの」

「いい先生だったんですね」

「そうね、いい先生だった……」

涼子が遠くを見るような目をした。

「あの先生には感謝してるわ。私を救ってくれた」

「それは実家のある田舎からという意味ですか」

「全てのことからよ。数学や化学が得意な女を変わり者だと噂する同級生や大人たち。その全てから救い出してくれて、私に数学という居場所を見つけてくれた」

「大学を卒業した後、神南大学の大学院へ進むよう助言してくれたのもその先生だったんですか」

涼子が微かに顎を引いた。恩師の話に触れると、涼子は高校生のような顔になった。

「両親に言えば当然反対されるのはわかっていたから、奨学金の手配なんかも全て先生がやってくれたわ。両親には大学院への合格がわかってから一応報告した。そしたら女のくせに大学院なんて婚期が遅れるだけだろうって」

涼子の乾いた笑い声が礼拝堂に響いた。

「世間体が悪いから家にはもう帰ってくるなって。あんな家にいるなんてこちらから願い下げだったから清々したわ」

「神南大学の研究室はどうでしたか。あなたにとって素晴らしい場所でしたか」

涼子が再び押し黙り、苦いものを吐き出すような表情を浮かべた。

「レベルが低かった。失望したわ。大学院の数学があんなに低レベルだとは思ってもみなかった。恩師はいい大学と言っていたけど、誰一人として私の話を理解できなかった」

「五味教授もですか」

「あの男は本当に最悪だった」

涼子は怒りの発作を抑えきれなくなったように、声を張り上げた。

「何もわかってない癖に教授面して、私の研究の邪魔ばかりして」

「教授はあなたになんと言ったんですか」

「君にフェルマーの定理の証明は無理だ。学生の間はもっと一般的な問題に取り組むべきだと、そう言ったのよ」

「それであなたは五味教授と仲たがいしたんですね」

「私なら数学の歴史を変えられた」

涼子の声のトーンに強いストレスが感じられた。感情の振れ幅が大きくなってきたようだ。今にも割れそうな風船を相手にしているようで、沢村の神経も張り詰めていた。

「それはフェルマーの定理の証明ができたということですか」

「そうよ。あと少し、あとほんの少しだった」

涼子は血走った目で沢村の方へ身を乗り出した。

「それなのに五味は私には無理だと言った。三島も諦めろと言った。あの時、アメリカにさえ行っていたら証明を完成させて、数学の世界に名前を残せたのは私になるはずだったのに」

論理がめちゃめちゃだった。証明を諦めたのは涼子自身だったはずだ。

涼子は勝手に過去を作り変えている。三島の話によれば、証明を諦めたのは涼子自身だったはずだ。

突然、礼拝堂の中に光が差し込んだ。ドアが開いて神父が入ってくるのが見えた。手には燭台(しょくだい)を持っている。祭壇の蠟燭(ろうそく)に火を点ける時間のようだ。

神父は沢村たちを気にする素振りもなく、まっすぐに祭壇へ歩み寄ると、一つずつ蠟燭に火を灯していった。

「五味教授は女性であるあなたに対して、明らかに男子学生とは違う扱いをした。さらに仲間であったはずの男子学生たちも、あなたをコミュニティから除外し、あなたは孤独だった。その上彼らは、あなたと比べて凡庸だった。ところが凡庸であったはずの彼らの方が、社会的な地位を勝ち取り、名声を手にすることができた。それは彼らが男性だったからだとあなたは考えた。そうですね」

涼子の眼差しは再び何の感情も浮かべなくなった。涼子の感情を全て干上がらせたものはなんだったのだろう。生来、人付き合いが得意ではなく、他人と歩調を合わせたり、へつらったりすることも苦手だったという面はあった。

周りからは少し浮いていたけれど、涼子はただ数学と化学が得意な普通の少女だった。高校の恩師は、そんな彼女に数学という名の隠れ場所を用意してやった。本当なら涼子はそこで幸せに暮らしていけるはずだった。けれど彼女は天才過ぎたのだ。

それ故に五味研究室で過ごした五年の間に、彼女は孤独感を募らせ、精神的にも追い詰められていったのだろう。

「あなたがミシガン大学のポスドク職に応募した時、推薦状は誰が書いたんですか？」

「推薦状？」

涼子の目が僅かに細められた。

「日本でも院生がポスドク職に応募するにあたっては、最低でも一通、それも指導教官かそれに匹敵する研究者の推薦状が必要です。欧米なら最低でも三通は必要なはずですが、五味教授はあなたへの推薦状を拒否したと聞いています。そこで三島教授が推薦状を偽造した。そうですよね？」

「今さらそんなこと……。罪にでも問おうと言うの？」

「いいえ。ただ私が気になったのは、他の二通の推薦状はどうしたのかということです。それも三島教授が偽造したんですか」

涼子が小馬鹿にするように鼻を鳴らした。

「一通は高校の時の恩師に、そしてもう一通は学会で声をかけてくれた数学者に頼んだのよ」

「それでは少なくともその二人は、あなたの数学者としての能力を認めていたということですよね」

「それが？」

「あなたが今回企てた犯罪は、そういう人たちも裏切ったということだとは思いませんか」

涼子が笑った。

「その二人なら、とっくに亡くなったわ。死んだ人間に何を義理立てしろと言うのかしら」

沢村は自分の指先が冷たくなるのを感じた。涼子にはもう何を言っても響かない。彼女はとっくに壊れてしまっていた。

「わかりました」

沢村は荒ぶりそうになる感情を呑み込んで、最後の質問を突きつけた。

「それでは、犠牲になった二人の女性のことはどう考えてるんですか」

涼子は一瞬、怯（ひる）んだように見えた。できることなら後悔があって欲しかった。だが、

「あれは革命だったの。虐げられ、不当に扱われてきた女性が起こした革命だったのよ。革命に犠牲はつきものでしょう」

涼子は嘯（うそぶ）いた。この瞬間に彼女は救われる道を自ら閉ざしてしまった。

五味に人間としての器の大きさが足りなかったのだとしても、涼子が生きることが下手だったとしても、それは二人の罪もない女性の命を奪っていい言い訳にはならなかった。

「残りの爆弾はどこですか」

神父がこちらを見ていた。その傍らで蠟燭の炎が揺らめいている。

「三島に会わせて」

「それは不可能です。あなたが彼をそうしたんですよ」

涼子がスマホを掲げた。

「もし三島に会わせてもらえないなら、ここでこの爆弾を起爆する」

涼子のもう一方の手は、しっかりと膝のバッグを握りしめていた。そこに爆弾があると脅しているように見えた。

だが沢村は首を横に振った。

「あなたは絶対にそんなことはしません」

「なぜ？」

「もしあなたがここで自爆したとなれば、世間はまた勝手な筋立てで、あなたは虐げられた哀れな弱者だった、とレッテルを張るに違いありません」

涼子は黙って沢村の話を聞いていた。

「なぜその力を見せつけないのか。無力なふりを装うのはもうお終いにしなくてはならない。世界は今こそ欺瞞の報いを受けることになるだろう」

沢村はテレビ局に宛てられた手紙の一節を口にした。

「あなたはこれからも生きて、五味教授や研究室の男たちがあなたにした仕打ちを告発し続けなければならない。だからあなたはここで自爆したりはしない。そうでしょう」

沢村は涼子に手を差し出した。

「それをこちらに渡してください」

「あの男は名誉教授の名前にも紫綬褒章にも値しない男だった」

「ええ、その通りです」

身を乗り出した沢村の手が、涼子のスマホに触れた。

「さあ、渡してください」

涼子の手から力が抜ける。その手からスマホが滑り落ちそうになった直前で、沢村は受け止めた。長々と安堵(あんど)のため息が漏れた。

「一緒に来ていただけますか」

立ち上がった沢村を、涼子の光を失った眼差しがぼんやりと追いかけてきた。

「三島に伝えて。コテージに忘れ物をしてきた。あれがないと困るの。急いで取りに行ってきて欲しいと」

沢村は複雑な思いで、涼子を椅子から立ち上がらせた。そこにいたのはただの小柄な女性だった。

涼子が三島を憎んだのはどうしてなのだろう。恐らくそのことを涼子に尋ねても、彼女自身それにはっきりとした答えなど持ってはいないはずだ。

三島は涼子の才能を崇めてはくれたものの、真の理解者とはなり得なかった。彼女の孤独に寄り添い、伴走者になるには凡庸過ぎた。

だからなのだろうか。もし夫が凡庸であることが彼女を苛立たせたというなら、この世に涼子の居場所はなかった。

だが三島哲也は間違いなく、涼子にとって無くてはならない存在だった。

もし、涼子の計画が全てうまく運び、五味元教授の爆殺に成功してその罪を三島に被せることができたとして、そのあとのことまで涼子は考えていたのだろうか。

彼女の世界から、三島哲也が消えるということの真の意味を理解していたのだろうか。

神父が近づいてきた。それは神父に扮した大浦だった。

「三島涼子。爆発物取締罰則違反で逮捕状が出ている。我々と一緒に来てもらおうか」

大浦とはあらかじめ、警察庁経由で総務省から、ジャミングの許可が取れたタイミングで沢村に知らせることに決めていた。だがまさか大浦自身が、それも神父に扮して現れるとは沢村も想定外だった。

つまり大浦も、電波が遮断されたとはいえ、他にも爆弾を隠し持っているかもしれない犯人の側に、部下を行かせるわけにはいかないという考えの持ち主だったということだ。

そして、ジャミングが成功した時点で捜査員を突入させて、涼子の確保に動いても良かったはずだが、最後まで任せてくれたことを沢村は感謝した。

涼子が警察車両に乗せられる様子を見守っていると、松山が近づいてきた。

「車が見つかりました。五味元教授の米寿祝いが予定されていた定山渓のホテルの駐車場です。中に爆弾はありましたが、起爆装置は外されていました。沢村さんの言った通りでしたね」

思わず足の力が抜けて、その場にしゃがみこんだ。

「大丈夫ですか」

「ありがとう」

良かった……。

立ち上がって空を見上げた沢村の頭上には、桜が満開に花開いていた。

＊

「拝啓
愛(いと)しいあなたへ
お手紙ありがとう。まず率直に言わせてください。なんてエレガントで独創的な証明なのでしょう。私にはずっとわかっていました。あなたがお腹の中にいた時から、いつかこの子は数学の世界で偉大な足跡を残す人物になるだろう、と。だからあなたが一時、数学の世界から逃げ出した時、私はどれほどの絶望を味わったことでしょうか。でも戻ってきてくれたのですね。本当にありがとう。
しかし、同じ数学者としてこれだけは言っておかなければなりません。あなたが手紙に書いてくれた証明には、ある致命的な欠点があります。一人で解決することは難しいでしょうから、私も力になります。二人で一緒に解決して、共に数学の世界に名を刻みましょう。またお手紙ください。
敬具
涼子」

エピローグ

キャンパス内の桜が満開だった。

笠原とはここで待ち合わせしていたのだが、まだ現れない。きっと今日もぎりぎりまで論文と格闘しているのだろう。

まあ、いつものこと、と沢村はぶらぶらとキャンパス内で時間を潰すことにした。

しばらくして、桜並木の向こうに笠原の姿が見えた。

笠原はこちらに向かって何か喋(しゃべ)っていた。

「え、聞こえない。もっと大きな声でしゃべって」

沢村は声を張った。

笠原が小さく手を振った。そしてくるりと背を向けて、どこかへ行ってしまおうとした。

「待って、そっちへは行かないで」

笠原が振り返った。笑っている。そしてまた何か言った。

その唇は「さようなら」と言っているように見えた。


目が覚めた時、沢村は自分の頬が濡(ぬ)れていることに気が付いた。

枕元には、一冊の黒い冊子が置いてあった。表紙には金の箔押しで、博士学位論文のテーマと「笠原聡」の文字が印刷されていた。

笠原の母親と会ったのは、事件が解決して十日ほど経った時だった。

「実は私、今年の三月で仕事を辞めたの」

そう笑顔で語る笠原の母親は、それを期に念願だった北海道旅行に来ることになったのだ。

「もし時間があったら沢村さんとも会いたいなと思って」

それで電話をしたのだという。

「すみません。すっかりご無沙汰していて」

「いいのよ。お仕事忙しいんでしょう」

そう言って微笑む笠原の母親は、以前と変わらぬ穏やかさだった。

長く一線で働いてきたせいだろうか。髪にはさすがに白いものが増えたが、年齢より若く、きりっとした印象は変わらなかった。

しばらく互いの近況などを話して、笠原の母親が不意に沢村をじっと見つめた。

「こんなこと聞くの、本当はいけないんでしょうけど……」

そう断ってから、笠原の母親は躊躇いがちに口を開いた。

「ご結婚は？　どなたかお付き合いしてる方はいないの」

沢村はゆっくりと首を横に振った。

「残念ながらこれまで縁がなくて」

「そう……」

笠原の母親が視線を手元に落とした。

「私も、そろそろ区切りをつけようと思ってるの。今年でちょうど十年でしょう。もういいんじゃないかと思うの」

十年という言葉に、沢村は歳月の重さを悟った。

「あの子の携帯電話も契約を止めてしまうのが忍びなくて、ずっと料金だけ払ってきたんだけど、そろそろ終わりにしようと思ってね。それで電話番号の履歴なんかを眺めていて、そこに沢村さんの名前を見つけたの。本当はね、旅行は口実。沢村さんの名前を見つけたら、どうしてもかけずにいられなくなったの。だからあの晩、出てくれなくてよかったわ」

そして笠原の母親は、一台のノートパソコンを取り出した。表面についた傷には見覚えがあった。それは笠原が愛用していたノートパソコンだ。

「これももう処分した方がいいと思って、中を見ようかと思ったんだけど、どうせ私にはわからないだろうから……それで……」

沢村なら理解できるんじゃないだろうか。そう思って預けたいのだと母親は話した。

「中を確認して、特に必要ないと思えば、これは沢村さんの方で処分してちょうだい」

沢村は母親からノートパソコンを預かった。

断ることはできなかった。

息子が死んだ部屋に、彼女を一人残してきてしまったこと。その償いをしたかったのだ。

笠原の母親と別れ、部屋に戻って、沢村はノートパソコンの電源を入れた。古いＯＳがじれったくなるほどの時間をかけて起動する。パスワードの入力を要求された。

沢村は少し考えてからある数字を入力した。それは沢村の誕生日だった。こうすれば絶対に君の誕生日を忘れることはない、と笠原は自慢げに笑っていた。それに対して沢村は、別れたらどうするつもりなのかと応えたのを覚えている。

しばらくして見覚えのある画面が現れた。当時、大学のキャンパス内に咲いていたソメイヨシノを笠原が撮影し、気に入って壁紙にしていたものだ。

目の奥が熱くなって、呼吸が忙しなくなった。

沢村は気持ちをいったん落ち着けてから、パソコンに保存されていたファイル類を呼び出していった。

やがて「博士論文」というフォルダを見つけた。クリックすると幾つかの草稿に混じって、最終版と題されたファイルがあった。

そのファイルをクリックしようとして手が震える。ファイルの最終更新日時、それは笠原が亡くなった夜だった。

あの夜、どんな思いで笠原はこの論文を仕上げたのだろうか。そう考えると沢村の目に涙が溢れてきた。大学院で過ごした七年間の努力が、もう報われることはないのだと気が付いて、それでも最後まで彼は、自分が生きた証をここに残そうとしていた。

沢村は霞む目で、笠原の博士論文を全て読み終えた。

これはずっと残すべきものだ。ここには彼が生きていた証が、間違いなく存在していた。


その集大成がいまこうして、沢村の手元にあった。専門の業者に頼んで、製本は二冊お願いした。もう一冊は笠原の母親に送った。とても喜んでくれた。

いつの間にか、沢村の頬を一筋の涙が濡らしていた。

沢村は涙を拭って、呟いた。

「さようなら」


「くそう、今年も円山公園のジンギスカンはお預けだったか」

木幡が事件の報告書をまとめながら唇を尖らせた。

普段は火気厳禁とされる札幌の円山公園は、毎年、桜が開花する四月の下旬から五月の上旬までの間に限って、火気の使用が許可されていた。そう、北海道でお花見と言えば、定番はジンギスカンだ。

沢村からすれば、何も桜の下でジンギスカンを食べなくても、と思わないではない。しかも外で食事をするには、北海道はまだ寒すぎると感じていた。

「諦めろ、木幡。一課にいる限り、のんびり花見なんて無理に決まってるだろう」

そう答えたのは高坂だ。

「でも打ち上げはジンギスカンでしょう。ねえ、沢村さん」

いきなり木幡が話を振ってきた。

そう言えば沢村が、木幡から事件以外のことで直接話しかけられるのはこれが初めてだった。食べ物の話題というのが彼らしい。

捜査本部が立つと、事件解決の暁にはささやかな打ち上げが開かれる。大抵は帳場の立った所轄の講堂などで、出来合いの総菜を摘まんで酒を飲み、有志による豚汁などが振る舞われることもあった。

今回、特命で捜査にあたった沢村たちは、まだ打ち上げを行っていない。

「そうですね。ジンギスカンにしましょうか」

「木幡に合わせることはないですよ。沢村さんや榊さんの歓迎会もまだだし、二人の食べたいものにしてください」

高坂が言った。

「いや、俺はジンギスカンでいいです」

榊が答える。

「私もいいですよ」

歓迎会か。沢村は内心複雑な気持ちだった。

今日で五月が終わる。明日からは浅野が戻って来る。

沢村が捜査一課に配属されたのはあくまで一時的な措置だった。いつまで、と明確に期限が切られたわけではない。いまのところ、異動の内示もない。

だが浅野が戻れば、ここは浅野のチームなのだ。

沢村はそっと賑やかな輪を外れた。同時に、少し離れたところにいる花城に気づいた。

彼がスパイだったことを知るのは、沢村以外には松山と大浦だけだ。奈良にさえ話してはいない。だが勘のいい高坂は薄々感づいてはいるようだった。

花城をこのまま一課に残すのかどうか。全ては大浦の胸三寸だろう。仮に残ったとしてもしこりは残る。後は花城が結果として残していくしかない。そしていつか、父親の名前の呪縛から解き放たれることを期待するしかなかった。

「沢村さん」

ソファでスポーツ新聞を広げていた松山に声をかけられた。

「この間、うちの坊主とサンピアザ水族館に行ってきたんです。これお土産です」

松山が一枚のポストカードをくれた。

「カワウソ……」

「コツメカワウソですよ」

ああ、と沢村は微笑んだ。

「ありがとう」

「俺たちけっこういいコンビだったと思いませんか」

沢村は手の中のポストカードを弄んだ。

「次もまた組みましょう」

松山はそう言ってスポーツ新聞に目を戻した。

沢村は黙って歩き去りながら、また組みましょう、と内心で呟いた。

沢村は机の上のファイルの位置を調整して、コツメカワウソのポストカードを立てかけた。

ちょうど視線が合う高さになった。

コツメカワウソか。こうして見るとなかなか可愛らしい。

残りの書類仕事を片付けるため、パソコンに向かおうとした。

どこからか、花の香りが漂ってきた。顔を上げると警察職員の一人が、窓辺にライラックの切り花を飾っていた。北海道の春を象徴する愛らしい紫の花だ。

可憐に香るライラックの向こうに、緑が芽吹き始めた山々が見えた。

北海道の春はまだ始まったばかりだ。

主要参考資料

◆書籍
麻生幾『極秘捜査　政府・警察・自衛隊の［対オウム事件ファイル］』（文藝春秋、二〇〇〇年）
大島真生『公安は誰をマークしているか』（新潮社、二〇一一年）
原雄一『宿命　國松警察庁長官を狙撃した男・捜査完結』（講談社、二〇二一年）
別冊宝島編集部編『新装版　公安アンダーワールド』（宝島社、二〇〇九年）

◆ウェブサイト
警察庁「極左暴力集団の現状等」
https://www.npa.go.jp/bureau/security/kyokusanogennjoutou.pdf

◆その他、ウェブ版を含む新聞各紙を参照しました。

本書は書き下ろしです。

伏尾美紀（ふしお・みき）

1967年北海道生まれ。北海道在住。2021年、第67回江戸川乱歩賞受賞作『北緯43度のコールドケース』（受賞時タイトル「センパーファイ　――常に忠誠を――」）でデビュー。本作が２作目となる。

数学の女王

第一刷発行　二〇二三年一月二十三日

著　者　伏尾美紀

発行者　鈴木章一

発行所　株式会社　講談社

〒112-8001東京都文京区音羽二―一二―二一

電話　出版　〇三―五三九五―三五〇五

販売　〇三―五三九五―五八一七

業務　〇三―五三九五―三六一五

本文データ制作　講談社デジタル製作

印刷所　株式会社ＫＰＳプロダクツ

製本所　株式会社若林製本工場

定価はカバーに表示してあります。

Printed in Japan　ISBN978-4-06-528953-2

N.D.C. 913　340p　19cm